惊鸿岁月
风起于海
心动于你

云辞航

云鲸航

著

微甜

never leave

中国友谊出版公司

图书在版编目（CIP）数据

微甜 / 云鲸航著 . —— 北京 ：中国友谊出版公司，
2021.11（2022.4重印）

ISBN 978-7-5057-5328-0

Ⅰ．①微… Ⅱ．①云… Ⅲ．①长篇小说－中国－当代
Ⅳ．①I247.5

中国版本图书馆CIP数据核字(2021)第188789号

书名	微甜
作者	云鲸航
出版	中国友谊出版公司
发行	中国友谊出版公司
经销	新华书店
印刷	天津丰富彩艺印刷有限公司
规格	880×1230毫米　32开
	10印张　216千字
版次	2022年3月第1版
印次	2022年4月第2次印刷
书号	ISBN 978-7-5057-5328-0
定价	45.00元
地址	北京市朝阳区西坝河南里17号楼
邮编	100028
电话	（010）64678009

版权所有，翻版必究

如发现印装质量问题，可联系调换

电话　（010）59799930－601

献给奶茶、周杰伦，
以及我的少年时代。

秋刀鱼的滋味，猫跟你都想了解
初恋的香味就这样被我们寻回
那温暖的阳光像刚摘的鲜艳草莓
你说你舍不得吃掉这一种感觉
——周杰伦《七里香》

CONTENTS

目　录

楔　子

成人之前　01

上　卷

第一章
磨难 002

第二章
怪咖 015

第三章
拯救 026

第四章
秘密 034

第五章
倔强 045

第六章
冷战 057

第七章
开口 067

第八章
赌约 076

第九章
保送 085

第十章
礼物 097

第十一章
祝福 107

第十二章
毕业 117

○○○●

下　卷

第十三章
高中 130

第十四章
军训 139

第十五章
擒鬼 148

第十六章
荣光 157

第十七章
双生 165

第十八章
倒霉 175

第十九章
长跑 184

第二十章
蜗牛 193

第二十一章
拥抱 203

第二十二章
憾事 211

第二十三章
远离 220

第二十四章
朋友 229

第二十五章
文科 239

第二十六章
重生 248

第二十七章
较量 258

第二十八章
球赛 269

第二十九章
告别 280

第三十章
下次见 294

○
○
○
● 楔子

成人之前

炽烈的阳光投射在云层之上，仿佛雪地一样纯净。

世界只剩下一种声音，来自心里那片叫作少年的原乡。

有风从那里吹来，吹过一张张瓷白的脸颊，像是柔软的羽翼落在时间轻薄的肩上。下一秒，或许因耳边听到现实中的什么声音，再回首，记忆的轮廓就变得分外模糊，恍然而逝了。

我透过飞机舷窗看外面的世界，云层宛若飞鸟扑闪的白翅，日光顿时像风中扬起的细碎粉尘不断飘散。

那个仿佛永远喧嚣的夏天，伴随着奶茶的香气、周杰伦的音乐，逐渐鲜活。故事藏在了蝉声里，细小地从叶间穿过，抵达那些年轻的耳朵里。

那扇映出少年清秀侧影的窗户不断发出光芒来。电风扇疾速旋转，女老师腰边的喇叭里飘出带着海边口音的英文，学生纷纷伏案而眠。

没有人看见，那时一群飞鸟向左飞去，青春的扬花美过了一季又一季的天空。

那些年，一直觉得时间走得太慢，恨不得一咬牙就过去五年、十年。

当时间真正从掌心溜掉并被自己清清楚楚感知到的时候，却又万般不舍这曾给自己无限悲欢的分秒。

渐渐地就有了一种瘾，自己像得了病一样怀念着昨天和更久以前的过去。

　　记忆中那个爱撒野发疯始终没长大的男孩，一直都讨厌那个故作高冷佯装成熟的女孩，捍卫各自的疆土与尊严，却如璀璨卫星环绕彼此运行。

　　长风呼啸过，芳草碧连天。

　　嬉笑怒骂间，每个人都在慢慢靠近对方心底的秘密与时间的真相。

　　也难以忘记敲响十八岁蓝色大门前的时光，骄阳刚好，橙黄橘绿。

　　一起上课，吃饭，挤公交。

　　一起为无聊的晚自习逃课，为期中期末考试临时突击。

　　一起在夏日的高速公路上骑车，不怕死地要比谁骑得快，公路仿佛是发光的河流，那时我们还看不到尽头。

　　一起躲过老师的目光，在课桌下喝奶茶，传纸条，或者用笔帽戳前面同学的后背，然后又偷偷笑着，没有道歉。

　　一起分享喜欢的歌手，学唱他们的歌，珍藏他们的海报、专辑，有时也扯着一些明星的花边新闻不放，聊半天无果，最后又怪彼此太无聊。

　　一起在海岸线上奔跑，站在沙滩上拍照，说未来的自己会是什么模样。

　　寒风刺骨的是冬天，鼻子发痒的是春天，捡到红叶的是秋天，翻来覆去，还是觉得风从袖子穿过的夏天最让自己怀念。

　　爬到大树上抓到了一只蝉，以为就抓到了夏天，十七岁在风中和他们呐喊，以为能把永远喊来。

　　飞机飞过高空拉出的弧线一下子就消失了，海边的脚印被浪花覆盖后就不见了，云朵流转，时间水流般流过大地，草和树木默默拔节。

林怡微、顾上进、王耀，这群陪我一起傻过疯过的人。

我要不要死心塌地地在记忆的盒中找回你们，还是就这样坐在时光的飞行器上微笑，并假装回忆是一件让人快乐得想流泪的事情？

那天，黄昏的天台，风鼓动着肥大的校服，我们喝着饮料打出的饱嗝似乎是这世界唯一的声音。

"如果有一天，我们之中有人先离开了，我们要怎么办？"

"揍他一顿呗。"

熟悉的声音在伸手间从手臂下穿过。

少年用手遮住了眼睛，是被最后一丝夕阳灿烂的余晖刺得难受，还是不愿让人看见自己悄悄泛红的眼眶？

"你为什么哭，那些眼泪是像孩子那样任性的泪水吗？"

"不是，是像青春一样明亮的泪水。"

飞鸟向左，扬花向右，我站在时间的中央，等你看到那些光芒……

○
○
○
●

上卷

第一章
磨难

2003 年，台式电脑还是方型大脑壳，网吧里最火的是单机游戏《魔兽世界 3》和《仙剑奇侠传 3》；小巨人姚明因为在 NBA 打球被青少年当成英雄；女生们已经不看琼瑶的小说，她们都像《我的野蛮女友》里的宋明熙一样喜欢欺负中意的男生；那时，一个叫周杰伦的台湾男歌手才二十四岁，唱着《双截棍》《龙卷风》红透了大江南北。

夏末，日光透过树梢将光亮的梦裁剪成星星一样的形状，投射到每个人走过的路上。整个南江市都在蝉鸣最后的喧嚣中等待秋天的到来。SARS 疫情刚过，街道上逐渐恢复了往日繁荣的景象，车水马龙，人声鼎沸。正值秋季开学，随处看去，都是穿着鲜艳衣服、背着双肩包的年少身影，在这座沿海小城里鱼贯而行。

那年，随着台湾偶像剧一并风靡大陆的还有奶茶，有牌子的、没牌子的各种奶茶店在学校附近比比皆是。女生们喜欢围在店门口，一边听着港台流行歌曲聊天，一边不忘偷偷看几眼穿着工作服、戴着帽子的男生在里面为自己制作秋天的第一杯奶茶，某个瞬间她们的面颊竟羞红起来。我呢，在一旁等候着，目的可比她们单纯，就只想喝奶茶。说起来挺奇怪的，比起大部分爱喝可乐、雪碧的男生，我偏偏喜欢奶茶的味道，每次都必须点大杯，多糖，珍珠、椰果、红豆、芋圆、西米、仙草都是我爱加的料，一杯到手超满足。

"同学你好，这是你的黑糖珍珠奶茶，请拿好，欢迎下次光临……"

虽然经常喝奶茶，但耳朵仍然不习惯本地奶茶店前台店员的发音，尤其在"欢迎下次光临"这几个字上，刻意模仿台湾腔，每次都成功地让我的汗毛竖起来。

接过奶茶，转身看见一个女生在凝神听奶茶店正播放的歌曲《晴天》。即便是在不起眼的角落里，因为那份专注而认真的神情，因为眼中闪烁的如同白日星辰的光芒，所有嬉闹推揉的女生都瞬间成为黑白默片，整个世界似乎只有她是彩色的。

樱桃色的泡泡衫、天蓝色的裙摆、白色的碎花凉鞋，剪着短发的少女，被迎面而来的风撩开了刘海，露出的额头在阳光下显得干净嫩滑，真像白色麻糬。

有些人或许真是静静站着就很美好，一出声还真是"石破天惊"，比如眼前的这位，一边听着歌，一边还不自觉唱出声来，"没想到失去的勇气我还留着，好想再问一遍，你会等待还是离开……"可惜跑调了，这调跑了多远呢，世上再好的马估计也追不回来。

我忍住笑声，想为这世界做点善事，要关掉这噪音喇叭，便迎着她走去，故意干咳一声，问她："同学，你知道南江侨中初中部在哪里吗？"

她可算止住自我陶醉的歌声，呆呆地看了我一眼，没有回答，只点了点头，用手指向前方。

我清楚地看到她的指尖落满路边的杨花，那张被阳光亲吻的侧脸，异常明亮，浓密的睫毛轻轻一眨，如同一片墨绿色的树荫。

她没有等我说谢谢就微笑着和其他买到奶茶的女生走开了。

那时，我不知道她的名字叫林怡微。

那时，我不知道这个女孩会和我同班，甚至跟我同桌。

那时，我也不知道我和她在以后会发生一些不像故事的故事。

七年级上学期，我成为了南江华侨中学初中部的一名学生。但是，我知道有一个男生绝对不普通。

他是宇宙无敌的天才，是世界上独一无二的男孩。夏次建。

这个成天喜欢幻想的人，喜欢把自己和爱因斯坦归成一类的人，喜欢瞒着家人通宵达旦看动漫、不到一小时就能轻轻松松把《魔兽》升到十级的人，在七年级的日子里总被班级老师和同学视为无可救药的差学生。

他们对夏次建的印象是：经常不做作业，上课打瞌睡，时常走神，不认真听课，考试不及格，总拖班级后腿……还有，嗜奶茶如命。简而言之，就是一句"烂透了"。

但是，他们都忽略了夏次建是个天才，是迟早会醒来让这世界震颤的天才。

2004年5月，聒噪的蝉鸣声中，教学楼二层七年级2班的窗户映出一个少年清澈的侧影：个子不高，穿着白色肥大的学校衬衫，趁讲台上老师转身瞬间迅速低头成功吸上了一口奶茶。

这个名叫夏次建的少年是我。

一堂课45分钟，我几乎能在前10分钟喝完一杯奶茶，许多时候老师和同学都不会发现，但偶尔——

在一杯奶茶即将见底时，太忘我的吮吸，导致"簌簌"的响声仿佛一颗炸弹在教室里炸开。

听力超好的虾油齐听到声音后立马精准锁定声源位置。我刚一抬头，一截粉笔就投射而来，成功登陆我的脑壳后又弹飞出去。

"噢！"还是没忍住疼，我叫了一声。

"夏次建，上课偷喝奶茶也好意思这么大声？天天不安分，当学校是你家啊！"英语老师兼班主任虾油齐疾步冲出来，用南方海边人专属的语调朝我教训道。班上同学给她这雅号，也全因这一口飘出的虾油味普通话。

"老师，不是允许上课喝水吗，奶茶也是水啊。"我辩解道，特地耸了耸肩。

"真被你这小鬼气死了！"她顿了顿，舒了口气，说，"夏次建，你记住了，下回再敢这样，请全班每人一杯！"

"好啊！"我挠了挠寸头，笑脸相迎，感觉是种胜利，内心窃喜不已。

似乎每天总会遇到这样的时刻，但我都会以聪明的方式取胜，我始终相信夏次建是无敌的。

"真是我们班的'活宝'啊！"

"和这样的人在一个班，感觉好丢脸。"

"总在拖班级后腿，也不知道他有没有羞耻心……"

教室里的大多数人似乎很喜欢看我出洋相，然后交头接耳，议论纷纷，时不时就爆出笑声来。出现频率最高的一句当然还是"烂透了"，但我才不会就这样被打倒！

　　宽阔的操场上，人工草坪依然那么绿得不掉色，一两对高年级的男女同学偷偷牵了一下手，遇到熟人后又慌张地立马松开，阳光明媚地照在榕树发光的绿叶上，虫鸟清脆的鸣叫声由远及近。

　　我原以为自己超级无敌，算是差学生当中最聪明的人，但还是无法逃脱虾油齐的五指山。

　　哎，大人们永远是这世界上最难对付的动物。

　　某一节班会上，虾油齐抬了抬眼镜，看着班级最后一排的两个男生，喊了一下："王耀、夏次建。"

　　被她叫起来，我的第一直觉就是，没好事！我咽了一口唾沫，心惊胆战地从最后一桌站起来，同我一道起来的还有一个叫王耀的男生。他是我的朋友，是同我一样被归属到差学生行列里的人。同时，他还是一个可爱又善良的胖子，其实七年级刚进来时他也不胖，单穿件黑色衣服吧，还显瘦，只是后来跟我喝了一个学期的奶茶，我体重照旧，他呢，体重如脱了缰的野马狂奔往前，拉都拉不回来，这不，造就了他现在一人可作两人的吨位。

　　我们认真地望着讲台上这位三十好几的女人，等候宣判。

　　"同学们可能也都听说了，很多班级的单元考分数都跟我们班不相上下。这个学期快结束了，为了让我们班期末考的总体分数能继续名列前茅，我想到一个办法。王耀、夏次建认真听着哦，以后，顾上进和林怡微就会和你们结成'一帮一'对子。他们会帮助你们学习，让你们早点进步。具体安排是这样的，上进负责王耀，怡微负责次建……"

　　虾油齐庄重宣布着，每停顿一下，她脸上那层很厚的粉底似乎就会抖下一些碎末，在空气中缓慢地飘散。

"老师，这，这……"

我和王耀几乎同时口吃，满脸惊讶地看着虾油齐和她刚刚提到的尖子生。只见这两人金童玉女似的坐在一起，我跟王耀从没想过可以跟他们攀上关系，噢，感谢这烂分数吧。

"这座位呢，要重新调整一下，来，大家听我说，这一组第二排空出来，夏次建跟王耀坐上来，其他同学都往后坐。不过上进你个子还蛮高的，搬到第二排跟王耀坐吧，夏次建你以后就跟林怡微做同桌了。"

噢，My God！怎么会这样，要和林怡微同桌？！这个每次考试总是全班前三的女生，以后竟然要辅导我学习，要低头不见抬头见，难以置信！要知道我们可是这个世界上两种不同的生物。

"还愣着干吗，你们两个搬上来啊！"虾油齐不耐烦地朝我跟王耀嚷嚷，王耀用他那时常被我嘲笑的"猪肘子"碰我，我才醒过神来。

"上进啊，怡微啊，以后就辛苦你们了！"虾油齐把头转到坐在班级前面早已收拾好的两个同学那里，"辛苦"两个字说得格外温柔。唉，这世道。

男孩回应着："没事，放心吧，老师，我会教好王耀同学的。"女孩则文静地点了点头，一言不发，入窗的阳光打在她清秀的侧脸上。她没有过多表情，一派少年老成的样子。

"那从现在起，大家就更要努力了，要以考重点高中为自己目标哦！"虾油齐以幼儿园阿姨的口吻鼓励着七年级2班的全体成员。

我妈不知道我现在的情况，她只是每天盘算着鲭鱼、带鱼、花蛤几斤几两，新到货的螃蟹是否缺胳膊少腿。

我妈是南江鱼市最会做海鲜生意的女人，这一点我深信不疑。因为在她的鱼摊上从没见过有哪一条死鱼被扔进过臭水沟，新到的鱼货总是当天到当天售空。别人总夸她和气、漂亮，就连路边的阿伯们也说这女人有气质。

可是我完全体会不到这一点。一个回到家就会揪儿子耳朵的女人哪有什么气质，只有鱼腥味。她整天都对我的耳朵进行攻击，说的话尖酸刻薄。

"我送你去念书不是叫你整天被罚站，被罚抄作业！"

"你看看，你看看，家长会时，阿玉坐的位置都在我前面。她家的王胖子虽然也很差，但每次考试起码都不会是倒数第一，你可真给我'长脸'！"

"你这小子整天就知道胡闹，这样下去，趁早跟我去卖鱼，或者去澳大利亚跟你爸打工去！"

当然，这些话在她的理解里是一个慈母的语重心长。

如果我妈知道我现在要和林怡微结成"帮扶"对子，她肯定乐翻了，说不定还会到学校来送些海鲜给她，然后对她说："微微，你要吃什么，鱿鱼、带鱼、秋刀鱼、花蛤、牡蛎、大螃蟹，想吃什么就跟阿姨说哦，阿姨下回就送来。以后次建学习上的事，你就多多照顾了。如果他不听话，你就告诉阿姨，阿姨会好好和他谈谈的。"

我妈就是厉害，在别人面前说的"谈谈"，在我面前就是"一两天不收拾你，屁股就痒了是吧"。唉，学校真是个文明的地方，任谁进来都会变得那么温柔明礼。

所以我一直都没和我妈说过我在学校的任何情况，除非是班主任告诉她，除了日常毫不起眼的学习成绩，还有上课喝奶茶这样的事。导致的后果是我妈要断了我每个月的零花钱，要知道没这钱，我一杯奶茶都喝不起，是要出人命的。于是聪明的我就在我妈跟远在澳大利亚打工的我爸通话时，顺利插上话，一番诉苦之后，我爸就用这一通越洋电话帮着我劝我妈，才得以保住我的零花钱。

自从和林怡微结成"帮扶对子"后，我终于相信私下里一群成绩差的同学给自己不好好学习找来的最有力理由：学习好的都是变态。所以他们宁可被别人说是"差生"，也不愿当"变态"。

这点，我现在已经深有同感。学习好的都是变态，但是绝对没有人能想到林怡微会这么变态。

她一直都坐在班级前排，像所有尖子生一样安静地看书，安静地听课，安静地念单词，安静地拿着圆珠笔做题。但你绝对不要被她大部分时间的安静表象欺骗了，林怡微其实内心如同海沟，深不可测，很多事情她都看在眼里，但就是不说。日常还要装乖卖傻，或许全天下聪明的女生都是这样的吧。

林怡微住在北港新村，我家在南江一路，我们离侨中都很远。林怡微的爸爸很舍得花钱，怕距离影响女儿学习，同时又想让女儿学习成绩更进一步，就交给虾油齐托管。虾油齐这个老女人，整天就想着两件事：养娃和赚钱，教书倒成了其次的事情。不过她也是运气好，教的每个班英语成绩虽不拔尖，但也不算差，当然每次考试如果不算我和王耀的分数，估计她会开心地拍手。

说起来也奇怪，后来林怡微不知道为什么竟然从虾油齐办的小型托管中心退了出来。这么不给虾油齐面子的事情很快就由托管中心的其他学生传到了年段上，有人说是因为林怡微不习惯跟人同住，怕自己的学习秘诀被人学去；也有人说是由于虾油齐黑心要价太贵，林怡微家穷无力支付。不过对这两点，我都不信。

爱因斯坦说："我没有特别的天才，只有强烈的好奇心。永远保持好奇心的人是永远进步的人。"所以我如果要进步，必须找到林怡微退出虾油齐托管中心的原因。

某一节早自习，我托着腮看她，因带着目的，所以面容格外和善，不过从文具盒的镜子里看我的话，估计要被贴上"猥琐"这个标签。

和林怡微同桌一段时间了，她几乎不理我，无论我做什么，脸上什么表情，她似乎都把我自动屏蔽。我跟她之间隔着一块透明的门板，只有当她辅导我学习时，这块门板才会消失。

"欸，你说你学习这么好，怎么就同意跟我同桌了啊？不怕我带坏你？"

林怡微把书翻过一页，继续默读，明明就在我身旁，却故意不回应我。于是我发挥百折不挠的精神，打破砂锅，接着问："听说有人退出齐老师的托管中心了，也不知道是什么原因。说实话，这个老女人当老师真不称职，一门心思就想挣大钱，恨不得所有同学都去她那里托管，年薪上百万……"

林怡微拿起圆珠笔，按了一下，笔尖从笔杆里冒了出来，我盯着它，它好像在对我说："你个自说自话的白痴。"

"欸，林怡微，你都不回我话吗？你是聋了听不到吗？"我生气地看着她。

她跟之前一样镇定自若，只是这下终于开口了，语气轻缓，没动多少力气，"很显然，是没听到。"

如果不是在教室，如果周围没有人，我估计我会教训林怡微，可不管她是男是女。

"夏次建，别整天像只猴子演出给人看，这些是我给你列的计划和一些学习要求，既然齐老师安排我帮你，我也是要尽点义务的。"林怡微絮絮叨叨起来，我突然后悔了，真不该自作聪明探听什么真相。她显然停不下来了，这威力如同化骨绵掌，我怒气全无，只想遁地。

"夏次建，我现在都住在我妈妈家，在南江的西面，离学校很远，晚上一放学就要走的，没有太多时间教你。所以，你每天早上都得在 6 点 30 分到班上，我会花半个小时辅导你。如果你不守时的话，我就和齐老师说……"林怡微上下翕动的嘴巴像粉色蝴蝶的两翼，还在扑打着，我感觉自己头晕目眩。

"你妈妈家？"我似乎听出了什么，故意抓住不放，继续问，"你家不是住在北港新村吗？"

林怡微突然不说话了，脸像进了冰窖一样冷冷的。

"我记得北港新村可是在北面的，怎么，你搬家了？"我不依不饶地装傻追问，心里实际上开心得像喝着奶茶追着综艺节目看。

"那是我爸爸家……"林怡微用很微弱的声音回答，不仔细听，还以为只是阵微风懒懒挪动而过。

我这下更激动了，继续装傻充愣道："你爸爸家，你妈妈家，不在一起啊？他们是离……"

"记住我跟你说的，6 点 30 分到班上，否则后果自负！"林怡微显然不想我再说下去，就简单粗暴地打断我的话。

我也识趣点，不再逼问，用半吊子语气应了声："好。"

林怡微其实并不知道，我和传统意义上的差学生有一个很大的区别，那就是我从来不睡懒觉。

因为我妈卖鱼的缘故，早晨她去鱼摊之前都会"敲锣打鼓"地把我叫起来，所以每天我都会骑自行车很早来到学校。在出勤这一块，虾油齐基本上无法找我的碴。

所以第二天清早，她进入教室时，惊讶地看了我一眼，我也知道她或许跟班上的那些同学一样都觉得我"烂透了"，却没想过这样一个"烂透了"的人竟然比她还提前到教室。

我故意朝她晃了晃手腕上的电子表，得意的神情像对她砸下几个大字——"没想到吧"。

不过早起也实在困得要命，刚翻两页书，我就好想一头趴下去呼呼大睡。这样想着，身体就渐渐瘫软下来，趴在桌上。

这时，林怡微又朝我醍醐灌顶地喊道："起来啊！"

窗户边有微凉的风不断灌进来，像我妈的手一样扒着我的眼皮，我索性转过头背对林怡微。这下她招数升级，直接抽出桌子上的一本书，趁其他人不注意往我的脑袋砸了下去。

"啊！"我顿时像被石头砸到了一样痛起来。

"你干吗！？"我转过头，没好气地对她喊。

"夏次建，我现在在辅导你功课，拿出英语书和数学练习簿。"她当作什么都没发生一样表情淡淡地说。

教室前面很快出现了一幅感人的画面：一个好学生在努力帮助一个差学生进步。

"Help sb 后面跟着是 do sth，而不是 to do sth……"

"一列货车和一列客车同时同地背向而行，当货车行 5 小时，客车行 6 小时后，两车相距 568 千米。已知货车每小时比客车快 8 千米。客车每小时行多少千米？ 这道题，可以设客车是 X，则货车是 X+8……"

林怡微讲题时，我听着听着，又愈发困了起来，脑袋不断垂下。

林怡微见我这样，拿起手边的书看了看四周，发现无人注意，又直接砸了下来。

"你又干吗！？"我用手揉了一下脸颊，对她斥问道。

"怕你睡着。"林怡微把目光转到窗边。

"那你也不用下手这么狠吧？如果把本天才的脑瓜砸伤了，你赔得起吗？"

"可是哪有天才的脑瓜是用来睡觉的啊？多少全人类的事业都要被你耽搁了？"

这下我不说话了，退到座位边上，跟她隔得远一点，拿起书挡住头，趴着。

清晨的光线逐渐明亮起来，教室里陆陆续续多了很多影子，林怡微又开始一副很文静的样子：把书整理好后，也抽出英语书挡在刘海前，像刻意要避开我的样子。

林怡微，要不是虾油齐强制将我"扔"给你的话，本少爷才不会坐到你身边，还装得很无辜的样子，像我骚扰你一样。我心里愤愤想着。

每次当我转过身去的时候，林怡微总会小声地说："夏次建，你上课不准再睡觉啦，不准再看漫画书，还有不准喝奶茶！否则我跟老师说。"

很多时候，我基本上并不怎么理会林怡微，觉得像她这样以表面上的用功读书来伪装自己真实一面的女生真是这个世界上最奇怪的生物，但是除了我，恐怕没有谁能享受林怡微的"特殊待遇"了吧。

感谢命运如此"厚爱"我。

第二章
怪咖

"夏次建，你知道自己为什么学习成绩差吗？"

某一天午后，我正在喝黑糖珍珠奶茶，林怡微翻着笔记本突然转头看向我的奶茶，并盯着杯子上的标签。我刚吸了一口，在她的注视下莫名紧张起来，喉咙慢慢滚了一下，咽了下去。

"你说什么？"我故意装作没听见，继续吸第二口。要知道林怡微时常会玩这一套，我偶尔也学学她。

"懒得再重复。"她不屑一顾，把头转过去，嘴里兀自继续说着，"敢喝这么甜的奶茶，也真够厉害。蛀牙、肥胖、糖尿病，都不怕，对吧？那会担心自己变傻吗？据日本科学家发现，甜食吃得多会影响人的智力，所以你应该知道自己考试成绩这么菜的一个主要原因了吧。"

我刚想吸第三口，瞬间停住，咬着吸管，转头看了一眼林怡微。她又装出一副认真看书的样子，完全不管身旁有谁在看她，就好像上一秒闯进我耳朵的那段话是鬼说的。

我讨厌林怡微嘴边时不时就冒出的这些话，讨厌学校总是用学习成绩来衡量学生的优劣，讨厌监考老师面无表情地站在我旁边看我老半天，讨厌张贴在学校宣传栏里的成绩排名，讨厌每次开家长会虾油齐总是把我妈安排到教室的最后一排，然后一回家，我的耳朵就会被我妈揪成一出悲剧。

学习又不是什么好玩的事，整天背 ABCD，做着加减乘除，再背背"明月松间照，清泉石上流"……我夏次建只是不想做这么没意思的事，否则改天也变态起来，林怡微这些人还守得住自己在排名表上的位置吗？

"跟个小学生似的，除了做梦，还会做什么？以后要认真听讲，免得我要跟你讲这么多东西。"林怡微面对着我那些用了一个学期依然崭新的课本说道，"上课尽量做点笔记吧，要不到考试前是要补一堆的。"

我满不在乎地嗤笑着，"你们学习好的都是变态吧？"

"呃？"认真翻看课本的林怡微好像没有听到，嘴角只发出一个很轻的疑问词。

我以为她是没听见，就靠近她，忒大声重复了一遍："学习好的是变态吗？"

林怡微像目的如愿达成一样，嘴角上扬，但顷刻间又恢复往日的漠然，装出认真看书的样子。

突然一阵熟悉的老女人的声音向我刺来。

"夏次建，你刚才说什么？"虾油齐从教室门口进来，手里提着一个早读课练听力用的录音机。她抬了抬眼镜，很严厉地看着我，继续说，"说谁是变态啊……"

我知道我中计了，顿时尴尬地装起哑巴。

"老师，刚才次建是在和我开玩笑。"林怡微却在这时向虾油齐解释，然后向我使了个眼色。

我完全被这情况弄晕了，身子斜侧在虾油齐和林怡微的目光中间。真不知道林怡微究竟是从哪个星球来的生物。

"这种玩笑少开点，还是要认真对待学习哦。"虾油齐一边说，一边用异样的神色看了我一眼。

林怡微难得笑起来，露出一排米白色的牙齿。

"如果期末考还能位于年段前列的话，我们班就去寿宁开展一天的外出活动。大家觉得怎么样啊？"虾油齐边插录音机的电源边对班上同学说道。

"当然好啊，太棒了！"全班异口同声。

当然，对此，我可不敢轻易发表看法。

刚刚帮我解围的林怡微趁虾油齐不注意，又拿书敲了一下我胳膊。

"夏次建，你下次要是再骂人的话，我会告诉齐老师的。"

林怡微一阵细微而狡黠的笑声像幽暗角落里盛开的花，只有我能听到。

我朝她做了个鬼脸，心里想着：是哦，我好怕怕！

林怡微又笑了起来，然后对着我的侧脸说："不过，真的希望有一天你能老实点，好好进步。"

"对我这个天才来说，这个绝对可以，不过是时间问题。我也真怕自己聪明起来会把你远远甩到后面。"我不屑地对她说。

趁虾油齐在黑板写今天早读课要念的单词的间隙，林怡微往我这里推了一个纸团过来。

我拿起纸团，本想把它扔回去，可这时虾油齐已经转过身来，似乎又盯上了我。我只好作罢，把纸团摊开，夹进了英语书里。

满是褶皱的灰白纸页上，密密麻麻地写了单词、公式和各种符号，它们怎么看都像小学语文课本里一群找不到妈妈的小蝌蚪。

"鄙视你，自以为是的家伙"，这是纸团里面写的最大也是最丑的几个字。

我偷偷看了看林怡微，她又装作很安静的样子，在一丝不苟地抄写黑板上的生词。她那双炯炯有神的眼睛被窗外探进来的光线照得更加明亮了。

有时，我妈会在我没有醒来时在桌子上留下几枚五毛硬币，然后她就心安理得地骑走我的自行车去鱼市做生意。所以那种时候，我就只能挤公交车去学校。

清晨的公交车站点，前拥后挤的人流中，王耀凭着魁梧的身体走在前面，我屁颠屁颠地跟在他后头，很轻松地通过他杀出来的那条路上了车。

王耀的爸妈也是做鱼货生意的，所以我们两个一胖一瘦、一高一矮的孩子就成了他们彼此沟通的纽带，我和王耀也因此无法守住自己在学校里的那点破事。因为大人们的关系，我和王耀也自然玩到了一起。

王耀是个胖子，这点我就不强调了，如果被他听到，他一定会伤心的。他是一个不想让别人叫他胖子的胖子，即使背后叫也不行。除了偶尔挤公交帮我开道外，他每个礼拜都会从家里拿出一沓最新的《火影忍者》《海贼王》《宠物小精灵》的动漫光碟借我，当然大部分还是盗版。

"建建，这段时间，你跟林怡微一组学到很多东西了吧？"王耀在我旁边坐着，不断地向我靠过来。

"都跟你说多少回了，不许这么叫我！"我皱着眉头盯着王耀，看他被我这犀利的目光击中后低下头的样子，我补充道，"建建，建建，这听起来就很贱啊。女生这样喊我，我都受不了，何况你一个大老爷们儿！"

"好啦，建建……哦，是次建。我就是好奇，像林怡微那么好的女生，也愿意跟你同桌，还能忍受你，待到现在……"

王耀显然脑袋缺了根筋，我瞬间狠狠盯着他，他这才打住。

"哪有啊，都是她在烦我，用书砸我！"我没好气地回答着，随手翻了翻王耀借给我的光盘，再嘟囔一句，"其实我才是受害者。"

"可是林怡微人那么好，为什么会欺负你？"他又挤过来。

"这个……呃，你自己去问她好了。"我懒散地把光盘收拾进帆布书包里，看着书包发呆。对于林怡微这样的女生为什么会同意坐在我身边我也很迷惑，可能这是一个被她深深藏进心底的秘密吧。

"可是，就想问你。"

"不知道！"我看着他，便也问起他和顾上进同桌的情况，"你们俩怎么样？"

"顾上进人挺好的，也很细心，不过可能是他太帅了，每次他课间教我的时候，旁边总有一些女生也会凑过来问问题，可烦人了。"

"是吗？他那么受欢迎？"

"嗯，尖子生都很受欢迎的。次建，如果有一天你也变成他们的话，你就知道了。"

我一向不叫王耀胖子的，因为他会生气。但是对于在公交车上这种拥挤的情况下，我的耐力达到了极限。

"哎呀，王耀你这个大胖子，别压过来啊，我要死了。"

七年级第二学期的期末考总算结束了。

在放假的前一天，虾油齐带着一沓成绩分析报告异常兴奋地扭进七年级2班的教室。

于是这个暑假，我们便将开启一次短暂的寿宁之旅。

因为自行车又被我妈骑走了，来到学校的时候，校车前面的位置都已经被抢坐一空。我只好低着头径直向车尾走去。

林怡微看到我，伸手拦住我。我想是不是她今天要发善心给我让座，但这种白痴的想法很快就在她对我责怪的目光中烟消云散了。

"你期末考怎么还是考得那么糟，幸好这次班上整体分数都比较高，否则，这次出游的计划就泡汤了。"车窗开到一半，清晨的风夹带着还未被阳光蒸发掉的湿气吹进来。她的刘海飘飘的。

"夏次建，我平常教你的那些题目，你为什么没听进去？"

周围的目光全都因为林怡微的这句话聚集到我的脸上，那一刻我感觉自己似乎被推上了批斗台，脸不由得滚烫起来。我甩开林怡微挡在前面的手，径直地向后走去。

"越来越嚣张了耶。"

"不过看样子，他好像不好意思了。"

"是吗，他也知道不好意思？"

"哈哈……"

一大早，好心情就这样被车上的"乌鸦党们"给毁灭了。

坐在车后，看不到一丝阳光，我像坐在世界尽头。

校车启动了。

从车的后视镜里能够看到，司机是个二十七八岁的年轻男子，浓密的一字眉，坚毅的脸庞。当然，从镜子里还能看到坐在他边上的虾油齐。

虾油齐和年轻男子在闲聊，开口依旧是那熟悉的虾油味普通话，恍惚间我似乎看到她脸上擦的厚厚的粉底都要掉下来了。

车窗外，是笔直的马路，两排电线杆像终年光秃秃的粗大树干耸立在过客的视线中，那些黑黝黝的电线如同一根根紧绷的神经，几只灰褐色的鸟雀停在上面热烈叫嚣。

不断扑闪而过的树影，不断后退的高楼大厦和商铺，在视线里越来越模糊。

校车开到郊区的时候，我已经趴在角落里睡着了，其间王耀好像来过几次，把一些饼干、蛋黄派放到我身边。

车子开始在乡间凹凸不平的小路上颠簸起来，听到耳边一些细碎的声响，大概是那些小东西掉到了座位底下。

我在这种微微晕眩的旅途中实在困乏，不太愿意睁开眼睛去看它们滚到谁的脚边了。

中途谁好像说话了，全班都笑了一阵，后来又有人陆续唱歌，气氛热情洋溢。再后来我彻底醒了，因为实在忍受不了班长杜帅帅的嗓音。

他站在车子中间，脸上是滑稽的笑容，双唇间永远无法隐藏的两颗巨大门牙，让我想起电影《黄飞鸿》里带着一副似乎随时都会散架的眼镜的龅牙苏。

生得这副外星品种的模样，当然不怨他，但时常还以此来提高自己的曝光率，那就不可原谅了。就像一句话说得好，生得丑不是你的错，出来见人那就是你的错了。

但杜帅帅显然不知道自己错在哪里，还扯开乌鸦嗓唱起《还珠格格》里的经典歌曲——

> 今天天气好晴朗
>
> 处处好风光啊好风光
>
> 蝴蝶儿忙蜜蜂也忙
>
> 小鸟儿忙着白云也忙……

紧接着，全班都附和起来，当然除了我。

这种低级的幼儿园作风，我可不感兴趣，我把校服的领子竖起来，继续窝在角落里难受地睡着。

农人开始在田野里收割，轰隆隆的机器声，在一望无际的稻田里传来又散去。溪流在石块上潺潺流动的声响，也可以清楚听到。

当然还有众人时不时发出的笑声，荡漾着一片年少清澈的海。

城市离我们越来越远，一寸一寸地消失在我们的背后。

后来，我又醒过来了，揉了揉太阳穴，发现众人都在对着我笑。

王耀挪着肥胖的身躯走过来，凑到我的耳边说了一些话，我才知道自己出糗了。

"没想到次建个子小但呼噜声却是雷霆万钧啊，好强！"

杜帅帅用他那乌鸦嗓调侃我，全班都跟着哈哈大笑，有些女生甚至连嘴巴里的零食都还没嚼碎便一股脑儿喷了出来。

其实，看着他们的样子，我才感到好笑呢。特别是杜帅帅，长得一点都不帅，甚至可以送去动物园了，还自以为是地取笑别人。

"好啦好啦，大家别笑了，难得我们能够出来玩。"虾油齐这时从车厢前面站起来，看了一眼杜帅帅说道："大家刚刚唱歌非常好听，班长，你再带头唱首歌。"

杜帅帅勉为其难，继续扯着那破嗓子："下面，我就带大家唱一首歌吧，叫《东风破》，是周杰伦中国风的歌！"

眼瞅着杜帅帅要开口了，这时突然有只手从座位上醒目地举起，所有的目光都扑了过来。

"报告！"林怡微开口，"老师，班长刚刚带我们唱了很多歌，挺辛苦的。这首《东风破》我会唱，可以带全班同学一起唱吗？"

虾油齐意味深长地打量了一下眼前勇敢站起来的女孩，过了一会儿，说："好吧，就由你带大家唱吧。"

女孩略显得有些紧张，看了看四周射向她的目光，喉咙轻微滚动了一下，定了定神，或许也知道自己没有什么选择了，就开口了：

　　一盏离愁 孤单伫立在窗口

　　我在门后 假装你人还没走

　　旧地如重游 月圆更寂寞

　　夜半清醒的烛火 不忍苛责我……

平常都很低调或者不屑在众人面前表现的林怡微，竟然就这样开始唱歌了，她是真的不知道自己唱歌跑调吗，她不在乎别人怎么看她吗？

　　我惊愕地抬头望着她。她唱了什么，我全然没有听进去，只是觉得她周身散发着光芒，不同于往日的她。

　　她为什么要突然举手唱歌？一瞬间，我好像意识到自己虽然跟她同桌一段时间了，但对于眼前的这个女孩其实并未了解。

　　清新的歌声里，时间仿佛静止了，女生们在底下跟着小声地唱起来，坐在前排的男生们则不断上上下下打量着林怡微。虾油齐当然看不到她身后都发生了什么，她只顾着和开车的年轻男子没完没了地说话。

　　我坐在最后面，只看到林怡微跟随车子轻微晃动的背影，觉得她的蘑菇头剪得真是难看。王耀这时睡着了，他旁边的男生都快被他从座位上挤下去了。

　　林怡微越唱越放松，偶尔也转过身来对着车后的同学唱歌。她眼睛很明亮，微微笑起来时，样子也很迷人。

　　　　谁在用琵琶弹奏 一曲东风破

　　　　岁月在墙上剥落 看见小时候

　　　　犹记得那年我们 都还很年幼

　　　　而如今琴声幽幽 我的等候你没听过

　　　　谁在用琵琶弹奏 一曲东风破

　　　　枫叶将故事染色 结局我看透……

　　或许是旅程太过漫长，加上沿途山路颠簸，大家都很疲惫，在晕眩中也不在乎女孩是否唱得在调上，此时能够让自己尽快入睡的都算是好音乐吧。如果换成平日，估计谁都要把耳朵捂上了。

　　我想起第一次见到林怡微的场景，她也旁若无人地跟着奶茶店的音乐唱歌，这一幕现而今又在我眼前重演，我不免又想像之前那样故意干咳几声打断她的歌声，但这一回，就让她唱完吧。

　　好吧，我承认林怡微这种奇怪的生物有时候也不是那么令人讨厌。

第三章
拯救

在闽浙交界的寿宁县，有很多廊桥横跨在山峰之间。

下了校车，沿着幽静的小路行走，天上有淡淡的虹光。

到处都是花，银莲似的长秆花，从白色到堇色。苍翠的树叶边角有柔软的毛刺，沾到了一些女生的裙摆上。

空气洁净得仿佛从花骨朵里吐出似的，带着新生的淡淡幽香。

虾油齐带我们穿过廊桥以后，原本想朝着村中继续走，但她突然停下脚步，回头看了看我们。

"同学们，我们先到河边看看去吧，等会儿再到村子里。"

阳光下，她明朗地笑着，并用手指了指河那边，活脱脱变身为一个妙龄少女，以至于一言一行都分外用力，异常做作。

其实，河边就在桥的下面。不过为了安全起见，虾油齐非得带我们绕一段远路。我嫌麻烦，想直接拉王耀从近处的斜坡下去。

我让王耀像平常挤公交一样走在前面，这样起码能保证我的人身安全，但这胖子始终不干，停在原地磨蹭了老半天。

"夏次建、王耀，你们要干吗？"虾油齐转过头来对我们喊，"出来玩，还不安分点！出事了怎么办？快给我过来！"

她的声音十分尖锐，好像在山间环绕了很多圈，不绝于耳。

我心想：虾油齐此刻的心情肯定不太好，刚才快下车的时候非要拉年轻司机下来玩，结果被谢绝了。

因为虾油齐没有了说话对象，就把全部的注意力放到我们身上了，我和王耀会像幼儿园的学生一样被她死死看着。

走过一条狭长的泥泞小道，穿过茂密的岸边苇草，光影像被微风扑打出的翅膀一样在眼前穿梭，半明半暗。

每个人身上都有横斜的枝影投射下来的清楚条纹，像极了一匹匹斑马。

"齐老师，是前面的这条小河吧？"杜帅帅扯过一枝坚挺的苇草，在前面挥舞着，如同看到黎明时的曙光一样喊道。

"对，就是那儿。帅帅你让同学们集合一下，点一下名。"虾油齐点了一下头并补充道。

"大家等会儿就站在这儿别动，我看看有没有谁掉队了。"龅牙苏这下像得了圣旨似的，高兴地挥舞着苇草棒子在一块平整的大石块上叫着。

真希望这时从他背后冒出一头喀纳斯水怪，把这龅牙苏一口吞掉。

"其实我们只要看看夏次建有没有在就知道啦。"

"是啊，他不掉队的话，全班基本上也就到齐了。"

走在前面的同学七嘴八舌地说着。

"大家放心，夏次建在我这儿。"虾油齐摁了一下我的肩膀，对着前头说道。

前面的队伍里立马传来一阵哄笑。那一刻，我觉得自己的脸要烧起来了，索性就低着头走路，不让任何人看到。

因为炎热的夏天还没过去，所以我对水特别有好感，恨不得每天都泡在水里，成为一条一天到晚游泳的鱼。

没有成绩排名，没有闲言碎语，没有虾油齐那张掉粉的脸，没有我妈对我耳朵的攻击，当然也看不到林怡微和她的圆珠笔，世界简单到只有我一个人。

"快点脱鞋，一起下去走走。"我躲过虾油齐的耳目，偷偷对着王耀说道。

"啊，下去？可是我……我怕水。"王耀的口型异常夸张。

"没事！据我目测，这水并不深。"我坏笑着，拍了一下胸口，对王耀保证，"放心，如果落水了，我会救你的。"

趁着虾油齐和众人在观赏风景之际，我拉着王耀悄悄溜出人群，来到小河的另一侧。

我迅速地脱了鞋子，捋起裤脚向浅滩跑去。

王耀自然没下来，还是站在岸上，一副畏畏缩缩的样子。

"胆小鬼，你到底是不是男的？这点水也怕！"我用手做着喇叭，朝王耀大声喊道。

可是我疏忽了一点，林怡微那时正在岸边捡小石头，而且她的耳朵非常好使，要知道她的英语听力总是拿满分的。

还没等我说完，就听到林怡微高声对我斥责道："好呀，夏次建，你竟然瞒着齐老师下水！不怕死吗？"

"我哪里瞒了，只是你们没看见而已。这水很舒服的，你也可以下来玩啊。"

我朝林怡微做了个鬼脸，然后为了显示如鱼得水般的快乐，便在浅滩上赤脚跑了起来。

"小心点啦，别以为你自己很了不起！"林怡微不屑地说着。

可是已经晚了，我好像被什么东西绊倒了，整个人扑通掉到了水里。

河水哗哗流淌着，越来越湍急，感觉有股力量要把我往河心推去。水区变得越来越深，脚尖和河底逐渐隔开了，我扒着水花，四肢伸缩着，努力做着以前我爸教我的游泳动作。可是很奇怪，怎么没有效果啊！身子反而软下去了，就像一颗陷落在沼泽里的果实。

"不好，夏次建落水了！"

"齐老师，快过来呀！"

"来人呀！"

在一阵急促的喊叫声中，我知道自己就算溺水死不了，上岸后面对虾油齐，肯定也难逃一劫。

我的手脚开始挣扎起来，水中似乎有很强的漩涡在吸附着我，像磁铁一样。我开始有些无力了，晕眩中似乎能够听到鱼群的声响，藻荇相互纠缠……河岸离自己越来越远，那些清脆而急促的叫喊声越来越模糊。

夏次建，你是不是要从这个世界上消失了？

醒来的时候，夕阳隐遁了。

我躺在一间古朴素洁的厢房内。

夜晚潮湿的雾气像噩梦一样涌来，我终于脱离了死亡的水域。床板是木质的，清凉但没有家里的席梦思舒服。

我微微睁开眼睛，是王耀那张无比欣喜的大脸，它让我想到馒头、猪头和红烧肉。我知道这是一个人饥饿时才会产生的幻觉。

"次建，下午你在河边可吓死人了，要不是齐老师下水救你，恐怕你妈都不会有心情做生意了。"

"才不会哩，我妈也照样卖鱼，最多就是抱着她的那些鱼哭而已。"我稍稍起身把枕头垫到腰部下，"不会吧，那个老女人竟然还懂水性，真的假的？"

"她救了你，你怎么还叫她那个？"

"是哦，应该叫虾油齐，不不不，是美丽善良的齐老师。"我笑道。

此时已是寿宁廊桥一带人家点灯时分，灯火隐隐约约地在窗外闪烁，虫鸣声也已经安静下来。风在屋外吹着森森林木，翻动着夜幕。

"老师说，如果你起来了，就让我带你去旅馆楼下的食堂吃饭。"

"行啊，快带我去吧！溺水没死，这会儿我也都快饿死了！"突然，我发现自己竟然穿着一件粗大的睡衣，看样子还是女人穿的，有淡淡的香气在。

"我怎么穿了这个？我的衣服呢？"我慌张地问。

王耀偷偷笑了一下，说："因为上岸的时候你全身湿透了，被齐老师背到旅馆后，她就找老板娘借了这件衣服。你的校服被拿去烘干了，不过等会儿就能取了。"

"那我不都被那群女生看到了？！哎呀，这回出糗出大了。"我自言自语道。

"没事，她们一个个都脸红得不敢看呢。"王耀哈哈大笑。

穿上烘干的衣服后，我们就去了食堂，但已经没有剩菜了，饭也有点凉。一个当厨子的大妈为我煮了一碗面，上面放着煎蛋，撒着葱花，十分简单，但我还是像难民一样扑了上去。

"其他人都去哪儿了？"王耀问。

"往戏园子去了。"大妈一边收拾着碗筷一边回答道。

"看戏吗？"我发现王耀问的问题很白痴。

那个大妈笑了一下，点点头。

我顾着吃，没时间听他们对话。等吃完后，王耀就拉着我去了村上的戏园子。

"你认识路？"我很怀疑地看着王耀。

他还没走几步，就已经汗流浃背了。

"在你睡着的时候，齐老师带我们去过，说这里的北路戏很有名，不过学这种戏的人越来越少，也快被人忘记了。"

"哦。"

村子显得十分寂静。

四周大多是古朴的木质民居，路面上铺着清凉的石板，行人很少，隐约间可以听到远处传来几声犬吠。

昏黄的路灯下，王耀的汗继续流着。

走近戏园子的时候，锣鼓声愈发喧闹起来，咿咿呀呀的方言唱词在夜色中肆意游动，很快就游到了我们的耳朵里。

"快看，齐老师在那儿！"

王耀很兴奋地走到前排，这时我才知道廊桥的人这会儿大多是在戏园子里看戏，所以一路上才冷冷清清。

而我跟在王耀身后，抬头往前面看去，感觉戏台上矮小滑稽的丑角和我很像。

不知从什么时候起，我发现虾油齐温和多了，整个人也漂亮起来了。这是真的。

"你这小鬼，知道错了吗？"

"嗯。"这次我真的是发自肺腑地点头应道。

"要吸取教训，以后别再惹事了，知道吗？"

"嗯。"

戏台上扑闪的灯光映照在虾油齐的脸上，突然间感觉她不再那么讨厌。其实虾油齐不擦粉的时候，还是挺漂亮的，只是她自己不知道。

她用手指了一下方向，示意我们坐到位置上。

还好，是在边角，我此刻想要的就是这样不太显眼的地方。

我让王耀先走，然后我跟在他后面，凭借他肥大的身躯，我避开了很多同学的目光。

可是，林怡微竟然也坐在那一块。噢，我觉得自己又要被数落了。

"你呀你，不知死活的家伙，迟早会完蛋。"她朝我笑了笑。

"我完蛋也是我自己的事啊，顶多是我们家的事情，和你又有什么关系。"我嘴角撇了一下。

林怡微没再回应我，只把头转到了一侧。

我突然感觉自己做错了什么，便放低音量，对着她的后脑门说："那谢谢你啦。"

林怡微这回笑着转过来，故意拉着自己的耳朵，说："次建，你刚才说什么，我没听清楚呢？"

"谢谢你！"我提高了音量。

周围突然射过来一道道目光。

"夏次建竟然说'谢谢'了，罕见了！"

"这家伙整天都只会一副很嚣张的样子，今天若不是我们，早不知道去哪儿了！"

"希望他能重新做人吧……"

又是一阵哄笑。

林怡微，我被你害惨啦！

"次建，大难不死必有后福，我妈常说的。以后你一定会有好运的。"

林怡微一边说一边弯下腰，好像要拿什么东西出来。

"这块鹅卵石送你，希望你以后发奋学习，好好读书。"她笑了笑。

我的心里突然"咯噔"了一下，感觉鼻子有些酸酸的，但是脸上还是一贯无所谓的表情。

"什么嘛，石头和学习有什么关系啦！以后考试的时候有你林怡微多罩着点就行了！"

"可是下学期好像要分班，我不知道还会不会跟你同桌。"

"你是说……下学期你就可能不坐我身边了？"

她点点头。

"太好了，我这天才的小脑壳可以不被你虐待啦！"我异常快乐地对林怡微笑着。

可是，心里有个地方好像痛了一下。

王耀静静地站在一旁，看着我俩，似乎有些失落。

"对了，王耀，这块是给你的。"林怡微又从座位下取出一块鹅卵石，"因为今天捡了很多，所以见者有份儿。"

不会吧，林怡微，你怎么能这样啊！

我发现我的心在这廊桥的夜色里快凉透了。

第四章
秘密

2004 年秋天，八年级的日子到来了。

两个月的暑假也不知道怎么一下子就过去了，我只知道在这个暑假里我学游泳没学成，打游戏也没打成，整天都在帮我妈卖鱼。

说来也奇怪，感觉暑假里的鱼市生意好像红火得让人费解，特别是我妈的摊位整天挤满了人，鬼才晓得哪儿会有这么多人成天来买鱼吃，难道都是和我夏次建过不去，见不得我有一分一秒的清闲？

这些不痛不痒的牢骚当然不能被我妈听到，否则揪耳朵是避免不了的了。

"臭小子，是不是巴不得鱼摊早点倒闭啊，到时看你去喝西北风！"

我妈肯定会这么说，我还能想到她说话时的音高和音强。

好不容易回到家就只能躺在床上放松放松，连打开 VCD 瞄一小段影片也不行，我妈把我看得特别紧，我暑假的每一天作息都是她安排的。

有时候觉得我爸太坏了，扔下我们母子俩自己一个人去澳大利亚。我妈说，等你爸回来，我们的好日子就到了。而对于这一天的到来，她觉得很近，我却觉得很远。

两个月过去后，茂盛得直泛油光的榕树已经开始出现卷曲的叶片，一阵风吹来就会有叶片随风飘落，落到脖子边，感觉痒痒的。

鸣蝉似乎一夜间被人拔掉了发声带，道路上总算安静了下来。

学校还是那个坐落在山脚适合拍鬼片的学校；校长还是那个整天抓学生头发和校服的校长；虾油齐的脸上还是像当初一样搽着厚厚的粉底；同学还是那几个，只是他们中的好多人都长高了，好像一夜之间被人用力拔高的。而我好像也变高了，不过就那么一点点，0.5~1厘米之间。唉，那么的不明显。

我吸着奶茶在林怡微面前坐下，她扑哧笑了出来："夏次建，你刚从非洲回来吗？"

我知道她肯定是在取笑我晒黑的皮肤。唉，没办法，这全靠我妈的功劳。

"黑得健康，不知道吗？"我应了一句。

林怡微又笑了，说："这款黑糖珍珠奶茶，你可真是百喝不厌啊，还是多糖吗？"

我懒得搭理她，不失礼貌地点点头。

"还是这么嚣张。"

林怡微说完，从座位上拿出一张纸条，在上面写了一些字后推到我面前。

我拿起一看，依旧是一行又大又丑的字跃入眼帘："自以为是的家伙，这学期好好努力。"

八年级就这样开始了。

　　我依旧跟林怡微同桌，是她的"帮扶对象"，脑瓜子依旧逃脱不了她的"虐待"。偶尔去挤公交车的时候依旧还是王耀替我开路，新上映的几部国产片依旧还是那么不尽人意，大家在网吧里打《魔兽》跟《仙剑》的热情依旧如昨，虾油齐还在扩大她的托管中心规模，新租了一层楼，听说招生人数都突破30个了。哎，这世上的有钱人可真够多的。

　　之前，同学间疯传的"分班"消息也已经被我们逐渐忘记了，后来我们把它定义成了谣言。

　　操场上的人工草坪在秋天依旧绿得让人不禁想说"好假咧"，广播里男主播的声音还是难听得要命，校长开的大众车和保安大叔的凤凰牌自行车依旧那么显眼地停在一起，风吹来又吹去，就像我和林怡微一样，还是同学和老师之间无话可聊时最好的谈资——

　　"那个夏次建怎么读书还是那么烂？"

　　"林怡微都那么认真帮他了，他怎么还是没有起色？"

　　"有些人智商就是那水平，又不是想提高就能提高起来的。"

　　一个学期恍恍惚惚又过去了，虾油齐带领的八年级2班依旧在年级段独占鳌头，仿佛是七年级的模子刻下来的，唯一不同的只是教室门外的班级牌换成了"八年级2班"而已。

　　寒假又来了，带着全班倒数第一这样水平始终稳定的成绩单回家，被我妈习惯性恨铁不成钢地揪了几下耳朵后，我依旧开始帮她干起了没夜没日的生意。

　　因为要过年的缘故，鱼市的生意更是兴隆至极，买鱼的人来来往往，络绎不绝。有时真想中途溜掉，便假装去洗手间，我妈当然知道我的这些伎俩，索性买了个手机给我，说是随时保持联系，上厕所也得带着。

　　我本想以学业为重的理由来拒绝她，但是这个理由放在我身上好像并不成立。想偷懒的想法便就此作罢了。幸好，我妈待我不薄，给我买的还是彩屏手机。

　　那时候，手机不像现在满大街去扫都能扫出一大堆，它可是个稀罕物，特别是对一个八年级的学生来说。

　　我只在王耀那里见过这玩意儿，当然他只是比我早买了几天而已。他家的鱼摊其实离我家的不远，但因为市场人太多，也时常和他混不到一块儿。他说他妈给他买手机也是为了防他开溜。

　　原来，天底下的妈妈都是这样用心良苦啊。

　　林怡微和他爸爸来买鱼。

　　趁着大人们初次见面寒暄的时候，我把她拉到一边，迫不及待地拿出兜里的彩屏手机给她看。

　　"看到了吧，我妈刚给我买的！怎么样？"我得意地抖了抖眉毛。

　　林怡微不屑地看着我，说："夏次建你太会显摆啦，好幼稚。"

　　突然间，我感觉好像被人拎着一桶冷水从头到脚浇了下来，心里冷冷的，说："林怡微，好心给你看，你好歹也给点面子夸一夸不好吗？成成成，刚刚就当我掏出的是空气。"

　　我说完，气气地将手机揣进裤兜里。

　　"微微，你的手机响了，好像是你妈妈打来的。"林怡微的爸爸一边从上衣里拿出手机一边叫着她。

　　林怡微走了过去，又回头看看我，"忘了和你说，我爸也给我买手机了。"

　　我感觉好丢人，真想变成我妈鱼箱里的任何一条鱼，而不被林怡微认出来。

　　林怡微的爸爸拿过鱼，准备掏钱的时候被我妈拦了回去："别给啦，微微和次建都是一个班的，这多见外！"

　　她爸爸又把钱推了过来："虽然这些孩子是在一个班，而且还结成了'帮扶对子'，但这生意还是得做清楚的。"

　　我妈脸上疑惑了一下，问："'帮扶对子'？我怎么没听次建说起？"然后她又把脸转到我这边。

　　"是齐老师的主意，她想让孩子们的成绩都能提高点。"林怡微爸爸解释着。

　　我妈这下乐了，说："敢情好啊，以后我们家次建在学习上就得让微微多帮忙啦！那钱就更不能收了。"然后我妈用异常热情的目光看着林怡微，而林怡微并没有看到我妈脸上的神情，她只顾着接电话，用她那部带着被人咬过一口似的苹果标志的手机。

　　而我也明白了一个道理，纸是永远包不住火的，我的秘密怎么就这么藏不住呢。

　　后来我妈还是收了林怡微她爸的钱，生意毕竟是生意，和感情是两码事。

　　后来我和林怡微交换了彼此的手机号码，也知道了她用的那部手机是"苹果"牌的。

　　那天的阳光也将她的脸照得红红的，就像苹果。

　　她爸带着她回家，忽一个瞬间男人转过头来看了我一眼，眼神中有一丝复杂的光闪，又很短暂的，那光芒随着男人转过身去而消失。

　　他是在辨认我吗，还是想用那道目光提醒我什么？

　　林怡微自然不知道这其实是我第二次见到他爸。

　　跟林怡微同桌后的第二个学期，在教师办公室，我因在课上喝奶茶终于还是被虾油齐课间请来"喝茶"。小脑袋刚探进去，就撞见她和一个西装革履的中年男人在谈话。

　　男人眉目清秀，脸上虽已有皱纹，但肤色也算白皙，身型略瘦，年轻时应该很帅气，后来多多少少被时间和现实压力折磨，身上的精神气像钝化的铁器，眼神里总是空空的。

　　我便退了出来，即便是在门外，也能隐约听到他们的说话声。

　　"齐老师真抱歉，我也是后来才知道微微从您那里出来了。主要是她太记挂她妈妈了，我们家情况比较复杂，我跟前妻离婚分居了。她身体不是很好，脾气也比较糟糕，微微见着，就要搬过去住。微微对您，是真没什么意见……"男人一边解释一边贴上笑脸。

　　虾油齐抿了一下嘴，也微笑回应着："瞧您说的，微微是个好学生，日常也帮了我很多忙，我疼都来不及呢！"

　　男人迅速接上话："齐老师，那您看能不能调换一下座位，我听其他同学说微微现在的同桌学习成绩不好也就算了，还常爱捣乱。我怕微微……"

　　虾油齐没等男人说完，就略显不耐烦地回道："我刚刚也说了，之前换同桌微微是同意的。况且一个学期过去，微微学习成绩依然很不错啊！我中途也找过她，问她需不需要再换同桌，怕不怕被影响，她可是摇头呢，跟我说不需要。"

　　听着办公室里飘出的这段对话，我突然间想明白了很多事情，内心的某个角落轻微地震了一下。

倒不是因为听到别人评价自己"学习成绩不好也就算了，还常爱捣乱"而难受，从小到大我对类似的话早已免疫，而是感觉自己好像成了一个被利用的工具。

作为班主任的虾油齐记恨林怡微退出她的托管中心，竟然故意安排我跟林怡微同桌，一定是希望我把林怡微拖垮吧，虽然虾油齐在河里救过我，但也改变不了可恶的大人是世界大怪兽的事实。

而林怡微呢，明明知道虾油齐的目的，却不表现出任何情绪，还乖乖听话，辅导我功课。

是她好学生真的当惯了，为了维持自己的好形象而"任人宰割"？还是说，她觉得我是可以被拯救的那一方，日常帮助我是因为可怜我吗？

我越想越气，不停抓着后脑勺。

如果不是学校禁止喧哗，我真想变成一头狮子或老虎，朝这世界大吼一声。

男人此时从办公室出来，神情略显凝重，看了站在门边的我一眼，我把头转到另一侧，再转回时他已经走远了，背影越来越薄。

这是我第一次见到林怡微的爸爸。

过年的时候，看了万紫千红的春晚，站在房顶也吃了不少从天而降的烟花碎片。

我妈把一个红包交给我，说："次建你又长大一岁了，好好读书，别像以前那样，这样我和你爸也省心些。这个就是你爸给你的，别乱花。"

"那你的呢？"

"我和你爸的放在一起了，都在里面。"

我妈每年拿红包给我的时候，总是这么说。

那时，她的脸上会强装着笑容，我知道其实她恨不得再揪几下我耳朵，但因为过春节，她不想做任何不吉利的事。

而我每次也都故意问一下，希望她能够大彻大悟，可是我发现这绝对会失败。我妈是个精明的生意人，对她儿子，当然也不例外。

大人的谎话，永远那么讨厌。

而我爸给我的钱也不会很多，我私下里拆开数了数，就五张红票子，这不得不让我怀疑是不是我妈扣押了原先的一半。

林怡微就是在我躺在床上数钱的时候打电话过来的。

"次建吗？我是怡微。"

"好白痴啊你，我当然知道你是林怡微。"

"刚过完年，态度别这么坏啦。次建，我有事要和你说。"

心里突然有些紧张，像被人旋了一下发条。

"夏次建，新的一年里，祝你开心快乐，别再喝那么甜的奶茶了！"

"就这些？"

嘴巴里控制不住地迸出了这三个字。

"那你还想听什么？"

"没……没什么。"

我拍了下胸口，小声地舒了口气，很想说出的话，却牢牢绑在牙齿内侧，跑不出来。

"什么声音？"

"喔，是风，窗外闪进来的。"

"对啦，忘了和你说了，很重要的一件事。"

"什么？！"

我咽了一口唾沫。

"怎么感觉你好像很紧张？"

"哪有。"

"不过，你真要紧张一下了。下学期你可得好好读书啦。刚才打电话问候齐老师，听她说下学期过后真的就会分班了。夏次建，你的成绩一定要提上来哦，否则一旦被分到差班去，你就真的完蛋啦。"

林怡微又是一副早熟少女的口吻。

"林怡微，你是不是觉得自己是如来，是观音，可以拯救别人，很伟大？我又不是非得要待在这个班上做你同桌，被分到其他班上对我来说可是大解放呢！"

"你……真的这么想？"

"当然啦。很笨耶，林怡微。"

"……"

手机那头没有了动静，屏幕上电话的图像由绿色变成了红色。

通话结束。

过完年之后，紧接着就是八年级的下学期了。

月末的天气，细雨绵绵，道路像发光的镜子，映出少年单薄的身影。一些野花开了，星星点点地缀在去往学校的公路两侧。

保持年级领头羊之势的八年级 2 班现在更加沉寂，众人埋头看书，整理笔记，脸上没有过多节后欣喜的神情，只是在课间才会听到女生们聊一些相对愉快的话题——

"春晚那个唱《龙拳》的周杰伦，好帅呢！"

"对呀，之前的《双截棍》也是他唱的。"

"你头发留长了挺好看的。"

"是吗？可是蛮害怕校长又来抓呢。那老头可讨厌啦。"

"我们不是都快九年级了吗，应该没事的。"

快九年级了，一群人开始有喜有忧。

漫长的雨天，也开始没完没了。

我用手托着腮帮看着阴沉的天，零星的一两只鸟雀从空中慌乱地飞过，落到远处老旧的宿舍屋檐下，真不知道雨什么时候才会停。

林怡微安静地坐在座位上，新学期开始后没和我说过一句话，她的那些书、练习本当然也没有再砸我天才的脑瓜，心里突然感觉有点沉闷、失落，但也挺好的，这样的日子。

虾油齐站在讲台上，抬了抬眼镜，又用手掩着嘴巴，转过身咳嗽了一下，说道："因为下学期大家就升到九年级了，那是人生中十分重要的一个阶段，关系到你们能否考上重点高中，大家一定要重视。"

她顿了顿，扫视了一下全班同学，又专门看了我一眼，继续说道："因为学校要考虑升学率的问题，准备优化整合，根据不同层次学生的具体情况重新分班进行培养，所以这学期最后的考试成绩非常重要，大家一定要努力。"

学校说的话总是那么好听，什么"根据不同层次学生的具体情况重新分班进行培养"，就是想把好学生都放在一起而不再花心思去管差学生嘛。我想，我的名字可能都被提前写进那个只有差学生才能进的"提高班"里了。

我一直都有自知之明。

林怡微也在我身旁咳嗽了一声，我扭头看她，正好与她的目光对上。

　　她的脸有点微红，迅速地用课本挡住，我看见她的刘海好像也比以前长了一些，蛮好看的。

　　"次建，怎么办？如果被分到差班去的话，我爸妈迟早会让我接手我家鱼摊的，以后想玩都不能玩了。真不想这样。"下课的时候，王耀伏在窗子边对我吐苦水。

　　"放心啦，要去的话，也是我先进去，你还得排老长的队伍才会轮到。"我捏着王耀很有弹性的大脸说道。

　　"次建，难道你真的不想待在这个班上吗？"王耀忧心忡忡地说。

　　"呃？"我僵持了几秒，感觉背后有个人同样也在等待这个回答。

　　"当然啦。王耀你很笨耶，还要我说几遍嘛。"

　　我又一次这样说话，是不是很讨厌，但没办法，这就是我。

第五章
倔强

侧耳倾听内心真实的声音，才发现青春永远长着一根倔强的刺。

"最近早上进来好像没看到林怡微和你聊天了，你们关系不好了？"王耀把我叫出走廊，我们两一起伏在栏杆上。

"是压根儿没好过！她是虾油齐派来辅导我的，又不是陪我闲聊的。王耀，你干吗成天注意我跟她？说，你小子是不是也有秘密？"我抬头看着逐渐散开的云层，又对着王耀笑道。

"没……没有。"

"没有，那你为什么口吃？呵呵，是不是紧张啦？"我一脸坏笑着。

"都说没有啦。"王耀有些急了，脸上红了一片，之后他又开口，"你没发现，林怡微是真心实意想帮你进步吗？每次都那么用心、认真……"

"怎么了？你那个'上进'小哥哥对你不好吗，还是说，你需要换个性别？"我开了个玩笑。

王耀叹了口气，回道："顾上进跟老师说要好好帮助我，开始还有耐心，可后来就不怎么管我了，直接丢答案过来，让我自己对……"

"你以为我跟林怡微做同桌就被她百般照顾吗？我可是经常受

虐……"说到这儿，我停了下来，环顾四周。

王耀见我这贼样，笑起来了。

天空当时已经放晴，阳光从稀薄的云层间透射而下，落到我和王耀的脸上，叫人几乎睁不开眼睛。

我不知道自己和林怡微之间究竟谁会先放下脸来，这好像青春期里一场看不见硝烟的小规模战役。

而我明白这只是自己的想法，就像林怡微说的，这样的我看上去是那么的幼稚。

教室的光线不知道从什么时候起越来越暗，阴天的时候，总感觉忽闪忽闪的荧光灯就要朝自己的头顶砸下来。

我和七年级的时候没多大变化，照样趴在桌上，无聊地看着一张张被头发遮盖住的脸，他们都开始提前进入九年级的状态了。

教室里都是纸页翻动的声音，连平日课间最爱说话的女生也都沉默下来。

而我就是这样子吗，跟过去一样？还是我需要做出一些改变？

我望着窗外的天空，一架飞机轰鸣着从教师办公楼上空飞过，日子仿佛是它尾部排放出的弧线，一点一点消失。

这个世界会不会有什么改变呢？

"哎呀！"

头部又有了很熟悉的痛感，神经来回跳跃，内心有阵莫名的欣喜。我不知道，这代表着林怡微的让步，还是我的胜利。

"怎么又打我？"

"你也知道痛吗？把笔记本拿过来。"林怡微突然对我说道。

"为什么要给你？"

"别废话，快点拿过来。"她加强了语气，刘海在窗外吹来的风里轻轻飘着。

林怡微拿过我依然崭新的笔记本，一边拿笔在上面写着，一边随口问："夏次建，你那些没用的笔记本足够开文具店了吧，改天都拿来，我帮你用。"

她难得地把嘴角扬了起来，露出一丝笑意。

"你究竟想干吗？"我看着她在我的笔记本上沙沙记着什么。

"写好了，给你。"她把笔记本合上放到我手边，"明天起，我可能早上会在家早读一段时间，不会那么早来学校教你。我希望你自己能针对性地突击一下，上面都是最近书里需要记的笔记，哪一页我都标注在旁边了，自己去找。还有，下面写的基本参考书要到书店去买，学校出的题和里面的很像。这是我逛书店的时候发现的，一般人我是不会告诉他的。"

"你好啰唆，对了，干吗对我这么……"我盯着林怡微，还没等"好"字说出口，她脸上已经泛红，但很快又平和下去。

"别多想，齐老师让我帮助你，我不想半途而废，以后你去哪个班都行，我现在只想'送佛送到西'。"

"就这样？"

"嗯。"

林怡微，你才是很幼稚很幼稚的人，真的只是因为这样才帮我的吗？好吧，可能真的只是这样。我一边想，一边又不自觉地吸了一口奶茶。

"跟你说过了，不要在我跟前喝。"林怡微嫌弃地盯着我，露出我妈一样的脸，并用眼神示意我打开她刚推过来的笔记本。

我拿过本子，一眼都没看，直接塞到抽屉里去了。

"夏次建，你太可恨了，没办法治啦！"林怡微又向我砸来一沓书，唰唰唰地掉到了地上。

不知道为什么，我心里却感到异常快乐。

随后，我当然接受了林怡微苦口婆心的建议，毕竟我也不是那么不开窍的一个人，觉得自己怎么也不能辜负林怡微的一番好意。

在这场我和林怡微之间的冷战降下帷幕的时候，我承认，其实输的人是我自己。

林怡微一直都是胜利的，就像她的名字永远不会落在每次年段成绩排名的第五名以后。

而我突然间内心热血沸腾，也想试试努力学习的滋味，看看自己有一天能否赶上她或者和她打成平手，毕竟我不想在她面前一直都是一个失败者的角色。

我也承认，我真的一点都不想离开八年级2班，或者是以后的九年级2班。

"你不是一直说自己是天才吗？有本事你就把刚才老师留在黑板上的数学题都做了。"

"你记忆力应该挺好的吧，那你背一下昨天老师教的《记承天寺夜游》。"

"怎么样，这些单词是不是都不知道啊？"

林怡微开始每天都会在课间问我一些关于语数外的问题，当我摇头的时候，她那生气时才有的高分贝声音又在我耳边炸开了："夏次建，你是不是真的没有看我之前给你画的那些内容？"

我当然无地自容，但还是不能让她太嚣张了，"拜托，我可是学渣，之前一页书都没啃过，哪像你。"

"这么说，你承认自己差啦？"她笑了。

"要不，明天你再问我。"我不屑地看着林怡微，往手心里吹了口气。

就这样，一个春天过去以后，我也不知道自己究竟是怎么了，突然整个人都变得积极起来。

不再对着 X 或 Y 的解方程打呵欠，不会再伏在语文书上睡觉流口水，每次做英语资料时也不会再转着橡皮擦来填 ABCD。

一切都好像中了林怡微的魔法，这不由让我想到这个蘑菇头究竟是不是从天上掉下来时摔坏了扫帚而不能飞的魔女。

我也常约着王耀去新华书店，进去的目的当然只有一个，那就是买教辅书。

王耀提着我买的一堆书，觉得不解，问我："你真的是'夏次建'吗，怎么感觉变了个人？"

我伸出一只胳膊挽着他肥厚的肩膀，像按着一个弹力十足的瑜伽球，嬉皮笑脸回他一句："人本来就会变的啊。谁说只有学霸才能进书店，我也可以沉迷学习！"

从书店出来，王耀打算回家，我硬拖着他去喝奶茶，他身型愈发像座塔，推动他的过程极为艰难，但一闻到不远处奶茶飘来的味道，甜得像一根透明的手指钩我的鼻子，我就充满往前的力量，王耀似乎也从实心球变作气球，我拖着他丝毫不费力气了，步履轻快。

奶茶店隔壁是音像行，那时候生意还很好，老板刚经营半年，就把隔壁店铺也租了下来，打通两个店面之间的墙壁，使得整个音像行面积扩充了一倍，即使再增添一些货架，也显得宽敞。

每天这里都有很多年轻人进进出出，有些女孩子拿着自己偶像刚出的 CD 专辑，兴奋地叫着。有个女生则站在门外，凝视着一幅挂在玻璃橱窗内的海报，安静得像一株植物，她是林怡微。

"次建，你在看什么？"王耀伸出那圆乎乎近似巨婴的手，在我眼前晃了晃，随即也看到了那个女生的身影，略显激动地叫出来："啊，是林怡微！我们过去跟她打招呼吧？"

"天天都会见到的人，躲都躲不及，要打招呼自己过去，我还要等奶茶！"我不理王耀，转过身，步子往奶茶店前台挪了挪。

王耀自然也不好意思前去，脸上有些扫兴，无奈地随我走到一边。再一回头，我看见林怡微已经走掉了，背影缥缈。

我举着黑糖珍珠奶茶，开心地从那家音像店门口走过。忽一个瞬间，不知道为什么竟然也在林怡微站过的地方停了下来，才发现她看的是周杰伦的《七里香》专辑海报。

海报上，那时的周杰伦还很年轻，像个懵懂少年，留着略长的头发，遮住了一只眼睛。他穿着黄色复古的军大衣，前头还站着一个抱着玩偶、欧美长相的女孩，他们身后是一个老房子、一片青草地，天阴，不见霞蔚，怀旧的气息从图中弥漫出来。

她这么喜欢周杰伦啊？学霸林怡微的另一面，原来跟这个世界上大多数的女孩一样，也喜欢追星。我在心里笑了笑。

"走啦，次建！"王耀一边大声吸着奶茶，一边喊我。

我这才从林怡微似乎很喜欢的海报前离开。

盛夏又到来的时候，学校里的榕树更加茂密了，叶子在风中沙沙响着，像鸽子一样振动着翅膀。

时而抬头仰望树枝间露出的一角蔚蓝，我在想，自己的天空会不会就这样明亮起来了呢？

八年级的最后一次考试结束了，因为我和林怡微不在一个考场，所以在学校汹涌的人流中很难找到她的蘑菇头。我开了手机，拨了那个已经好久没打过的号码。

"林怡微吗？我是夏次建。"

"你好白痴啊，我当然知道你是夏次建。"

我摸着脑门，对着手机那头傻傻笑了半天。

"怎么了？是不是挂啦？"她问道。

"不……不是。"

"那你要说什么？"

"我……我想下学期……应该还能和你同班。"

"人太吵啦，没听清，夏次建你说什么？"

"没什么。希望你暑假快乐！"

"你也是。"

日光灿烂地倾泻到校园的各个角落，废旧的校舍墙上爬满了草蔓，许多学生在路上追打嬉闹，时而吹过的凉风中，宽松的白净校服不断高扬。

时光蝉翼般透明。

操场上的榕树开始往下掉叶子的时候，已经是 2005 年的秋天。

一片雏菊犹如远逝者站在熄火的盛夏末端，看见天空逐渐抬高，曾经觉得还很遥远的九年级像石头一样重重砸在我们的头上。

　　班里来了不少新同学，也走了不少老同学，无数来来回回行走的步子里，总觉得自己的脚尖一直停在原地。

　　像在张望什么，却始终不知道自己究竟该先迈出左脚，还是右脚。

　　虾油齐拿着一张重组后九年级 2 班的学生名单像从前一样扭进教室里，好像幅度比以往更大了。

　　她抬了抬那个装着超厚镜片的眼镜架，咳嗽了一下，扯了扯嗓子，然后开始念名单。

　　全班的气氛如秋日般肃杀。

　　"林怡微。"

　　"到。"

　　"顾上进。"

　　"到。"

　　"惠妍子。"

　　"到。"

　　几乎是同一时刻，全班都把目光聚集在了惠妍子的身上。

　　她是个扎丸子头的女生，长得白净，眼睛很水灵，个子比林怡微矮点，但绝对比只会留短发的林怡微好看。

　　惠妍子安安静静地坐在后面的角落里，翻着新的课本，视线从未移出自己的课桌以外。周围是一阵议论声。

　　"以前怎么在学校没见过她？"

　　"很漂亮呢，怎么办，突然感觉新班级好多美女，压力好大呢。"

　　"听说是八年级下学期转来的，原来在四班念书。听名字像日本人……"

我心想：她不会又是林怡微那一类的超级生物吧。

虾油齐又咳了几声，"名单没念完，大家安静点听，顺便也认识一下新同学。"

"杜帅帅。"

"到。"

……

"王耀。"

"到。"

"夏次建。"

"在！"

"上面就是我们同学的全部名单了，以后大家就相互熟悉熟悉吧。"

几乎又是同一时刻，以前班上的老同学齐刷刷圆瞪着眼睛看我和王耀，口型欧成一片，像见证奇迹到来一样。

"怎么他俩也在？"

"不可能吧，他们进步这么大？"

"是不是上学期期末考试两个人都作弊了？"

一阵哗然。

这一刻，我真想对这些因为我的存在而跌破眼镜的人露出酷酷的微笑！

八年级最后一次考试让我以优等生培养班最后一名的身份留了下来。谁也没想到我和王耀最后还是死皮赖脸地成了九年级2班的一员。

其实，他们没必要用这样惊讶的眼光来看我们，特别是来看我这样的天才。

林怡微转过头来一直看着临时坐在她后桌的我，使了个眼色，仿佛是说："夏次建，你有什么好骄傲的。要不是我的话，你说不定就已经坐进那个靠近厕所的'差生提高班'了。"

"为什么，我又没抄你？"我也用眼神对她回应道。

"就知道你忘恩负义，不理你了。"林怡微假装很生气地看了我一眼，转过头去了。

我嗤笑了一声。

虾油齐这时喊我们出去排队，按照身高由低往高依次排下去。

这是让我悲哀的时候，觉得满世界都是青色刺眼的光，很多树木都在激烈生长冲破云霄，而我还站在低地上张望所有尖锐的塔尖。

结果，我终于脱离了"固守"多年的阵地，一屁股坐到了班级第一列的第二排去。一个叫惠妍子的女生成为我的同桌，林怡微坐在我的后面，顾上进坐在林怡微的后面，而王耀以他肥大的身材稳坐在教室最后一排的交椅上。

从我这里看下去，直到王耀那里，我们都在一列，这真是一条好玩的直线。

谁也没想到故事又在这样一条直线上开始了，当然也不能漏掉我身旁这个名叫"惠妍子"的新同桌。

而我终于也因为身份上的改变，不再享受虾油齐让林怡微为我做课业辅导的"特殊待遇"。

坐在我身边的女孩特别安静。

她看上去不怎么爱说话，总是一脸平淡的表情，很多次我往背后的书包里拿书的时候，都会不经意地悄悄看她几眼。

窗户边有明亮的光线投射进来，正好照在她的侧脸上，像发光的白玉。

女孩好像也看见我在注视她，嘴角笑了笑，故意用一本书挡住了自己的脸，就像以前我偷看林怡微的时候一样。

而林怡微此时正在和她的后桌顾上进说话，拿着笔，不时在纸上画着变形的几何和蝌蚪一样的英文，然后捋捋又变长的刘海，对顾上进笑起来。两个人都是一副好学生的样子。

当顾上进成为林怡微后桌的时候，我就知道这样的场景肯定会发生。

这个叫顾上进的家伙，锥子脸，留着男生微长的头发，带着斯文的黑框眼镜。据我观察，他很久之前就注意到林怡微了，两个人当同桌时可真像"金童玉女"，后来被虾油齐"拆散"，身旁坐了王耀这个胖子，明面上好像没什么，偶尔也帮帮新同桌，实际上，心里绝对还是喜欢跟林怡微同桌的。

这么想来，他一定很嫉妒我吧，说不定也恨死我了，哈哈，我倒是挺开心的。不过这下可好，我不在林怡微身旁了，王耀也以要蹿到天上的身高和可镇河妖的体重坐在教室最后面，真成全了顾上进。

林怡微好像也很愿意和顾上进聊天，他们一说话，就是——

"微微，如果要想自己的记忆力很好，知道要吃什么吗？"

"鸡蛋？"

"不是，是香蕉。"

"上进，你晚上的学习时间怎么安排的呢？"

"一般学到 9 点多就睡了。"

"不熬夜吗？"

"现在还没到时候。微微，你知道吗，书上说晚上 10 点到凌晨 2

点之间是最好的睡眠时间，能够让你第二天学习更有状态。"

"是吗，以前还真不知道呢，上进你懂得还真多！"

就像这样，林怡微时常会被顾上进问倒，然后一愣一愣听他闲扯。

顾上进戴着两百多度的黑框眼镜，似乎自己懂得很多，可以提前上清华的样子。他笑起来时也很谦和，眼睛就像会放光一样照到对方脸上，班上有很多女生都在偷偷暗恋他。

但不要觉得这个男生的心机仅此而已。某一瞬间，他开始聊那个话题——

"听说周杰伦这段时间要在台北开'无与伦比'演唱会，票瞬间卖光，都创纪录了！"

"他太棒了，我超想去。对了，上进，你也喜欢 Jay 啊？"

"必须喜欢啊，说起来我也算他老乡。他祖籍是泉州永春的，我爸就是永春人。"

"真的吗？哇！"

很难想象吧，多数时候都冷脸的林怡微竟然这么容易就在顾上进这里脱口而出一声"哇"。这小子功力可真是了得，知道要把话题转到女生最感兴趣的点上，以此轻轻松松就博得美人一笑。

不过林怡微算美人吗？绝对不算！

我捂上耳朵，免得被身后林怡微喊出的一声声"哇"误伤。此时的她就像一只被人撩开的猫咪。

第六章
冷战

2005 年感觉四周发生了很多事，《哈利·波特与"混血王子"》在中国持续热销；一篇叫《狼牙山五壮士》的课文从小学生的视线中消失；"超级女生"为芒果电视台创造了新的收视神话；唱歌的周杰伦开始出演自己的第一部电影《头文字 D》，一下子又赢得了一堆女生的尖叫。

但这一切似乎都跟我没有太大关系，就好像一个拥有 64 亿张嘴巴的地球多我一个也不多，少我一个也不少。

沉默下去，地平线从白天拉到黑夜，又从黑夜拉回白天。

而我面对左手边越堆越高的课本和笔记，再看看这个异常沉闷的教室，每个人每张脸每个座位，飘飞的纸张和粉笔灰，还有偶尔吹进来的凉风，突然间不明白当初自己为什么要下决心坐在这个班里。

只因为看到林怡微那么努力地帮自己而内心忏悔决定重新做人？

不会的，好白痴啊，夏次建你难道真的那么幼稚？内心突然不知所措。

突然踩了一下自己的鞋子，看着玻璃窗里映出自己瘦小的侧影，头低了下去，为什么不好好吃饭长高点呢？

笨蛋欸，干吗想这些问题。心里稍稍冷静了下来。

时常，我也不知道自己究竟怎么回事，老是在想这些无聊的问题，好像想一下心里就会好受点，其实就是在自找烦恼。

教室外的花圃里，羊齿植物在金色阳光下几近透明。一位哲人说，人是上帝醉酒后的艺术品，有残缺，但也有光芒。

"你能帮我求证一下这个角吗？"

同桌发出内敛而细小的询问声，像一只温顺的绵羊，听得很清楚，确实不再是林怡微。

"别这么客气，我不习惯的。"我拿过惠妍子的课外卷子，看了一下，竟然发现她和我买的一样，而且这道题我昨晚刚做过。我随手拿起笔，在草稿上稍微写了一下求证步骤，一边和她说："其实，我也不太会，只是觉得应该是这么做的。"

"你太客气啦，对了，我叫惠妍子。"

她微笑着，很有礼貌的样子。

我发现她笑起来的时候，眼睛上的睫毛细长而浓密，嘴角是有酒窝的，很可爱。

"喔，我是夏次建，以前就在这个班。一直都是虾油齐……是齐老师带我们的。"

"嗯。齐老师看上去挺好的。"惠妍子又露出小酒窝来。

虾油齐当然好，毕竟救过我的小命，但她另外一面呢，又有多少人知道。

说起来，我的世界似乎也是因为当初虾油齐的"精心安排"而发生了那么一点点变化，可这些自然不能跟惠妍子说起。毕竟好学生一向都对差学生的劣迹很反感的，但林怡微除外。

多数人都会觉得林怡微冷若冰霜，当然除了谈起周杰伦，她还像个正常女生。

因为有学霸这个人设，其实林怡微身边的女生朋友特别少，但她显然不在乎这些，可能也因为家庭缘故。她在情感方面，似乎对谁都不依赖。

这么特别的一个女生，当时能跟我同桌，而且不排斥我，真像一个谜，而谜底一直在她那里。我没敢问，她也从没说起。

不过也很神奇，即便林怡微现在只坐在我身后了，我的目光却好像一直黏在她身上。

当我跟惠妍子聊天时，她脸上没有任何表情，像从前那样安静，自顾自地看书、做笔记。但我不相信当她面对自己前面的两个人交谈甚欢时，真的不会产生多余的情绪？

"你笑起来挺好看的。"

这话显然带着点痞子气，我一边对惠妍子说着，一边用余光瞥向身后。

林怡微好像真是石头做的，脸上纹丝不动，仍保持着之前看书的姿态。

惠妍子听了倒是反应大得很，脸颊顷刻间像铺着火烧云，也像生了病似的。这下她不和我说话了，也没再看我一眼，直接翻起书埋头去看。

而我又把目光转到后面，发现林怡微此时也正在看我，两个人目光对上了。我有点做贼心虚，瞬间撤回目光。

林怡微当时的表情我还不知道怎么形容，似乎很不屑，嘴角在冷笑，倒像个胜利者。

明明是自己想获得某种变态的"虚荣感"，可每次竟然都被林怡微反转过来，成了失败者。

我从座位上站起来，转身，拽拽地看着她。

她察觉到了，便故意把头转到后面和顾上进说起话来。

"上进，上次听你说了之后我就让我爸爸买了一堆香蕉回来，结果被我家的猫咪吃了好多呢。"

"微微，你家的猫会吃香蕉？"

"对呀，好奇怪吧？"

"我还真没见过吃香蕉的猫咪呢，很可爱吧？"

"嗯，我的猫咪胖乎乎的，老是喜欢在我的脚趾边打滚，趁我睡觉时经常跳到床上吓我，还喜欢抢我的东西吃……"

两个人津津有味地聊着，显然忽略了站在一旁的我。

我自觉自己无趣，便又坐了下来。

9月末了，叶子在风中像落地的蝴蝶，一只只在坠落中寻找归宿。

四周很安静，能听到车棚下低年级的学生一边按响自行车车铃一边说说笑笑的声音，而头顶的天空已经没有夏天时那么蔚蓝，像被暴雨稀释之后剩下的颜色。

稀薄的云层逐渐飘到天边，离我越来越远。

我知道我和林怡微之间新的冷战又开始了。

"你没看出来吗？现在顾上进老是跟林怡微讲话。我在后头看着他们都烦了。"坐公交回家的路上，王耀对我嚷嚷着。

"你是不是吃醋了？"我对他笑了笑。

"哪有啊？知道你们现在都很幸福，也不用这么欺负我吧。"王耀沮丧地说着。

"谁幸福啦,还不是整天都这么无聊。"

"你不是现在有新同桌了吗?那可是班花级别的。"

"你说惠妍子?"

"你还装傻呀,后面一群男的不知道对你有多么的嫉妒羡慕恨!"

我得意地笑着,为了不让王耀看见而使他伤心,我就侧过身斜靠在车窗边缘。

城市依旧忙碌着,出租车在路上鱼贯穿梭,人们面无表情地匆匆行走,为各自的生活寻找落脚点,路边的流浪狗在饭店门口被保安踢开了又跑了过来,顽强得像个为饥饿而拼搏的斗士。而没有谁知道我们脆弱的部分。

"王耀,你醒醒!"我拍拍一头倒睡在我身上的王耀,"我等会儿就在前面下了。"

"为什么?"他揉揉眼睛。

"去书店。"

"干吗?又买书?"

我点点头,"只是不想让林怡微瞧不起我。"

王耀当然不知道我到现在还是以林怡微为幌子,其实为的是惠妍子,不想在她问我问题时出糗,所以我决心要买更多的练习,做更多的题。

林怡微如果知道了,肯定又该说,夏次建你不是说学习好的是变态吗,怎么现在自己也要当变态?想到这儿,脑子里突然冒出林怡微日常说话损我时的模样,嘴角凉薄,带着些许讥诮,漫不经心。

我不禁笑起来。

时间一长，我和惠妍子变得熟络起来。

她叫我的时候，不像林怡微那么野蛮总会用书砸我或者扔纸团砸我。惠妍子很温柔，声音细得像花枝一样伸展过来。

"次建，这道题我不会了，教教我。"

"简单，用这个公式就能做了。"

"你好聪明呢。"

惠妍子夸着我，搞得我都不好意思了，只摸着自己的后脑勺对她傻笑。

可是很奇怪，平常总是惠妍子问我问题，但我每次月考的成绩却总在她后面，这也算是我的世界中一个未解之谜了。

有时惠妍子也会偷偷盯着我放在桌上的奶茶标签看，然后在某一个午后，我看到自己面前出现了一杯奶茶：黑糖珍珠奶茶，多糖，又加了红豆、椰果、燕麦、布丁等配料，跟我日常买的几乎一模一样。

"是你……买给我的？"我倍感意外，问她，说起来在此之前自己还没收到过哪个女生送的奶茶。

"你日常帮我，实在辛苦，难道不应该给我同桌买一杯吗？"惠妍子笑起来，我感觉眼前的奶茶里填满了糖。

想到跟林怡微同桌的日子，喝奶茶都要被她嫌弃，碎碎念，更甭提她会买奶茶给我。她若真这么干了，简直是世界奇观。

带着一丝得意，我故意用余光向身后那位扫去，林怡微还在做练习，只是头较往日埋低些了。

终究是会被影响到嘛，看到这一幕，我有点开心。

除了聊些学习上的问题，我和惠妍子也会说些和学习风马牛不相及的话。

我经常吓她，和她讨论最新看过的一些片子的惊悚镜头。

"看过《见鬼》吗？李心洁演的那部。"

"没有，好看吗？"

"有好几个镜头蛮有气氛的。"

"比如？"

"比如当你一个人在黑夜里想去厕所的时候，一只鬼突然从你家的马桶里出来！"

"别说啦，次建，我很怕的。"惠妍子的脸色显得有些苍白，朝我挥了挥手。

经过几次心理挑战后，我发现惠妍子已经习惯了我说的鬼故事，有时听到惊悚部分，竟然还会笑出来。

"哎呀，怎么这些鬼总是这样出来的，好假呢！"

我只能说人真是伟大的动物，一旦对一种事物有了抵抗力就好像变得百毒不侵了。惠妍子就是这样。

"我也来讲一个吧，是我妈以前和我说的。"她顿了顿，然后看着我。

"肯定不吓人。"我先泼了一下冷水。

"你听听就知道啦。"惠妍子的声音开始变得更小声了，其间还借助假音，绘声绘色地说着，"我妈在小的时候就住在平潭海边的一个小村子里，一天夜里她跟我外婆回家经过一座建了很多坟墓的小山，外婆在前面走着，而她顽皮总想四处看看，结果你猜她看到了什么？"

"我又不是你妈，我哪儿知道。不过肯定是她见鬼啦。"

"算是吧。"惠妍子这时提高了音调，"她看到有一只手按在一块墓碑上，但却看不到那只手的主人。"

"啊？哪有这样的事，好歹那鬼也要露一下脸吧。不吓人，惠妍子讲的鬼故事一点都不吓人。"

"可是后来的事情就很蹊跷了，那个小村子的很多人就在那天夜里死了，好像都是在睡觉的时候窒息死的。后来听我妈说，是鬼做的。那个鬼是被村子里的一些人给害死的。"

"那只鬼干吗只用它的一只手杀人？"我问。

"哎呀，这个不知道啦，我妈又没说。"惠妍子回答着，嘴角又露出了她的酒窝，像一个小小的漩涡，里面灌满香醇的酒似的。

惠妍子的妈妈，我见过，是一个比惠妍子还漂亮的女人。

每天放学的时候，她都会来接惠妍子回家。

她的长发在风中肆意飘扬，清秀而精致的面容在众多同样来接孩子的妈妈中显然超然脱俗，有时还戴着墨镜，很像张柏芝。

"那女人是谁啊，好漂亮。"

"好像是惠妍子的姐姐，以后讨老婆也要讨那样的。"

"什么嘛，那是惠妍子的妈妈！"

"不会吧，那么年轻！"

每次放学后耳边总会听到四周的同学在讨论这种无聊的问题。而我却看见惠妍子的妈妈眉宇间总是紧锁着，她好像从没笑过。

"我今天没骑车，陪你一起回家吧？"

放学时，我一边整理书包一边对惠妍子说。

"不用啦，我妈妈已经在外面等我了。"惠妍子摆了摆手。

其实我想说让我陪你妈妈和你一起回家吧。

"对了，你今天不和王耀回家吗？好像你们总在一起。"惠妍子已经背好了书包。

"他是我的好兄弟。他家和我家一样都是卖鱼的，住的也比较近，所以没骑车的时候，经常在一起走的。"我解释道。

此时，王耀也已经做好回家的准备了。他看了一下我，示意可以走了。

"那你为什么刚才还说要陪我回去？这样不把他丢下啦？"惠妍子对我笑着，然后走出教室，朝我挥了挥手，"次建，再见啦！"

好吧，我承认，自己有那么点重色轻友。

当然，有时候惠妍子的妈妈因为有事不能来，惠妍子就一个人回家。那时候正好我拎着自行车从车棚底下走出来，迎面看到低头走路的她。

惠妍子看上去很失落，当她的目光也对上我的目光时，立即装出点笑容。

"怎么啦，你妈妈今天没来？"我问。

"她有事。"惠妍子走到我身边。

"那你爸爸不来吗？好像都没看见过他。"我又问。

"不知道。"她停住脚步，又走到自行车的那边，像刻意要躲避什么。

这个秋末，叶子落得更多了，脚踩上去发出酥脆的声响。

惠妍子的头又低了下去，长头发在树梢间投射下来的阳光中发出微微的光。

"一直忘了问，妍子，为什么你能留长头发？要知道那个老头可是很凶的，被看到的话你不就惨啦？"我朝她换了个话题问。

"因为我是借读生，和你们不一样。"她的脸上像涟漪一样终于有了动静。

"那以后，不是又要走？"我有时候怀疑自己的嘴巴是不是太笨了，老是问惠妍子这样不开心的问题。

她没回答，看了我一下，说，"次建，以后准备考哪里呢？"

"我是天才嘛，所以当然要考一中。侨中也很好，但总觉得一直赖在这里没意思。"我一边和她说，一边把车铃按得爆响。

随后我们从放学的人潮中走出来，来到校门口，惠妍子一直和我保持着距离，走在我的右边，我和她中间隔着一辆自行车。

我那时不知道，这样的距离就是之后我和惠妍子之间的关系。

"要不要我载你一程？"我对她说。

惠妍子摆了摆手，"不用了，我坐公交车回家。"

"你家在哪儿？"我问。

她好像在刻意回避这个问题，"次建，车来了，我要走啦。再见！"

那时我也没有想到，"再见"也是惠妍子之后和我说的最后一句话。

第七章
开口

青春时就应该做点疯狂的事，否则等到真正长成大人时有些事就永远不会做了。

"次建，你最近是不是和惠妍子走得太近了？"课间，我们附在栏杆上，看着天空和操场时，王耀对我说道。

"怎么啦，小子你不会也喜欢上惠妍子了吧？"我笑着扯了一下王耀肥嘟嘟的脸，像扯一块面团子，手感不错。

"哪有，只是听班上的同学课下都这么说。"他揉了揉被我扯得发红的脸。

"这说明我现在挺受关注的呀！"我得意地笑起来。

"次建你又这么爱显摆，怪不得以前林怡微老说你讨厌。"王耀望了望天空，"我想她应该也看出你和惠妍子的事了。"

"你好八卦。"我拉长一张脸看着王耀，"我们什么事都没有的。"

"真的？"王耀表示怀疑。

"我跟她比教室里桶装纯净水还纯，你信吗？"

"不信。"王耀摇了摇头。

已经是 12 月了，我和王耀都穿上了很厚的长袖，在走廊上吹着风。

远处鸟雀在天空划了一道弧线就消失了，树林被风摇落下许多枝叶，渐渐呈现出秃败的丛丛枝丫，而阳光也变得异常脆弱。

近处一群低年级女生上完户外体育课搓着手掌跑进了教学楼，不停地跺脚，相互拥抱。她们走过的花圃里很多花已经不开了。

南方的冬天其实并不好过。

我想在学期结束前好好了解一下这个能给我买奶茶的新同桌。

于是每天放学后我都会拎着自行车走在惠妍子和她妈妈的身后，有时她们停下来，我就躲在巷子边，或者靠着路边的货摊假装买东西，再或者就直接背过身去，感觉自己像在演一部侦探剧，突然想起叫柯南的小孩子，一张长不大的脸。

经过几次跟踪，我知道了惠妍子的家离学校并不远，大概经过两个站点就能走到。

后来不知道为什么，惠妍子竟然也不排斥我送她回家了。她说她妈妈最近比较忙，没有空来学校，她说她家其实就在学校附近，走路过去也不远。

这个我当然知道。我在心里暗笑。

第一次用自行车载女生回家，感觉异常激动和紧张，我能听到心脏急速跳动的声音充满了世界。

她干干净净的发辫搭在肩上，随风飘荡，像一棵恣意生长的花树。有时把头偷偷侧过来一点看她，她的眼睛似乎浸在水光之中，透出盈盈的光亮，很美。

"因为刚来，对这儿不熟，有些怕，所以我妈妈没来接我的时候我就坐公交回去了。"她在我车后笑了笑，似乎是在为之前不让我送她回家做解释。

"前面路有些陡，你坐稳了。"我对她说道。

惠妍子突然之间抱住了我的腰，肩膀也不断向我的后背靠过来。

我的内心一下子抖动起来，一条其实并不太陡的路被我骑得异常艰难。如同电视里的肥皂剧一样，这样美好的瞬间总觉得太不真实。

我心里像有个洞穴，有很复杂的怪兽藏在里面。

"我到了。"

自行车刹住，还没停稳，惠妍子就从车后跳了下来。

午间的阳光变得刺眼起来，照在她干净的小脸上，像是橱窗里摆放的瓷器。

"是不是要和我说什么？"惠妍子问道。

"呃？"我发现在关键的时刻自己总是口吃。

"没有的话，那就再见啰！"她露出两个好看的酒窝。

"……"我嘴角紧紧绷着。

终于，连看她都没有了勇气。

我闭了闭眼睛，睁开的时候，惠妍子已经消失在小区的楼道里了。

要跟她说什么呢？我在心里暗暗想着。

是"跟你做同桌，很开心""谢谢你这些天给我买的奶茶，很好喝"这样的话吗，还是"为什么你每回考试分数都比我高""你怎么知道我喜欢喝的奶茶，甚至甜度、配料都清楚"？

时光一点一点落下，又来到那条熟悉的路上。

树梢间移动的光线不断在脸上扑闪，顷刻间又滚落到地面，同车辙一样被甩在身后。

惠妍子下了车，特意停住了，站在我面前。

小区里葱茏的草木在风中招摇着，阳光一会儿甩在我的脸上，一会儿又甩到惠妍子那里。

两个人相互呆呆地看着，一时间又傻笑起来。

"夏次建，你是不是真有什么话要和我说？"

"呃？"我的喉咙里又好像被什么堵住了，无法发声。

"你……"

惠妍子突然间也不知道要说什么了，看看我，低下头，然后又抬起头。

阳光之下，我们干巴巴站了很久。

身边的人群来来往往，气氛十分尴尬。

"究竟要说什么？"惠妍子又问了一遍。

"……"我看着她，心里紧张得要死，但就是不知道有些话在这种时刻应该从何说起。

小区、巷陌、马路、大树，都陷到深深的沉默里。

一种声音越来越响亮，像图钉，一枚枚钉入内心。

"你之前去书店买参考书做，帮我解答问题，还那么努力地跟踪我，又送我回家。难道只是为了这样吗？"

惠妍子很认真地看着我，想把我看穿似的。

"你怎么知道？"我诧异地看着她。

"别以为你偷偷做的那些事，人家就不知道。那天我和妈妈回家时看见你进到书店里去了，透过玻璃能看见你站在放辅导书的那头。还有几次我转身的时候，都看见你了，连跟踪都跟了，还怕和我说那些话吗？"惠妍子的心情显然很不好，"我知道你根本没想清楚这个问题，你有喜欢的人，对吧？"

"我……我……"我这时搞不清楚状况了，头脑严重短路。

而惠妍子站在我面前说话时的面容也越来越亮，刺眼得让我都抬不起头来看她。

"夏次建，我走啦！"惠妍子好像有些生气，擦拭了一下眼角，转过身去，背影离我越来越远。

"喂……"我喊她。

惠妍子并没有停下脚步，她一直往楼道走去，而我在原地站了很久。一个身上带着酒气的男人从我身边走过时撞到了我，而我此时竟然没有知觉。那男人撞了我一下，还回过头来，又恶狠狠地看着我。

我瞥过目光，把头转到一侧。感觉自己就像一截木头那么傻傻地站着，阳光把身后的影子照成一条斜线，薄弱得像一阵风就能吹倒。

过了不久，楼上第五层传来很激烈的争吵声，我注意到那正是惠妍子住的地方。

小区不大，玻璃摔碎的声音清晰又刺耳，在空中扩散着。远处树梢上的鸟雀扑闪着翅膀，一些流浪狗在电线杆边撒了泡尿后也跟着犬叫起来，风中扬起的尘土像尘世落下的忧伤一样不能翻身。太阳在无人注意的时候躲到了云层后面，荫翳布满天空。

惠妍子和她妈妈哭哭啼啼地从楼道下来，身后那个摔门的男人正是刚才撞到我的人。不会是惠妍子的爸爸吧，我心里想着就战栗起来。

"臭货，找你新男人去！统统给我滚蛋！"男人的声音沙哑而暴怒，"离了更好，老子也不用戴绿帽子了！臭货，这些东西也给我拿走！"

随即一堆女人用的化妆品、衣物和惠妍子的书包像沉重的石头一样落下，抵达地面时发出一阵闷响。很多住户都开着窗户探头出来，指指点点，惠妍子站在楼梯边上，紧紧环住她妈妈。

我跑过去，捡起书包，用手拍着上面的尘土。

惠妍子这时发疯似的冲过来，"不用你捡，走开！"她的眼泪不断掉落下来，砸到地面，像碎玻璃一样尖锐。

"你走开啊，夏次建！"惠妍子开始用书包向我砸来，而我不知道为什么双脚好像被钉在了原地，无法动弹。任凭惠妍子向我发泄她的悲伤。

"妍子！"她妈妈跑过来抱住了她，"小同学，你走吧。我们家出了些事。"她妈妈眼含着泪花对我说道。

雨水落下了，不断敲击着马路、商铺和行人匆忙奔跑的身影。我狼狈地坐在回去的公交车上，心情糟糕透了。

我知道惠妍子的家出了大事，她在这场灰色的大雨中像一株无根的花草被重重地打击，而我却无能为力。

这是南方冬天里一场难以预测的大雨。

在潮湿闷热的城市中，我把车窗开出小小的缝隙，闻到一路南方叶子凋落的气味。

雨滴被风斜吹进来，摩擦过手臂和脖子上的皮肤。一些落雨前未逃离的飞虫夹在双层玻璃里，像一具具活生生的标本，在仓皇地挣扎。雨水滑入眼睛，撞疼了视线。

第二天，惠妍子坐在教室里，看上去好像平静了许多，但面容上没有任何表情，像一张苍白的纸。

一整个早上的课都结束后，她在我身旁始终安静地坐着，有时看看周边的同学，有时看看正在讲课的老师，有时就只是对着窗外的校园发呆，或者看着异常高远的天空，不说一句话。

放学后，教室的人逐渐走光，只有我和惠妍子两个人。

空旷的校园里回荡着学校广播站播放的歌曲，男主播时常插话的声音浑厚而难听。

我转过头看着惠妍子，"我……"

对着她，喉咙里还是像被人塞了海绵一样无法发声。

为什么我会如此怯弱，那句女生期许了许久想要听到的话难道就这么难以说出吗？自己在心里慌张得像一头迷失在原野的鹿。

惠妍子没理我，低着头自顾自地从抽屉里取出课本、笔记，一本一本在桌子上分门别类地摆放。

"妍子，我想和你说说话。"终于不再因为怯弱而口吃，可是……

"你有病啊，昨天干吗要站在我家楼下？"惠妍子的脸像充气的气球，"不会直接回去吗？"

"我……"

"夏次建，你不用再和我说什么了！"她开始流泪了，声音也不断抬高，"你难道不知道吗？我以前总是特意问你我自己也会的问题，还买和你一样的参考书，还偷偷买你爱喝的奶茶，连加什么配料都记得清清楚楚。你真的还想让我和你说那些话吗？"

"呃？"我愣住了，呆呆地看着惠妍子。

她甩了甩头发，背过身去，然后提着书包，从教室后门走了出去。

而我一直坐在座位上，有个声音在空空的教室里回荡。

"胆小鬼，再见！"是惠妍子走出教室时对我说的话。

我没想到这会是惠妍子对我说的最后一句话，像一个耳光拍击在我的脸上。

我趴在走廊栏杆上，脑袋里有颗螺丝蹦出来，不知道弹到哪里去了，世界无法运转，无法呼吸。

那天以后，我再也没有看见惠妍子。

身旁的位置空了一个星期以后，虾油齐撤掉了惠妍子的座位，如同一个人就此从人间蒸发了一样。

"没人给你买奶茶了，是不是很失落？"身后传来一句轻柔的声音，像对我说的，但说话的语气却又故作漫不经心。

我没回应。

"也不用再辛苦装学霸了，是不是有种解脱的感觉？"那声音仍然飘上前来。

我假装是鬼在说话，依旧没理会。

"想不想她？"林怡微这时用书拍了一下我后背，很熟悉的感觉。

"她？谁啊？"我转过头回道。

"哇，这么快就忘记惠妍子？"

"我们没有什么的，她只是平常爱和我讨论问题而已。"我心里一紧。

"是吗？那……想不想知道她现在的情况。"林怡微特意盯着我的表情。

我摇了摇头。

"你好薄情啊，以后还会有哪个女生愿意和你交往？"她笑了笑，额前的刘海依旧飘飘的，"惠妍子的父母离婚了，她跟她妈妈回平潭那边的高中读书了，据说她要转去考艺术，好像是舞蹈……"

"挺适合她的。"我继而将目光转到林怡微脸上，说，"林怡微，原来你也会关心这些事啊。"

"我不关心，只是因为你是我的前同桌，顺便把听到的消息跟你分享而已，不必谢。"她又开始用她凉薄的口吻说，"不过说起来，你还真的需要感谢我，如果不是当初告诉你书店有卖几乎跟考试题目同款的练习，你恐怕在她面前撑不了这么久吧，还想当好学生？用点心真正掌握知识点才最重要……"

林怡微又开始念经，我瞬间把耳朵捂住。

"找死啊！"林怡微又用书往我后脑勺砸来。

"好痛，快被你砸成脑震荡了！"我叫嚷道。

林怡微得意地笑着："如果真被砸成那样的话，也是某人活该！"

"林怡微，你……"

"怎样啊？"

"本天才不和你计较，不过要是再砸我后脑的话，以后成不了天才就要你负责！"

"没救！"

好像又回到了以前和林怡微一起吵吵闹闹的日子，好像那个叫惠妍子的女生没有出现过一样，好像并没有人问过我问题，好像我一直只是和王耀搭公交回家，好像我的自行车后面的座位一直也都是空的，好像很多事情都想不起来了。

这样，一切是不是又变得简单了？

第八章
赌约

　　九年级的上学期不知不觉就要过去了，班上总被一种黑色的氛围笼罩着，天空好像始终是一片荫翳。

　　有时候风从窗外吹进来，冷飕飕的，依旧无法影响班上的同学执笔做题，愈发机械而沉闷的生活，像一条看不见尽头的路。

　　"你好白痴啊，想这么多问题干吗？"

　　林怡微不忘在我发呆的时候在背后来一手，用书砸一下我。

　　"很痛啊，可不可以不折磨我的身体？"我朝她抱怨道。

　　她嘴角上扬了一下，不理我，转到顾上进那边去了。

　　他们开始探讨起复杂的数学公式、几何图形，两个人不断用笔在草稿上沙沙画着，时而又相互聊天，十分默契的样子。

　　顾上进抬起眼，有时正好看见我在他们背后做的鬼脸，脸色平淡地继续低头和林怡微讨论，十足就是一种无声的挑衅，可恶！

　　"干吗，不觉得自己很幼稚？"有时我的鬼脸正好被林怡微看到，她又气又笑。

　　而我知道我和顾上进的战争已经开始了。

　　课间趁林怡微不在，我走到顾上进身边。

他压根没理我，继续做着那些冗长的题目，额前略长的头发盖在他的镜架上，他用手拨开，露出异常坚毅的目光。他一贯是用这样的方式来吸引女生的。

"出来一下，有话和你说。"我冷冷地对顾上进说。

这小子假装没听到一样，依旧重复刚才从做题到捋头发的动作，完全无视我的存在。

"别写啦！"我伸手握住顾上进的笔。

"有什么事？"他问。

"出来说。"我用手指着窗外，示意他到走廊阳台那边去。

顾上进这下并没拒绝，好歹也给了我面子，随即和我走了出来。

王耀或许是因为这阵子夜里苦熬，以至于一下课就成了"特困生"，我和顾上进在他前面说了什么，他全然不知。我们从王耀身边走过时，竟然还会听到一阵呼噜声。

在王耀的身上，完全体现着古代那些不是天才的祖先自我安慰的话："勤能补拙。"这也是为什么一个只会吃甜筒、汉堡、可乐、奶茶的人还会留在九年级 2 班的原因。

"我知道你为什么老拉着林怡微讨论问题。你是不是……喜欢她？"我试探性地问着顾上进。

"夏次建，你在说什么？"他好像不太高兴。

"别不承认，你以为别人都是笨蛋看不出来吗？"我笑笑。

"夏次建你……你自己是不是喜欢林怡微，所以见不得别人和她说话？"顾上进一脸生气地斥问。

"胡说！我才没有！"我继续辩解道，"我只是嫌你俩每天都在说一堆无聊的东西，超烦的。"

顾上进笑了笑，说："扰你清静了啊，真不好意思。"

听他说话，我手心不由紧紧握成一团，就要冲出的火焰，最终却因为找不到理由对准谁，而又被理智浇灭了，剩下一滴从掌心滑下的汗。

"想打我吗？"顾上进笑出声来，随即转身向班里走去。

我伸手按住他肩头说："等等。"

"干吗，你不会真想打人吧？"

"我不打你，不过还有话要跟你说。"

"那你还要说什么？"

"顾上进，我们要不要来比一下。"

"比什么？"顾上进不屑地问，好像自己已经提前胜利了一样。

"期末考谁的排名高。"我说。

"那如果对方输了怎么办？"

"以后不能……再跟林怡微讲话。"

顾上进没回答，只是一阵笑。

这时感觉肩上被人拍了一下，"嘿，你们俩聊什么？"林怡微看着我和顾上进。

"没……没什么。"我脸上的表情僵硬起来，而顾上进直接走回了班里。

"怎么啦，你们俩看上去怪怪的？"林怡微问。

"有些东西女生是不会懂的。"我回道。

"男生就懂得多？"林怡微怼了我一句。

于是在林怡微什么都不知道的情况下，两个男生之间的暗战开始了。

　　我开始买更多的参考书，逼着自己背更多的单词，开始减少转过头和林怡微开玩笑的次数而用来攻克几何大题，开始在放学回家的时候往自己的帆布包里放大量的练习和笔记，甚至开始像一大堆人一样有了深夜开灯的好习惯，甚至几次都忍住了去看王耀新给我的几套《火影忍者》《宠物小精灵》影碟。

　　为了达到六根清净的境界，我竟然还去理发店剃了个寸头的发型。我用尺子量过，剃完后最长的一根也没超过 1.5 厘米。

　　我妈收摊回来，见到我这些可喜的变化，自然高兴，说我总算大彻大悟了。但她又一想，抱着我说："你难道要出家？"

　　"才没有啦，只是想更争气点……"

　　"祖上保佑了，我这就烧香感谢去！"

　　看我妈那高兴的劲儿，自然知道她是多么嫌弃过去的我，但那时她也要顾及生意来维持这个家的生计，没有三头六臂来监督我学习，就任我去，只是成绩单下来后骂骂咧咧，我都已习惯了。

　　现在的我或许在很多人眼中是"迷途知返"，但只有自己清楚，我并未改变，只是在做自己认为需要做的事情。

　　我当然没跟我妈说起过自己和顾上进打赌的事情，就让她产生我"浪子回头"的幻觉吧，否则好久没受虐待的耳根子又要惨遭毒手了。

　　提到我的对手顾上进，他依旧在走之前的路线，找林怡微讨论，埋头做题，不时捋一捋自己的头发，风格一如从前。

　　"前面在喝奶茶的寸头，最近发疯了吧？"林怡微在背后笑着，"天气都冷下来了，还剪成这样，是不是受了什么刺激？"

　　"不觉得这样很拉风吗？"我停下吸食的奶茶，转过头，朝林怡微做了个鬼脸。

"脑子进水了吧，搞不懂你。"林怡微摁着自动笔，然后在纸上沙沙画了几笔，"像不像你？"她把草稿纸竖起来给我看。

密密麻麻的字符中，一个锃亮的光头，一张嘴角向下的脸，旁边写着几个字，笔画十分扭捏，"我是光头夏次建。"

"林怡微，你自己不觉得幼稚吗？"

"不觉得呀。不过，这个是不是很像你？"她放下草稿纸，捂着嘴直笑。

"问你个问题，看着我的眼睛回答。"我稍微停下来，深呼吸了一下，"你喜欢和谁说话？"

林怡微感到有些莫名其妙，我用目光示意了一下自己和顾上进。

林怡微这下笑了，"你干吗，最近什么电视剧看多了？"

我就认真瞧着她，只想听到一个答案，至于她讲了什么废话，一概不回应。

"真想听？"

心里突然一阵紧张，安在心脏上的发条好像被人拧得越来越紧。

"我爱和……我家的猫说话。"

"呃？"

林怡微看到我脸上傻傻的表情，笑趴了。

这个全宇宙最神秘莫测的少女太可恶了！

2006 年 1 月，期末考结束，晃晃悠悠的一个寒假又开始了。

南方的冬天，阴冷的风满地刮起，许多花枝憔悴得像宋词一样细瘦。

我骑着自行车来往于住处和鱼市之间，做我妈的"无偿苦力"。

当然，我妈说话漂亮，"什么'苦力'，这叫锻炼，懂吗？亏我还送你念书呢，这种良苦用心也体会不出来？再说，是在为我卖鱼？你在这个家吃的用的都是从哪里来的？"

当时一到学生放假，电视上翻来覆去播的总是那部88版的《西游记》，在"三打白骨精"的桥段里，唐僧念了几次紧箍咒，只听得那孙猴子痛苦地叫嚷着："师傅，你别念啦！"我心里也在大喊："妈，求你也别念啦！"

日子像浮云般飘散，偶尔像烟花般盛开，来来回回，像一个磨盘，看不到原点，也看不到终点。

春晚依旧像一场全世界最大的派对，舞台上依旧是那几张熟悉得不能再熟悉的脸逼着十几亿人傻笑，围坐在电视机前面的我吃的依旧是"旺旺大礼包"以及我爸从澳大利亚寄来的巧克力。他依旧从国外来了一通短暂的电话后就挂掉，我妈依旧在一旁勤劳地清洗地板，她给我的红包依旧那么薄。

兀自想起朱先生除了那句"热闹是他们的"以外，还有一句"去的尽管去了，来的尽管来着，去来的中间，又怎样地匆匆呢"，口中念叨几遍，颇为感慨，听得一把鼻涕一把泪的。是呀，地球再如何旋转，我还是坐在自己的圆心上，无奈地被时间推着前进。在文学上，老师说这样的感受叫共鸣。

去年过了零点以后是林怡微发短信给我的，她让我好好念书，免得离开现在的九年级2班。事实证明我做到了。而今年，过了零点，手机的屏幕依旧暗着，像平日窗外那一片没有烟花爆竹喧哗的夜空。

这下已经到了凌晨3点了，我妈去临近的寺庙烧香，怀着女人最朴素的两个愿望，一是生意兴隆，二是家人平安。有时我在想，天底下的妈妈应该都是这样子的。

我无聊地在床上翻来覆去，心里好像总有些结没有人能帮我解开。又突然想到某部电影里一个蓬头垢面的侠客站在大漠里说，我是这个世界最孤独的人。面对此情此景，我也想说，唉，大侠，世界上孤独的人岂止你一人啊？我也是，我也是！

就在这时，手机屏幕闪烁起来，一条短信，"尊敬的用户，截至2006年1月28日，您的话费余额还剩0.30元，为避免因停机给您带来不便，请及时缴费，谢谢。"

我只能说，中国移动可真敬业，赶着提前催债，好歹我也还剩0.30元，用不着大年初一就"关怀"我吧？

手机又响了一下，我迟疑地走过去，这回是电话，来自林怡微。

"次建吗？我是怡微。"

和去年一样的开头。

"你还是这么白痴啊，我当然知道你是林怡微。"

林怡微在电话那头很清脆地笑着。

"什么事？"我问。

"祝你新年快乐！"

"不会接下来又要说什么坏消息吧？"

"没有啊，不过确实有个消息想告诉你呢。"

突然间喉咙咽了一口唾液，"什么？"

"就是上次期末考的情况，刚才打电话给齐老师的时候，她表扬你了，说你上学期表现很不错，学习越来越好了，期末考你考了全班第三呢！"

"真的？牛牛牛，我怎么这么厉害了？！"我诧异地问道，"林怡微你应该又考第一了吧？"

电话那头笑了笑。

"那考第二的是谁？"

呼吸开始愈发急促起来，像火车就要从漆黑的山洞里穿越而出。

"是顾上进。"

我崩溃了……

"喂，你怎么了，说话啊？！"林怡微在电话那头问着，"以前你不是说学习好的都是'变态'吗，怎么，你现在也愿意当'变态'啊？"然后又飘来一阵女孩熟悉的笑声。

"我……我很困，想睡觉了。"林怡微不知道我并没有被她的这番冷嘲热讽伤到，以前也是有预先想过她迟早会这样说。我此刻心情跌到了谷底，是跟顾上进的赌约有关，不免沮丧，无心再回答电话那头自以为幽默的问句。

"那去睡吧，新的一年做个好梦。"

随后，闪动的电话图标暗掉了，远方的烟花依稀还如繁花般盛开。

我躺在床上，看了一眼电子钟，闪着"4：15"，我从枕头下拿出考完语文课那天林怡微借我的那本课外小说，翻开一页，上面写着"天亮说晚安"。

因为快要中考的缘故，九年级提前开学了。

2月下旬春寒料峭，微冷的风在偌大的校园里荡漾，树梢间有没被阳光蒸发掉的露水顺着枝条滴落，路上行走的学生身上依旧穿着冬天的黑色校服。

但是九年级的每间教室都充满了一股焦灼的味道，虾油齐站在讲台上郑重申明："从今天起大家就正式进入白热化阶段了，什么事该做，什么事不该做，心里都要有个底。你们已经不是小孩子了，要对自己负责点，大家知道吗？"

这三年，世界好像变了一点点，但虾油齐的普通话却始终没有变味。

全班鸦雀无声，默默地点头，一张张青春而无奈的脸，就要献给伟大的中考了。

而我也在想着自己刚长出的这些已经超过 5 厘米的头发要不要再剃掉。

"夏次建，你头发长好啦？"林怡微用书拍了一下我。

我没转身。毕竟上次期末考输给了顾上进，不想违背当初自己和他定下的约定，所以就没敢回应林怡微。

"你很没礼貌，说话啊！"林怡微又用笔帽接连戳了几下。

背上越来越疼，像无数只蜂鸟在蛰，而我必须强忍着心里的话不能转过头去，索性就把椅子挪到了前面。

"夏次建，你吃错药啦？"背后传来林怡微略显生气的声音。

"对不起。"我在心里对自己暗暗地说。没办法，青春里的我们有时就是这样执拗，像一种带刺的植物，沉默中却将别人刺伤。

随后，林怡微不再对我说话，和顾上进聊天的次数越来越多。

旁边人多的时候，他们就谈论 ABCD、方程式和几何图形，人少的时候，就聊着自己家养了什么猫猫狗狗，父母最近又为自己做了什么好菜，买了什么营养品。他们俩发出的笑声会时常在我的耳边回荡，我越听内心就越失落。

这一点，其实我在那个无眠的凌晨独自躺在床上时已经想到。

在这个规律分明的世界上，胜者就该得到奖赏，而败者是要守着懊悔度日的。我一直都这么认为。

第九章
保送

3月刚刚开始，远处的山林开始返青。

云层里透出蓝光，满世界草长莺飞，我的头发已经长到之前有过的高度。

终于相信春天是个富有生机的季节。

可是我和林怡微之间的关系并没有因为融融春日的到来而解冻，我要遵守和顾上进的约定，不去缠她，不和她说话。

而内心里我已经把自己骂了几十遍、几百遍，甚至上千遍，埋怨起自己干吗那段时间不再努力一点点，这样就不会在期末考的时候因一分之差而败给顾上进。

看来，这个世界上买不到的药确实是"后悔药"。

春雨常下着，有时坐在窗口就能看到远处一些女生抖动伞柄的样子。她们站在教室前，一边甩着雨伞上的水滴，身上的裙摆也一边跟着舞动起来，像这个时节盛开的美丽花朵。

学校里被青苔占领的废弃楼房的墙壁上，那些斑驳而陈旧的裂纹已经看不到踪影。

花圃里，一些翠绿叶片上不断滑落着水珠，像一颗颗闪光的宝石。

底下昆虫们窸窸窣窣抖动的声响，忽远忽近。

"夏次建，教导主任找你！"背后传来一个同学的声音。

"教导主任？"我疑惑地看着眼前喊我的人，认出他是那个经常在老师办公室端茶送水的男生，以前自己被虾油齐喊去办公室的时候见过。

"嗯。就是在办公室里桌上有一台电脑的那个老师。"他解释了一下。

"那我知道了，谢谢。"

男生点点头，便走掉了。

教师办公楼，九年级教师办公室，一个最显眼的桌上摆着电脑的位置，一旁的窗户上放着一些漂亮的盆景。

"主任好，我是九年级2班的夏次建。"我对着一个头上锃亮锃亮的中年男人说道。

"喔，你好！"他的目光从电脑屏幕移到我的身上，随即拿过茶杯，品了一口，"听齐老师说起过你，很不错的小鬼呢，这一两年你在学习上进步可不小啊！"

我露出一脸尴尬的笑容。

"别紧张，找你来是想让你准备一个发言稿。"他戴的眼镜里闪出一道光。

"啊？发言稿？可是……我现在都没做什么坏事了！"

"你这小鬼蛮逗的，我说的是发言稿，不是检讨书。"

我彻底懵了，从小到大，自己写得最多的就是检讨书了，那种专门用来给校长、领导们以及特别优秀的好学生们念的稿子只在角落里捂着耳朵听过。

真没想到自己竟然也有这样无比拉风的时刻。

"你是作为后进生代表在百日誓师大会上发言的，回去好好写一下。"光头主任这下没再细细品茶，直接喝了起来，"还有，写的时候要多感谢那些帮助过你的人，知道吗？"

我点点头。

他笑了笑，"小鬼好好加油吧。"说完，他对我挥了一下手，示意我可以离开了。

我礼貌地向他说了声"主任再见！"，便转身走出了办公室。

"什么，你要在大会上发言？"王耀在公交车上叫了起来。

"别这么大声，我可是低调的人。"我摆了摆手，让王耀安静下来。

"次建，你这样下去的话，肯定会成为模范啦。到时候，如果你妈把你的这些事迹向我妈说起的话，我肯定又要被教导一番。"王耀很无奈地看着我。

"放心，我才懒得和我妈掰扯这些东西。王耀，你不会一直都觉得我是那种无聊的人吧？"我假装生气地对他说道。

"没有啊，次建哪是这种人。"王耀笑了笑，接着从书包里掏出一张电影光碟给我，"这是新出的哦，李连杰演的。"

我拿过来，看到上面写着"霍元甲"，说："我想起来了，好像这电影的主题曲是周杰伦唱的。"

"嗯。歌名也叫《霍元甲》，最近广播里经常播的。"王耀说完，又情不自禁地唱起了歌里假声的部分，被我立即打断了。

"胖子你别唱，你的嗓子跟杜帅帅一样难听。"

"那跟林怡微比呢？"

"呃……"我瞬间无法回应。

王耀笑了笑，似乎显得很得意，继续唱着——

小城里岁月流过去

清澈的勇气

洗涤过的回忆

我记得你骄傲地活下去……

自我陶醉唱完后，王耀过来将我捂住耳朵的手掌拉开。

"唱完了？"我问。

"嗯。"王耀点点头，随即跟我说，"你知道吗？林怡微要过生日了。"

"关我什么事？"我漫不经心地看了王耀一眼。

"瞧你这话说的，起码她是我们的朋友，你曾经的同桌，你现在的后桌。"王耀带着鄙夷的目光回应我。

"哦。"我慢慢从牙缝里挤出一个语气词，接着问，"你怎么知道她生日？"

王耀有点紧张，吞吞吐吐地说："是那天……填同学录的时候，正好……看到的。"

"正好？确定不是有意为之？哈哈！"我笑起来。

"我们要送什么给她呢？"王耀挠着自己的大脑壳。

是啊，送什么给这个世界上最奇特无比的女孩？

玩具、手账本、口红、指甲油、巧克力、芝士榴莲饼……似乎只对学习感兴趣的林怡微绝对不会想要这些吧，那就送一堆教辅吧！

不行，估计会被打。

　　我的大脑正因此死亡的时候，突然看到车窗外的那家音像店，脑子瞬间活了过来，是周杰伦！林怡微无数次驻足观看的海报！

　　于是我迅即从座位上起身，到车门边。

　　王耀不知情况愣愣地看着我，问："次建，南江路还没到呢吧？"

　　"噢，我……我想去一下书店，你就先回去吧。"

　　等我说完，车也在招呼站停下了，我朝王耀挥了一下手，示意先下车了。

　　他无奈地嘟着嘴角，像个无法挪动的大水袋落在座位上，任两边乘客挤来挤去。

　　从车上跳下来，脚还没站稳，迎面就看到一个熟悉的背影，这个背影早已刻进了我的心底。

　　很难忘记，从七年级刚开学那会儿在奶茶店门前遇见这个背影，到坐进七年级 2 班教室听到某个人介绍自己"我叫林怡微，怡然自得的怡，微小的微"之后转身在黑板上写下名字的背影，而后这背影又一天天地在我面前出现，真的是变成灰我都认得。

　　但让我倍感意外的是，此刻她竟然站在奶茶店前台，看样子是在等一杯奶茶。

　　我才知道她真的跟世界上的所有女生一样普通，会追星，也会喝奶茶。那日常她为什么都要在我这里装出厌恶奶茶的做派？还是说，仅仅是厌恶我？

　　我躲到招呼站广告牌后面，偷偷看着林怡微，直到她接过奶茶离开，我才出来。带着些许好奇，我走到奶茶店前台。

　　"您好，可以来一杯跟刚刚那个女生一样的奶茶吗？"

奶茶店小姐姐指了一下那个已走远的背影，问："是她吗？"

我转过头来，看到林怡微正捧着奶茶站在音像行门口，盯着橱窗若有所思，片刻后，安静地走掉了。

"对，是她。"我向小姐姐点点头。

再转过头去的时候，林怡微已经不知道去哪儿了。

这一两年，随着互联网普及，数码产品不断换代升级，多数人会从网上下载自己喜欢的音乐，且那时候大家也没太多版权保护意识，音乐平台大多提供免费下载，实体音像店的生意愈发不景气。

林怡微常驻足的那家音像行门面又缩回到了一间，物品挨挨挤挤，很多光碟上都已蒙上一层灰。

我大概猜到了林怡微失落的原因，橱窗上已经很久没再挂周杰伦专辑海报了，谁的心也好像因此空了一块。

"先生，您的奶茶已经好了，打包还是现喝？"

正在发呆的我被奶茶店小姐姐喊了一声，顿时回过神来，答道："直接喝。"

拿过奶茶，我特地看了一眼上面的标签，写着"黑糖珍珠奶茶，微糖"。

原来林怡微跟我喝的是同款，只是她喜欢微微有点甜的味道。

而此时眼中的这"微甜"，不知道为什么，让我格外甜，也发现自己比昨天更了解林怡微一点。

两天之后，庄严的主席台，背后的巨大条幅鲜红醒目，"南江华侨中学中考百日誓师大会"。

"下面请优秀学生代表发言。"异常洪亮的声音透过喇叭在操场上回响。

上台的当然不是我，我是后进生代表，排在发言名单的最后面。而我也没想到，站在自己前面发言的竟然是林怡微。

我在背后，看着她在微风中被吹起的短发和裙摆，全然听不到喇叭里的声响。是多久没和她说话了呢？

她说完后，转过脸看着我，目光中投来一丝欣喜、一丝肯定，旋即又折回，转为日常的淡漠。

"下面请后进生代表发言。"喇叭响了一遍，在空中定格了很久。

"喂，小鬼，到台上去。"坐在主席台一侧的光头主任朝我甩了个眼色过来。

我恍惚了一下，随即跑了过去。

底下突然一阵骚动。

"大……大家好，我是九年级 2 班的夏次建，很高兴今天能站在这里……"

一段无聊而沉闷的开头。没办法，电脑上都是这样写的。

"我……我在这里，要感谢学校领导们的关爱，感谢老师们孜孜不倦的教诲，感谢父母亲对我们辛勤的付出。我……我……"

完蛋，竟然忘词了。停了很久，内心开始慌张起来，气氛十分尴尬。

光头主任又对我甩了个眼色过来，好像示意我赶紧下去。可是，双脚这时竟然不听话了，走都走不动。

"次建，加油。"我听到是林怡微的声音，她又接着说，"不用怕啦，也可以按自己的来。"

我突然想起林怡微在客车上当着同学的面唱歌的情景，明明知道自己唱歌跑调，却仍然选择开口，而我呢，还在害怕什么？

内心里突然有了股勇气，冲破所有闭塞的要道，抵达发光的出口。

"在这里，我还要感谢我的同学林怡微，谢谢她用她的课本砸了我两年，又用笔戳我后背戳了大半年，让我知道自己其实也会疼，也会有羞耻心，也会有追逐梦想的权利。我相信，一个差学生有一天也会成为尖子生的！"

台下沉寂了片刻，突然间雷声翻滚起来。

而我狼狈的发言终于结束了。

转身离开演讲台时，我偷偷看了身后的林怡微一眼，她此刻显得有些拘谨，头埋得很低，估计很想用超能力将自己隐身于众人之中。

我从未见过林怡微这样，太习惯她平日那种清冷的样子。她一定始料未及，某天有个人会当着这么多人的面说出她的名字以及她的"光荣事迹"，多少是会让她瞬间哑然失神吧。想到这儿，我便嘴角上扬。

过了几天，林怡微主动找上我，对我说："次建，你真是笨蛋，和上进做那么幼稚的事，你说你是不是该回头去念幼儿园？"

"他告诉你了？"我不好意思地问道。

"亏你想得出！"林怡微假装一副生气的样子，"以后别拿我打赌，否则……"

"怎样？"

"就是这样！"林怡微从桌上抄起最后的那本英语书直接往我脑袋上敲。

我笑了，"拜托，老拿书砸人的女生难道不幼稚？"

林怡微也笑了起来，然后又拿起一堆书，往我后背砸。

我迅速向走廊的一端跑去。

林怡微，这样，是不是代表你原谅我了呢？

其实，我一直都想和你说声谢谢。

4月的时候，南江的重点高中都要开始进行保送考试的报名。

班会课上，虾油齐特地向我们介绍了报名的条件和相应的规章程序。如果保送本校的话，入选的概率会很大。所以她鼓励班上符合要求的同学尽量报本校。

按虾油齐所说的，我基本上达到了要求，因为上学期期末成绩以及这学期的月考都处在全班前五，有资格报考本校的保送生考试。但是我不知道一直处在年段前列的林怡微是怎么打算的。她的目标应该会定在南江一中，毕竟有百年历史积淀的一中高考升学率不是校龄刚过五十的侨中能够比肩的。

"林怡微，你也会参加保送考试吧？"下课后，我转过身问她。

林怡微用手托着下巴，说："或许会吧。你呢，肯定想去吧？"

我笑着说："如果成功通过的话就不用参加悲剧的中考了，而且可以提前一个月放假！"

林怡微翻了翻刚才一边听虾油齐讲一边在本子上记录的一些保送考试情况，对我说："照老师这么说，次建你应该报本校高中部的，这对你优势大。"

"我还没想好，说实在的，其实自己蛮想离开侨中的，待了快三年了，看校长的头发都快秃光光了，很想换个环境透透气。"我挠挠后脑勺。

林怡微的目光显出一丝忧虑，"可是一中的要求蛮高的呢。"

"你是报一中吧？"我认真地看着林怡微。

她没正面回答我，只笑着说，"还得跟家里人商量。"

一跟他们商量，那还不就是去一中吗？林怡微，你真是乖小孩，什么事都得听大人的。而我就好多了，不管我报哪所学校，我妈都会开心地吃不下饭，她现在不揪我耳朵了，每天都会提早回来给我做些鱼肉，有时也学着王耀他妈给我买一堆的健脑液和人参丸，不知不觉间说话也温和起来，这让我逐渐相信了街边阿伯夸她有气质的事应该是真的。

"好好考，妈都支持你！你爸知道你这些情况的话，也会高兴的！"她一边舀汤给我，一边眼角的鱼尾纹止不住地散开了。

多年后再想起这些场景，也明白了一句话，那时的我们确实不是一个人在战斗啊。

"不过，次建，如果我不去一中，也挺好。"林怡微突然跟我说道。

我困惑地看着她，问："为什么？"

"一中在光南那边，离我妈妈家太远了，不太方便回去陪她。"

不知道为什么，每次林怡微提起她妈，总显出一副忧心忡忡的样子，而我也明白她大抵是一个人承受着什么，但我对此却无能为力。

"那就看命运安排吧。"我笑了笑。

距离保送考试还有一周。

很多报名的同学开始忙得焦头烂额，做大量其他学校往年保送考试的试题，不断整理课本纲要，拉网式地熟记知识点，生怕有漏网之鱼。到了课间，他们就抱着课本和笔记冲向各科老师的办公室，一副丝毫不敢怠慢的样子，似乎把保送考试当成了中考的演习。

虾油齐说保送考试分为笔试、面试和实验操作。所以我只是稍微做了些功课，翻看了理化书上的一些实验操作。

时常感到无聊，就看着窗台发呆。

春末，花香弥漫，昆虫逐渐增多，时不时就有几只不要命地直往玻璃上撞，看着这些傻东西不禁笑起来。

"安静点！"林怡微的声音。

"你看这玻璃上。"我用目光指引林怡微往窗户看去。

"无聊，只是些虫子嘛，有那么好笑？"林怡微把目光又移到练习本上。

"你说它们为什么这么笨，撞不过还要撞？"我一边托着腮帮一边问林怡微。

"不觉得它们很像你吗？"林怡微停下笔，对我笑了笑。

"我可是天才，你怎么能拿这些笨虫子来和我比较？"

林怡微嘴里轻轻吐出两个字："幼稚。"

有时候，其实我们还真像这些撞玻璃的小虫，面对近在咫尺的光明，却总也找不到出口。

4月末，终于来了，或许它是足以让人生闪光的时刻。

我妈那天没有去卖鱼，还特意穿了一件裙子，在南方的微风中像少女一样微笑，说："次建，今天对你来说很重要哦，妈妈要陪你去。"她难得如此温柔地对我说话，而我却觉得有些不习惯。

"又不是去干吗，只是一场考试，我自己去就行啦。您去的话，说不定到时还会紧张呢！"我嚷嚷着。

"你这孩子，这么大了，还跟我犟？总之今天对你很重要，妈妈一定要陪你去！"我妈加强了语气。

"好吧。"我低下了头，一直觉得这世界唯一能让我惧怕的人就是我妈了，其次是林怡微。

说曹操曹操就到，桌子上的手机响了起来，是短信："次建，你一定可以的。"来自林怡微。

我笑了一下，按了几个键盘："你也是！"

我妈在一旁狐疑地看着我，问："谁发过来的呀？"

"喔，是林怡微，她今天也参加保送考试。"

"她准备考哪儿？"我妈问。

"她肯定是一中啦。"

我妈拍了一下我的肩膀，说："次建，你能考进侨中就可以。妈妈相信你今天一定行！时间差不多了，走吧。"

我妈把门关上的那一刻，我内心突然像海涛一般澎湃，有些骚动。

希望今天的天空可以蓝一些，云朵可以白一点，我并不伟大的青春也能够闪烁出一丝光亮。

第十章
礼物

到了科教楼考场的门外，看到很多学生和家长进进出出，鱼群一样来回穿梭。

我做了一下深呼吸，尽量让自己平静下来。我妈则一直微笑着看我，摸我的头。

我告诉自己，夏次建，你一定行！

笔试的试题没有想象的那么难，都是很简单的一类，但是，也都是我没看的那一类，所以当我答完卷子后知道自己应该没戏了。

面试，很搞笑，三个老师一排坐着，架势蛮吓人的，但是，问的问题应该可以归为幼儿园水平，或许再高端点，应该算是小学水平。

"你为什么要报考侨中？"一个老师问。

"因为侨中环境幽雅，师资力量雄厚，高考成绩历年来都位于全市前列。我想通过在侨中的学习进一步实现自己的大学梦。"

我也不知道自己什么时候竟然会说这么违心的话，终于相信人真的是有本能反应的，而虚伪其实就是人的本能品质。其实我很想说，因为我只达到参加你们保送考试的要求，否则我也会去一中那边考。

"你觉得自己身上有什么闪光的地方吗？"另一个老师问。

"呃？"我愣住了，抓耳挠腮想了半天也没结果，只好杜撰了："我意志力超强（能一直坚持喝黑糖珍珠奶茶，且从未换过其他口味），体质很好（常年骑自行车以及受林怡微虐待的结果），善于接受他人意见和建议（被我妈揪耳朵揪出来的），喜欢独自研究问题（当然是指自己在一边看 VCD 时一边发牢骚，怎么里面会有这么多明明死了还能站起来的混蛋！）。"

三个老师围坐在一起开始探讨起来，一阵嗡嗡的声音，让我感到有些头晕，脸上不知不觉也出汗了。

"好了，你可以出去了，具体结果到时会通知你。"

坐在中间的老师面无表情地指了一下出去的门，我礼貌地点了点头。

心里一瞬间好像听到了一种声音："夏次建快点滚蛋吧！"

一周之后，5 月的第三天，虾油齐把我叫到办公室。

她脸上异常喜悦，手里晃动着一张通知书，很亲切地喊着："次建，过来，看这个！"

我眨巴着眼睛，看到那张侨中高中部的通知书上有自己的名字，我惊讶地说："怎么可能！？"

我竟然奇迹般地被侨中高中部录取了。

糊里糊涂地通过了保送考试，按理说我应该会很高兴，会得意忘形，会满世界敲锣打鼓说自己真的是"天才"，但自己却高兴不起来。

因为林怡微她没有通过一中的保送考试，说出来都让人不敢相信。

"她怎么会没过，真奇怪。"

"是啊，她学习那么好？怎么会这样？"

"是不是搞错啦！她前桌不是都能保送成功，她怎么会不行？"

于是很多人就开始把我和林怡微做比较，得出了一个结果，那就是侨中的保送生考试水准不是一般的低。

其实林怡微并不是没通过考试，而是她压根没有去考。

那天中午，面试完之后，我妈就带我到附近的餐馆吃饭。因为下午还有实验操作环节，我们母子俩就在学校的一个凉亭里休息。

这时兜里的手机响了起来，是一个陌生的号码。

"喂，次建吗？我是顾上进，我通过班级通讯录找到你号码的。有件事想问你。"

即使顾上进不说自己名字的话，我也能听出是他的声音。他那时好像有些慌张，像丢了魂似的，声音急促，还有些颤抖，搞得我心里也怪怪的。

"出什么事了？这么慌张，可不像平常的你。"

"次建，我今天是和微微来一中考试的，但进入考场的时候没看到她，出来之后打她电话，也没人接。你知道她的情况吗？"

"不会吧，早上她还发我短信，让我好好考。怎么会这样！？"我心里也有点不安，"要不，我也打她电话看看。"

"好！"顾上进说完，就匆忙挂断了电话。

林怡微，对你这么重要的保送考试你怎么没去参加，真不像你，你这个外星生物不会真出什么事了吧？

心里有很多声音像针刺一样穿来穿去，我迅速按下了林怡微的手机号码。

"嘟……"一阵等待的忙音。

"你好。"是一个男人的声音，我以前在鱼市上听过，是林怡微的父亲。

"叔叔好，请问微微在吗？"

"她在病房里照顾她妈妈。"

"她不去参加保送考试了？"

"没办法，她妈妈刚刚在菜市场晕倒了，我们现在在医院，微微执意要守着她妈妈。"

"啊，那阿姨情况怎样？"

"醒过来了，我们等会儿再拍一下脑部 CT。对了，也不用担心微微，她还可以参加中考的。"

"对！没有保送考试，微微一样可以进一中的。希望阿姨一切健康平安。"

"小同学，谢谢你。"

我似乎也理解了保送考试前林怡微讲过的话，没考进一中也可以，还能多回家陪她妈妈。我不禁叹了口气。

正好被我妈看见了，她以为我是在为上午的事发愁，便开始絮絮叨叨地说："没事的，次建。考砸的话不是还有中考吗，别为早上的考试耿耿于怀。时间差不多了，准备一下，把剩下的再考完。"

我为我妈这样无微不至的关怀而泪流满面。不揪我耳朵时的她看上去是这么的伟大。

实验室里弥漫着洋葱和酒精的味道，清洗池里残留着猩红色的团状物体，一副骷髅被透明带覆盖着，不知道是真的还是假的，突然想起以前偷偷看的恐怖片，很多场景都跟实验室有关，神经触电似的愈发紧张起来。

我捣弄着显微镜，头晕眼花起来，也不知过了多久，实验操作在一阵晕眩中结束了。

走出科教楼的时候，身体像被人掏空了一样，不断地灌入凉风。校园草木青葱，遮蔽了大片天空。我站在底下向上看，飞鸟仓促而过，太阳似乎并没有睁开眼睛，倦倦的样子，忽一瞬间，又躲到云层后打盹去了。

我对我妈说："这次肯定要'阵亡'！"

我妈倒是笑着，拍了一下我的肩，说："尽力就好，妈妈看好次建的，不是还有中考吗？那时候好好加油就行！"

一瞬间我发现我妈并不讨厌，以前她骂我揪我耳朵的场景也逐渐褪色，记忆里只剩下这样亲切的眼神，透露着对一个孩子的爱和希望。

那一刻，我也知道了什么是成长。

是深藏于眼眶里的银河，是春夏交替时风中的草香，是起起落落的每一粒尘埃，都伴随着时间的步伐，在我们的生命长途中留下痕迹。

为人父母，更多的是匿于这个身份背后的等待与陪伴，常常不动声色，只透过时光的门缝悄悄看着我们，在一蔬一饭间烹制着爱，又在欲言又止间隐忍着爱。

水来，我便在他们的肩上。

火来，他们便在前方阻挡。

成长路上是因为有他们，风雨才绕开我们。

保送侨中的录取通知书发到手里的时候，我觉得自己解放了。

我可以整日坐在家里看碟片，奶茶吸得多大声也没人管了，可以不去想 ABCD 和 X、Y 方程，可以不用憋在沉闷的教室里像窒息的鱼，可以从深海中爬上自己的新大陆，可以不用去想虾油齐脸上的粉底什么时候会掉下来，可以让耳朵清静下来而听不到林怡微的碎碎念，可以做好多好多自己想做的事。

可是，真正当自己清闲下来的时候，竟然不知道自己要做什么了。

对着电视机，随意按着遥控器，屏幕上一个个画面不断更换着，闪出雪花，自己就像一个无业游民。

我想起林怡微说的话，不读书的学生相当于一个失业的人，因为作为一个学生，他的本职工作就是学习。那时候我当然还是一个很调皮的学生，整日不念书，根本不像现在这样。

突然变得有些怀念以前不认真学习的时候，老是被我妈揪耳朵，被虾油齐罚站，还被林怡微用书本砸我，用笔帽戳我后背。

哲人说，怀念是我们的天性，是灵魂的休憩与迷茫的皈依。看来，此言不假。

我妈大清早就看不到人影了，而她也不像从前那样把我从被窝里拽出来催我上学。我已经连续睡了几天懒觉，愈发感觉无聊。原来，当世界真正只剩下自己一个人的时候会是这么孤单。

天气澄明，羊齿植物覆盖了大片墙角。

在自家阳台上走动，有时气温上来，便也脱了上衣，光着膀子蹲在花草丛中发呆。阳光大片大片倾洒在地面上，忽然间我看见自己的影子，细细瘦瘦，怯怯的，依旧还如孩童，但我知道那分明不是现在的自己了。

记起小时候，我爸那时还没去澳大利亚，他常常抱着我在阳台上嗅春草拈断后茎脉散出的清香。

我会脱开我爸的大手掌，自己寻找在角落里安静生长的灯笼草，那些小植株上都挂着绿色纸糊似的小灯笼，我常常撕开灯笼，把里面墨绿色的果子摘下来，捏碎，让花蜜似的汁液滴在皮肤上，清清凉凉的。

偶尔，我也趴下来听风吹过后叶片间窸窸窣窣的声响，我爸在一旁看着我，不停地笑。

当然，现在如果和谁聊起自己的小时候，他们多半会惊呼："夏次建，你怎么会有那么安静的时候，看不出来啊！"

这个世界充满了秘密，有很多事情，我们都想不到。

就像我想不到有天可以在别人都忙得焦头烂额的时候，自己还能在家里闲坐着看花。

也想不到林怡微竟然对考一中并不那么在意，当然，她也有她的苦衷。她的心底就像世界上最深最深的海沟，那里曾有多少漩涡，发生过多少海啸，我并不知道。

这个世界也有很多东西，我们解释不清。

"该死的中考，跟本天才无关了！"

自己一个人发疯似的在阳台上叫喊起来。

突然又想到七年级被罚扫教室时自己还在想什么时候能结束这样的生活，现在这样的日子到来了，突然间却觉得从前变得异常遥远。

而我们都回不去了。

林怡微肯定想不到我会有这么诗意的一面，不过自己还蛮想她的。当然，想的人还挺多的，还有用中考来减肥的王耀、保送一中没成功的顾上进、到现在仍然在教书之外拓展自己托管事业的虾油齐。

要不要回学校去？这样下去，自己待在家里也会憋死的，说不定到后面我妈见我无所事事还会让我跟着她到鱼市进行"社会锻炼"。

自己或许真的想念那帮人了。

再一看日历，突然想到林怡微要过生日了。这下坚定了自己要重返九年级 2 班的决心，因为有个东西，我必须要送到林怡微那里，那张周杰伦《七里香》的专辑海报。

那天买完奶茶，我就走到音像行去了。几番询问及恳求之后，老板估计是被我的真诚打动了，开始翻箱倒柜，里里外外找了几遍，不时搔头抓耳，不时手叉在腰上迁思回虑。我干站一旁，不好意思，想着毕竟这是自己的事情，试图也想参与进来，做点什么。老板人好，笑着看我，说东西都是他放的，等一会儿就能找到，让我先去坐着。最后他在某个堆到角落的箱子里找到了那张从橱窗撤下的海报。

再打开的时候，海报已经有些泛黄，跟当初看到时产生了一些色差，边缘也有了褶皱，所幸海报上的周杰伦依旧那么年轻帅气。

第二天，晨光熹微中，我早早来到教室，就像以前跟林怡微约定那样。

我从袋子里小心取出海报，怕被林怡微第一时间发现，就放进了她抽屉的最里面。

重新坐在九年级 2 班的教室里，好在虾油齐没有把我的位置撤掉，我依然还坐在林怡微的前面。

只是起太早了，这会儿又困得不行，我就趴在课桌上打盹。

隐隐约约能听到越来越多的脚步声，在自己跟前飘来飘去。其中某个人的脚步声即便再轻，我的耳朵也能第一时间辨认出来。

"你还记得回来啊？"林怡微坐到座位上，用手里的笔碰了一下我，"到哪里逍遥啦，现在怎么又回来了？"

"你还是一样啰唆嘛。"我露出一张讨厌的笑脸，说，"在家无聊，想你啦。"

"你很恶心耶。"她一边说一边又如往常那样用书砸我。

"怎么不用圆珠笔了？"我盯着林怡微手里的笔说，"光荣退休了？"

"算是吧，因为要中考了，老师说得开始用黑色碳素笔了。"林怡微沉默下来，过了很久，才继续和我说话。

"来了就不要无所事事地看着我们，也奋斗起来吧！"

"可我，已经不用考了。"

"那……你就安静点，别一回来就找我讲话。"

"明明是你拉我讲的，怎么又说我？"

林怡微笑了笑，"夏次建，你还是跟昨天一样。"

我假装很生气地把头转到前面来，林怡微倒也不缠着我了，很快，背后就传来她和顾上进讨论的声音。是关于几何求证的。

我捂着耳朵继续趴在课桌上，发现此时的教室里每个人神情都异常紧张，他们的背上好像压着一块巨石，连呼吸都变得十分急促。

我突然伸出手指头数了数，再过三周就是中考了，时间把他们逼到一条愈发狭窄的巷子里，而此时的我是一个站在巷子口的看客。

王耀看见我回来，特地从教室后面跑了过来。

经过这一段时间魔鬼般的训练，我发现王耀已经消瘦不少。

"很不错，减肥快成功了哦！"我对他笑笑。

"没办法，熬到凌晨 1 点，早上 5 点又起来背书，为了省时间也在食堂吃饭了。我妈管不到我，所以趁这段时间也顺便让自己瘦下来。"王耀笑起来，下巴也没有那么多赘肉了，"次建，你可过得舒坦了，班上很多人都羡慕死你了。"

"这有什么，谁让我是天才！"我得意地抖了抖眉毛。

不过不知道是不是我说话太大声了，还是那两个"天才"的字眼太刺耳了，一堆泡在试卷和课本里的眼睛齐刷刷瞄向我，那些鄙夷的目光箭镞一样射来，我把头迅速低了下去。

王耀这会儿已经跑回自己座位上念书去了。

世界把犯错的舞台留给了我。

第十一章
祝福

蝉鸣声在闷热的季节里热闹起来，明亮的光线分割了青春的影子。

我听着与树叶擦肩而过的风声，回头看见屋檐上的风铃又兀自摇摆起来。

曾经异常厌恶的时光变得柔软起来，那些光线昏暗的夏夜已经走失在遥远的昨天。我们轻轻再转过身来，天空蔚蓝，铃铛摇曳出的声音像我们迷恋的曾经。

抬头看天，没有人能够说清云层和光，到底是谁穿过了谁，谁又拥向了谁，蔚蓝天际下一群不知自己走向的少年，洁净的面庞，倦怠不堪的眼皮，总是不断下垂。

衬衫的领口继续被这个清晨的风灌入。

青春，颜色总是那么透明。

荷花绽放，这个夏天，是不是告白的季节？

没有人去想这个问题，一切都在急切而热烈的节奏中运转，世界像要胀开的果实。

学校停课了，班上的同学都把大包小包的物品运回家去了，座位一下子都空了出来，如同刚进校的时候看到的崭新教室，但内心显然已经由原初的新鲜好奇变成了此刻的失落与迷茫。

时间已经改变了我们吗?

我在家里没有事做,俯在窗边,大把大把地呼吸。

感觉这个夏天其实和从前的夏天也都一样,骑着单车满大街闲逛的白衣学生,提着罐头冲下楼去买麦芽糖的小孩,榕树愈发翠绿发光的叶子,在空中不断轰鸣飞过的客机,尾气像一条白色的描线逐渐模糊。

唯一不同的是少年们都在长大,都在荒芜的年岁里通往栀子花盛开的花园。

曾经想要全宇宙围绕自己旋转,想要熠熠发光,又不断在岁月的刻薄嘴脸下知道自己根本没有这份可以支撑无忧笑脸的理由。这样的小孩,现在干脆就把他一个人留在孤单湍急的潮水里吧。

我托着腮帮伏在栏杆上一个人傻笑起来。

他们此刻都在干吗?心里想着,就拿起手机,在通讯录里找着号码,先出现的是"顾上进"。

按下了通话键。

"次建,有什么事吗?"

"没有什么,就想知道你现在在做什么。"

"喔,在看以前做过的卷子。"

"好好加油哦!"

"嗯。谢谢次建。"

挂断了电话,接着打给王耀。

"王耀,你在做什么?"

"这还用问，肯定在看书啦，这两天下来，发现自己原来还有很多东西没看呢。次建，你呢，我借你的碟片都看完了吧？"

"没有，上次的那个《霍元甲》还没看。"

"那赶紧啊，中考一过去，我可要全部收回的。"

"你爸的那种片子也收回去吗？"

"什么？"

"就是那个呀，你知道的啦。"

"照样收回！"

"你看得懂吗？"我笑了一阵，接着对电话那头发愣的王耀说，"好啦，不打扰你了，好好复习哦，王耀你一定行的，我提前在侨中高中部等你。"

"次建，我不一定会报侨中的，说不定会去一中呢。"

"真的吗？你的底细我难道不清楚吗？好啦，好好加油吧！"

"嗯。"

王耀挂断了电话。

下一个打给的是林怡微，她一定也在认真看书，打过去会不会太打扰她啦？心里开始纠结起来，突然发现自己这么在乎林怡微。

手指不听使唤地按到了通话键。

"嘟……"等待了很久，忙音没有消失。而当它消失的时候，电话那头响起的是自动台的声音，"对不起，您所拨打的号码暂时无法接通，请稍后再拨……"

真让人扫兴。

石英钟上的指针不快不慢地走着，阳光已经从窗台移到了我的床上，一个小巧的长方形礼品盒放在枕头旁边，上面印着一排细小的英文。

它是我昨天路过饰品店看到的，我不知道当时为什么要把它买下来，难道是要送给一个人吗？

大概中午的时候，听到手机响了，看了一下，是林怡微。

"次建吗？我是林怡微。"

电话那头依旧是林怡微那么经典的开头。

"微微好！"

突然发现自己也变得这么客套了。

"对不起，早上我都在背书，把手机调成静音了。刚才去吃饭的时候才看到的，对不起哦。"

我很少听到林怡微说话时能够用到"对不起"，而且还被放在一段话的头尾。

"没事，我是在家没什么事做，就想打你电话骚扰你一下。怎么样，考一中肯定 OK 吧？"

"还好啦，其实自己心里也没底。"林怡微哽咽了一下，"谢谢你，次建。"

"太客气啦，都和你前后桌这么久了。"我顿了顿，为了给她减压，继续说，"如果没考上一中，反正侨中的大门是百分百为你敞开的，这样你也不用去太远的学校念书，可以每天回家多陪你妈妈……当然，我只是说如果。"

说到这儿，林怡微那边沉默了起来，随后她用一种略显试探的语气问："次建，那张 Jay 的《七里香》海报……是不是你送的？你是不是知道……我的生日。"

林怡微是很聪明的女生，我自然明白她能这样问我，一定经过了反复推理，我骗也骗不过去，便招了："对啊，竟然被你发现了，是我送的。"

"哈哈，其实我想了很多人，但只有你嫌疑最大。主要是因为这张海报是在你重新回到班上后出现的，而且那天你来得很早，没人知道你做了什么……"

"Stop！"我瞬间打断了想做女版柯南的林怡微讲话，正好瞥见手边礼品盒上的一行字，便转移话题，"对了，我念一句诗给你哦，就当补上生日祝福了。"

于是一阵无比蹩脚的英文发音传到了电话那头。

From majestic mountains and valleys of green to crystal clear waters so blue，this wish is coming to you.

（越过青翠的峻岭和山谷，直到晶莹湛蓝的水边，飞来了我对你的祝福）。

本以为林怡微在听完这段足以让耳朵受虐的英文后勉强说声"谢谢"，谁知她又继续问："次建，我挺好奇，你怎么会知道我喜欢那张海报呢？"

我当然不会告诉林怡微我曾看她几次站在音像行橱窗前盯着海报发呆的事情，就打起马虎眼，说："哦，是因为……我也喜欢这张，所以就把它送你啦，没想到好巧好巧。"

"你也喜欢 Jay？"林怡微这下穷追不舍。

"哦……对啊，对啊！"我尴尬地回答着，怕她再步步紧逼，就把我妈拿出来当挡箭牌，说，"我想起我妈让我去看看鱼，就先不跟你讲了哦。"

　　林怡微自然识趣，说了一声很诚挚的"谢谢"后，就挂断电话了。

　　时间上了发条，没有人能让它停住。我们在盛夏的灿烂里开始一个结果的过程。

　　那个十六岁的时候能为了一张卷子上的几何题任性地在满是蚊虫叮咬的夏夜里忍痛煎熬的自己，那个能为了梦想一天只在食堂吃几包方便面的年龄，那个在大雨中义无反顾等待某种结局的企盼，一直都想让逐渐遥远的十六岁成为自己伟大而发光的过去。

　　是不是一切都要更绚烂点，像暴雨过后的霓虹，我们站在电线杆下，伸手摸到最蓝的天。

　　就这样，两天过后，那些如花的少年就要交出成长的试卷。命运是不是对谁都很公平？

　　那天一大早，我就睡不着了，拿过手机，进行短信群发。

　　"想证明自己是一个强者的时候到了，不要畏惧哦。你勇敢，世界就让步了！"

　　王耀是第一个回我的人，上面写着："我会加油的！"

　　顾上进是在半个小时过后回复的，写了有两三行，"上次一中保送没过，我就对自己说，中考时自己一定要更加努力，今天，这个时刻到了，我要证明，自己一定行！"

　　而林怡微却一直没回。

　　我试图专门再给她发一条短信："微微，绝对相信你一定行！"

　　或许年少真是天真，脑子里反复出现的总是这些"绝对""一定""相信"，像希冀着什么，内心往往也因此跳动不停。

　　墙上的石英钟在 8 点的时刻停住，我知道这条只在脑中撰写的短信已经发不出去了。

　　他们都上了战场。

　　这时，自己愈发感觉身体里缺少了一个部分——去体验中考带来的成长与抉择。当初选择参加保送考试，真的是为了得到现在悠闲的时光，还是为了逃避人生的某些不易？突然想一个人笑起来，为骨子里具有的这种只属于天才的思考天赋。

　　一个上午过去了，一个下午过去了。

　　第二天的上午过去了，第二天的下午过去了。

　　世界好像改变了什么，又似乎没有多少改变。

　　"次建，你知道吗，原来中考没有虾油齐说得那么难呢！"是王耀的声音，他兴奋地在电话那头说道。

　　"真的吗？早知道这样的话，我就不去保送了，说不定自己能考上一中呢。"我笑了笑，假装很懊悔地说。

　　"但也没有那么简单啦！我只求能待在侨中就行了。"王耀继续说着，"对了，那些碟片什么时候还我，真想今晚就恶补一下呢。"

　　"呃？"我把这个疑问语气助词拉了很长一段尾音，"到时再说吧。先祝贺你啦。王耀，你真棒。我妈快回来了，先挂了。"

　　没等王耀答话，我果断挂断了电话。

　　第二个打电话给我的是顾上进。

　　"如果不出意外的话，应该又和你同校了。"顾上进说话的声音不像王耀那么激动。他用的是句号结尾，而不是感叹号。

　　"你那么确定？"

　　"嗯。自己每考一科就估了一下，跟以往侨中的正取成绩差不多。"

顾上进好像呼吸了一下，又说道，"次建，这两天考试，我发现微微好像状态有些不太对劲，你有时间跟她说说话。"

我不安起来，这样的感觉和上次参加保送考试时一样，心里想着是不是她家里又出事了，但在电话里问的却是："她是不是生病了？"

"不太清楚。"顾上进沉默了一会儿，说，"次建，改天我们再聊哦。"

"嗯。"

我在电话这边点了一下头，然后按下挂断。

思考了很久，后来还是没给林怡微打电话，害怕在手机那头听到的又是她爸爸的声音。

突然发现自己似乎变成了一个胆小鬼，特别害怕某个人会在自己面前哭。她哭一次，心里就有一块石头被人扔进了深海。

被时间伤害的年华不应该属于我们。

但是，到了晚上9点多的时候，林怡微却来了电话。

"次建吗？我是林怡微。"

那么沉着而淡定，如同从前。

不知道该问她什么，总觉得说出的什么一不小心就会露出刺来。

"因为这两天考试，所以手机拿给我爸保管了。刚才看到了短信，谢谢你的鼓励，我很好。"

"真的？"

"嗯。一切都蛮顺利的！"

我舒了口气。

"什么声音？"林怡微问。

"哦，是风从窗子边吹进来了。"

"真的？"林怡微笑了笑，"不会又骗我吧。看你这么紧张，是不是又做了什么？"

"没……没什么。"

电话两头，都是笑声。

"这么说，微微你一定会去一中了吧。"

"我……不知道。"

"别装啦。"我鄙夷地说，然后假装失落的样子，"好可惜呢，以后坐在我后面的就不是你啦。"

林怡微沉默了一会儿，又笑了笑，随后连再见都没说，就挂断了电话。

"喂，喂……"我朝着手机的外置话筒喊着，确定是她那头先挂的，隐约间有种不好的感觉涌上来。酸酸的，涩涩的，像是柠檬汁一层层洒在心上，瞬间心地被腐蚀般变得空落落。

我感觉林怡微有些奇怪，但自己也说不出来是哪些方面不对劲。

夏夜闷热，叶片哗哗啦啦响个不停。

风中浓烈的花香和满城的烂漫花枝在风里荡漾。

月光像捻好的丝线，很柔顺地织进夜色中的每个角落。

隐约能听到房门外猫叫的声音，在无眠之人的神经中跳跃。

这个夜晚，寂静中，还有很多人无法睡去。

天幕之中，云霞薄薄地铺在银河之下，我们的成长也是由这样的浮云来记录花事的枯荣，然后驻足在某个路口，又由一阵没有表明来路的风，唤醒沉睡之后的斑斓黎明。

谁告诉过我们隐瞒是一剂解药，被你那么用心地藏匿起来。彼此摊开手心，告诉对方，我一直在相信着你，就算整个世界都在撒谎。

这样不是很好吗?

青春是一座秘密的花园，我们隔着繁茂的花枝，躺在那里迎接明天。

第十二章
毕业

2006 年的 7 月，我们彻底和中考说再见了。

新的生活仿佛是炎夏中得到充足光照而迅速长大的翠绿叶片，在风中恣情地招摇。

那些不知世界如何转动的时年里，我们在枯燥的深海里耗费光阴，不再早睡，不参与幼时的游戏，不与人长谈，不去看自己的鞋子是否掉带，不关心头发要剪得如何好看。

也从那个遥远的路口开始，习惯了整天和自己较劲，习惯开着手机睡着，习惯了认认真真抄写黑板上的笔记，习惯在心里埋藏秘密，独自沉默。

它们是那么明亮的存在，在记忆中，如同玻璃窗上爬着的长长的雨线，曲折而执着地落下。

"夏次建，你就自己带一杯奶茶在这儿喝啊，也不请我们每人喝一杯，小气！"

"次建，要不要一起来捉螃蟹啊，这里好多啊！"

"还是过来和我们一起踏浪吧！"

是你们的声音，阳光般同样明亮的年少。

"夏次建，没想到接下来的三年又要跟你在一个学校碰面了……"

在某块大礁石后面听女孩哭完之后又笑着跟我说话，视线里似乎仍然是昨天那张隐忍、要强的面颊，融在晨昏的光芒里。其实关于这样的结果，在跟女孩通电话的那天晚上，我就猜到了。

只是我不知道该怎样安慰你，林怡微。

考试结束后，虾油齐带我们全班去下沙的海边玩。

车窗外，依旧是被风吹开的稻田，散发着稻谷成熟的清香，收割机在原野上轰隆隆地开着，农人紧紧跟在后面。这是南方的盛夏，一切都在肆意勃发。

突然又想到七年级期末考结束后去寿宁的情景，一路上的风景和现在这么像。只是我们都长大了，坐在车后，看了看其他同学，发现他们都变了，王耀变瘦了，顾上进的眼袋好像加重了，林怡微留长发了，而我的身高不知不觉已经超过了她。

究竟是时间经过了我们，还是我们经过了时间？我觉得自己越来越有哲学家的天赋，竟然开始思考这样的问题。

不断扑打到脸上的树影，在忽明忽暗的光线里愈发成长为梦的眉目，似乎隐隐间又看到杜帅帅用他更加沙哑的乌鸦嗓领着众人唱《还珠格格》里的插曲，还是幼儿园天真的腔调。虾油齐变得更老了，一脸素颜，看着我们直笑，估计是托管中心生意火爆，她都无暇化妆了。而两年前开校车的年轻男子不知道到哪里去了。

杜帅帅干咳几声，似乎又想唱歌，对同学们说："苦难暂告一个段落，想必大家现在心情都很好，我呢，就献丑再为大家唱唱歌，一首周杰伦的《一路向北》给大家！"

　　我以为在这熟悉的剧情里，林怡微依旧会站起来为了维护偶像的歌而选择自己唱，就像那时候的她一样，有不畏惧这个世界的勇气。

　　但她此刻却显得如此冷静，坐在自己的位子上。

　　"怎么不起来阻止他唱歌？"我用胳膊肘碰了碰她，小声问道。

　　谁知她莞尔一笑，答道："反正是最后一次听大家唱歌了，帅帅唱什么，我都没意见，再说，你没发觉他也是 Jay 的忠实粉丝吗？"

　　"是哦。"我一边喝着奶茶，一边听着杜帅帅模仿港台腔调做作地唱歌。

　　　　后视镜里的世界 越来越远的道别

　　　　你转身向背 侧脸还是很美

　　　　我用眼光去追 竟听见你的泪

　　　　在车窗外面徘徊 是我错失的机会

　　　　你站的方位 跟我中间隔着泪……

　　随后一群人都像有了共鸣似的，即便杜帅帅跑调再严重，大家也都很热情地加入进来，这些人里面自然少不了林怡微的声音。

　　　　我一路向北 离开有你的季节

　　　　你说你好累 已无法再爱上谁

　　　　风在山路吹 过往的画面全都是我不对

　　　　细数惭愧 我伤你几回……

　　明明是成人世界略显伤感的歌曲，此刻听着竟也让十几岁的我们心酸，没办法，谁让我们要毕业了，听什么歌都很容易掉眼泪。

也是在这一刻，我突然发觉林怡微唱歌的水平提高了。每天回家肯定也在偷偷练习吧，我想。又或者只有 Jay 的歌能疗愈她内心的裂缝，暂时避开成人世界的纷争、学业的压力。

于是我似乎看到，在谁也没注意的角落里，她也这样唱起了歌，那么专注、认真，不用在乎谁，也不被谁在乎，只是一个人纯粹地在音乐里得到一种安慰，或者安全感。

她轻轻闭上了眼睛，嘴边仍在哼着。

清新的歌声里，时间渐渐缓慢下来，像倒回了从前。

我看着林怡微，这个一直用书拍我脑袋的女孩，这个一直想"拯救"我的女孩，这个说起话来像念经的女孩，这个自己受伤也不太愿意告诉别人的女孩，这个我一直以为是从其他星球上来的奇怪女孩，这个我时常对着她、内心却不断紧张的女孩，脱去一身高冷后，原来长得还挺可爱，睫毛细长，眼睛明亮，笑起来也有一点点的酒窝。

世界上，有很多人很多事，会因为时间变得优美起来，而变得不再那么令自己讨厌。

趁她不注意，我把奶茶放到一边，拿出手机，调整静音模式后，拍下了此刻正闭着眼睛唱歌的林怡微。

远方的云层之下，光柱之中绚烂的粉末蒸腾起舞，空气中洋溢着沙地和野花清淡的芳香。梦一般的大海，渐渐有了翻涌时的声响，目的地离我们越来越近。

"前面就是下沙海滩了，大家准备一下，等会儿下车。"虾油齐高兴地从车前座站起来对我们说着。

"哇，第一次看见海呢！"

"真的会那么无边无际吗？"

"我要捡好多贝壳回去！"

"要不要下水去呢？"

兴奋而沸腾的场面像一锅炸开的水花，那么明媚的面庞，绽放着内心掩藏不住的欢喜。

我起身，顺便拍了一下坐在旁边的林怡微、顾上进，还有正在打呼噜的王耀。

"快到站啦，还睡得这么死，起来！"我对着王耀的耳朵喊。

他惊醒过来，揉了揉眼睛，笑着说："这么快，我以为才到一半呢，好不容易做了个美梦！"

"是啦，最好别醒来，永远沉睡在美梦里！不过你梦到什么了，可乐、炸鸡、柯南、鸣人，还是哪个小姐姐？"我鄙视地看着他。

王耀又是一阵傻笑。

"我们等会儿下车后别走散，一起玩！"我对着林怡微、顾上进和王耀一脸欣喜地说道。

"嗯。我带了相机，可以一起拍张高清合照。"顾上进一边说，一边从背包里取出一台黑灰色单反。

"还可以一起踏浪，抓螃蟹！"林怡微眼睛闪烁着，"以前我就和家人去过一次海边。现在有你们，好开心啊！"

汽车渐渐放慢了速度，沙土在风中混合着姜花轻轻飞扬，又降落。

世界仿佛有一双澄蓝色的巨眼要睁开，白光和喧哗顷刻涌入。

天空被海浪声抬高，广阔的蓝占领了世界，迎风而来的咸湿水汽，不断刺激着青春的神经和面孔。

潮水同漫长的成长随行，时间染白了灯塔的顶端，有一种声音从高处投射而下，那么轻地落在我们身上，像羽毛那样柔软。岸堤、滩涂、礁石，宁静地听着大海的声息。人和海的联系如此密切，仿佛久违的原乡。

"夏次建，你发什么呆呢？"林怡微用手在我眼前晃了晃。

"没有什么，只是在想我们什么时候也这样简单过。"我望着眼前这一片无边无际的海洋说道。

"没念书之前。"

"幼儿园的时候。"

"没有碰到考试之前。"

"在我吃甜筒和汉堡的时候。"

少年们你一言我一语地说着，然后一起发笑。随后，一个个脸上又都沉默下来。

林怡微在炽烈的阳光下眯着眼睛说："以前就想睁大了眼睛看着太阳，看看自己能和它对视多久，结果每次都持续不到 10 秒就打了喷嚏。"

"你这么幼稚啊，还好意思老说我？"我问。

她笑了笑，说："因为感觉你就像个小孩呀。其实很羡慕次建，在那么无聊的时光里还能嬉皮笑脸的！"

"次建就是这样的啦，专做出格的事。"王耀附和着林怡微说，随后感觉"出格"一词用得不太恰当，便改口，说，"哦，是逆袭，专做逆势的事。"

"那是当然，我就喜欢挑战！"我得意地说。

"其实我以前蛮讨厌你的，感觉你……"顾上进走过来，用手搭在我的肩上。

"什么？"我看着他。

"就是很张扬，咋咋呼呼，神经兮兮的。"他笑了。

可恶，我给你们的印象怎么都是这样啊？

打耳的海风抱紧潮水，澎湃着原野一样空旷的孤独，那些青春的身影，一一站立，成为阳光下细长的光束。

我们走到灯塔下，面朝大海，也面向千帆过尽的时光。风穿过身体，清清凉凉。

"说说我们未来的梦想吧？"我提议。

"我想开鸡排奶茶店，一边赚多多的钱，一边又能吃得超爽！"王耀高兴地说。

"我想去读刑侦学，找出许多事情的真相。"顾上进一边说一边闪出坚毅的目光。

"林怡微，你的呢？"我看着林怡微。

她捋了捋额前被海风吹开的刘海，笑了笑，"当老师或者……歌手，唱唱歌就很开心。"

"你确定？"我故意怼她，嘲讽道，"你自己倒是唱嗨了，可别人的耳朵就得去医院包扎了！"

林怡微听了也不动手打我，反而一个人在那儿笑了，然后大家也都笑了。

天边，萌动的飞鸟在云层间穿梭，在找到虹光之前的路途中忍住眼泪。悬挂在头顶的太阳，如同巨兽狂放的目光淹没所有的时光。

我们的笑声像波涛一样，在世界的角落微微响彻。

未来在那时，还没有形状。

到沙滩上踏浪和抓螃蟹的时候，林怡微从我们中间走开了。

我翻动了一下背包，然后就去找她了。

沿着滩涂不知道走了多久，我在一块大礁石后面看到了林怡微。她的脸上没有丝毫的笑意，只是安静地看着远方，不知不觉眼泪就下来了。

我轻轻走到林怡微身后。她好像知道有人过来，便用手擦拭着眼角的泪痕。

"想哭就哭吧，没必要伪装自己。"我来到林怡微身旁，和她一起伏在栏杆上。

林怡微看着我，想说什么却哽咽住了，然后鼻子开始抽搐起来。

"其实，你这样，不觉得很累吗？"我轻轻问她。

林怡微的眼泪一下子决堤了，"很多人都觉得我一定能去一中吧？考试那两天，我真的很难过。我妈得了癫痫，医院不知道为什么突然换药了，她就经常犯病摔倒，我没有心思考试，都在想我妈……"

她的抽噎声愈发激烈起来，我看到她的侧脸，心里突然也变得酸酸的。

"我是不是真的……真的……太弱了……"

"不是还有你爸吗，你自己只管考试不就好了？"

"夏次建……你家庭一定很幸福吧……自从我爸妈离婚以后，我爸都不怎么联系我妈了，他们两个人的纽带是我，我常跑去跟我妈住，我爸表面上没说什么，实际呢，我很清楚……不过还好，后来我们又买到了以前的药，我妈恢复过来了。"

看着林怡微此时的模样，我当初认定她是本世纪超级物种的想法瞬间消失，原来她卸下假装的那一份坚强以后，会是这么脆弱的一个女孩。

哭泣果然是每个人都拥有的权利，没有人可以剥夺。林怡微，你好好哭吧。

"不过，说起来，还蛮开心的，又能在新学校见到你了，夏次建！"她用手抹了抹哭红的眼睛，又笑起来。

"说不定还能做同桌呢！"我憨憨地说着。

"那你喜欢跟我同桌吗？"林怡微突然盯着我问。

这是一个很奇妙的问题，无论我给出什么答案，林怡微势必都要得意地对我讥诮一番。

我不会上当，这时最适合转移话题。

"对了，送你一个东西。"我放在身后的手伸到了前面，那个精巧的长方形礼品盒在海边的烈日下闪出光亮来。

上面印着一行英文："From majestic mountains and valleys of green to crystal clear waters so blue, this wish is coming to you."

"这……是那天你和我说的话？"林怡微看着礼品盒问。

我点了一下头。

"里面是什么？"

"你打开就知道啦。"我笑笑。

"啊？是巧克力！"林怡微先是一脸惊喜，后又小声问，"你买的？"

"是我爸寄回来的，太甜了，一直都不想吃，就想送给你。"

"为什么？"林怡微不哭了，笑着问我。

"因为……伤心的人吃点甜的会开心。"

"自己杜撰的吧？"

林怡微抿嘴笑了起来，我便也跟着她傻笑起来。

"林怡微，还有个东西想让你看看。"

"什么？"

林怡微疑惑地看着我，我故意走近她，然后伸出手在我和她之间比画了一下身高。

"看，比你高了耶。"

"夏次建，你蛮讨厌的啊，才高我一两厘米也算高？"

林怡微满不在乎地对我笑道。

林怡微，你真是一个让人讨厌的女生。

海浪汹涌袭来的声响，由远及近。贝壳外形的白色灯塔，看上去像通往天空的螺旋阶梯。我们一直在彼此的心中迷路，出口在哪儿，谁都不愿先说。

顾上进和王耀后来找到我们，于是在白塔的前面，顾上进按动了单反快门，在 10 秒的倒数中，我一脸坏笑地扯着王耀的大脸，林怡微乖巧地站在王耀的边上，被顾上进摸着头，一张张都是青春明媚的笑脸。

"三、二、一！"

那一秒，时间定格住了。光线把我们的影子投射到澄亮的地上，不断拉长，向着远方的大海。

我清楚地听到那一秒时间发出了"嘀嗒"的清脆声响，仿佛从两年前的夏末那扇七年级 2 班的窗户上一个男孩的侧影里而来，那时他还是一个被人天天说"烂透了"的坏学生，整天被一个尖子生用书拍后背。

　　那件白衬衫上被书本蹭脏的地方，再也洗不掉了，成为旧时光里喜怒哀乐的痕迹，也像是勋章，在多年之后依然闪光。

　　那个只属于青春生长的季节，微风吹过少年的眼眸，在风起风落中少年们彼此认识，从此彼此牵挂。那个美好的时节，满世界都在开花，你也是其中一朵，风吹起，花落一地。

　　时光在花香中，穿过我们彼此的云端。你安静地站在白塔下面，向着未来招了招手，不经意间，我偷偷看见你又一次发红的眼眶。

　　我们深情得还像昨天风中的少年。

○
○
○
●

下卷

第十三章
高中

时间的大火很快就烧完了 2006 年的盛夏，叫嚣的鸣蝉似乎一夜之间被消了声，树叶开始出现翻卷，在风中一片一片约好似的落下。

某一片突然落到我的奶茶塑料盖上，我盯着那略显发黄的叶片看，知道秋天要到来了。而我手中的奶茶标签上不知不觉也已经由"多冰"变成了"少冰"，再一看，甜度竟然也从当初最爱的"多糖"变成了"三分甜"。

虽然这甜度对我来说，只是微甜，但不知道自己究竟是从什么时候开始习惯的，可能是从跟在林怡微后面买同款奶茶那天开始的吧。

2006 年 9 月，传说中洪水猛兽般的高中岁月就这样在我们的世界中降临了。

"听说，校长对待高中要比初中严厉多了。"

"出勤情况、仪容仪表、上课纪律他有时是亲自到班检查的。"

"不会吧，那我暑假留了两个多月的头发不是要灰飞烟灭？唉，倒霉。"

"干吗要这么整高中生，难道以前他被高中的某些不良学生收拾过？"

"你没听说吗，这几年侨中都在申请省一级达标校呢，准备赶超一中。"

"能超过去吗，都差了人家五十年的历史，还想'大跃进'？"

……

还没正式上课，耳边飞来飞去的都是这些讨论的声音，如同夏天里不绝于耳的蝉鸣声，或者蚊蝇声。我向四周张望，眼中都是一张张新的面孔，世界好像改头换面了一样。

内心仿佛缺了一角，露出大片大片的空白，我在想自己是不是来错了地方。

南江华侨中学高中部，高一年级9班。

往教室门牌认真瞅了两遍之后，我才在座位上安定下来。班级里已经坐满了人，只剩我隔壁的桌子空着。和初中部教室比起来，高中部每个班级的空间显然变得拥挤很多，前排跟后排座位间的空隙更显逼仄。按校长的话说，我们侨中的高中部也算是市重点，每年的升学率也是位于全市前列的，所以报考的学生是相当的多。意思就是说侨中是很"畅销"的，你们该为考上这样的高中而自豪。

"什么嘛，再怎么厉害也永远只是老二！"背后不知道是哪个男生扯着鸭嗓叫嚷着。

突然，我好想以前的班级，那个也是鸭嗓的班长、老把我盯得死死的虾油齐、暑假里把我所有动漫光碟都收回的王耀、一直是对手加朋友关系的顾上进和最让人摸不着头脑的怪咖少女林怡微。

原本以为考上高中后还可以和他们一个班，结果虾油齐因为托管中心收费忒高，且以自身关系扩展校外业务等事情被人举报，学校罚她一年之内不准上课，反思自己的错误。鸭嗓杜帅帅发挥一般，但交了一笔择校费后去了一中。当初跟我一样不被看好的王耀以自身努力发挥超常，仍然留在了侨中，被分到了12班。顾上进被分在5班，而林怡微则是在8班。初中时我们四个的座位是一条直线，现在又因为高中部教学楼是个长方体，每一面有四层，其中有两面是教师办公室、另外两面是班级、每层四个班级的缘故，我们各自所在的班级位置正好组成了一个长方形。

我不知道未来又将有多少故事会在这个奇妙的新图形中发生，这真是个有趣的问题。

为什么这个空位置上坐着的人不是你们中的任何一个？

当我继续对着隔壁桌子发呆的时候，一个男生坐了下来。完全陌生的面孔，短发，奶油小生般白皙的皮肤，冷漠的神情，他看都不看我一眼，直接趴在桌子上了。身后坐着两个女生，一个头大得可以做巨型汉堡，一个皮肤黑得如同印度妇女，两个人凑在一起叽叽喳喳地说话——

"前面哪个念书好呢，我觉得是左边这个。"

"说不定是右边。"

"右边这个，看样子像痞子。"

"比起书呆子，我更喜欢痞子点的男生哦……"

听上去，像是来相亲的两个大妈。她们有可能以后会是比林怡微还要麻烦的不明生物。想着想着，心里就像这个时节风中的樟树叶子一样颤抖起来。

为表示对他们的反感，我大口吸着奶茶，簌——，教室里又响起这熟悉的声音。身后的两只鸟也在这时安静了。

　　我把目光移到教室前门，一直期待着新班主任的样子。一定会是个美女，早听说高中部的教师队伍里美女如云，来的一定会是大美女，看了虾油齐那么久，这下终于要见到别样的风景了。

　　时间分秒流逝，内心越来越激动，像一列加速行驶的火车，在时间的轨道中发光。

　　耳边传来一阵脚步声，越来越近，但听得越来越不对劲，不像是高跟鞋发出的清脆声，像是某种球鞋在地板上踩出的吱呀声，从走廊的一头不断飘来，越来越清晰。

　　三、二、一。

　　我轻轻咬住了自己的嘴唇。

　　瞬间，一个男性身影闯进我的视线。

　　不会吧，怎么会是个男的？！噢！我把脸耷拉下来，倒宁愿此刻出现的还是虾油齐那张抹了厚厚粉底的脸。

　　"啊，怎么会有这么帅的班主任！？"

　　"是啊，好帅呢！"

　　"感觉像周杰伦！"

　　"哪儿像？像谢霆锋才对！"

　　女生们的声音一阵比一阵激烈，且完全没有遵从客观实际，一个劲儿地把自己爱豆的脸往这位男班主任脸上贴。

　　我发现自己快被高一9班一群花痴的口水给淹没了。

　　我把头埋下，快速吸了口奶茶压压惊。

　　"同学们好，从今天起我将是你们的班主任，我叫郝帅……"随即他抽出讲台上的粉笔，转过身往黑板上写着自己的大名。

　　第一个字还没写完，底下尖叫声一片——

"真的好帅！"

"人帅，名字帅，连写字都这么帅！"

"有没有看到他刚才转身，好潇洒呢！"

"我越看，觉得他越像周杰伦了！"

"拜托，像谢霆锋好不好！"

巨浪般袭来的响声里，我捂起耳朵，真怀疑这是在开学，还是在开明星见面会。

"同学们安静下，以后就由我带领大家了，有什么事都可以找我。我的电话是……"

"唰——唰——"，一阵翻本子的声音，"沙——沙——"，一阵抄写的声音，春蚕一般努力吃桑叶的劲儿，如此逼真。

"不明白的等会儿还可以问我，下面我就开始点名。"这个"好帅"温柔地说着，然后对着新生花名册一个接着一个地往下念。

不明生物们异常渴望的眼神，发出璀璨的光和热，盖过了教室外9月的阳光。

"郑飘柔。"

"到！"

"张玉兰。"

"到！"

我这下才明白，原来坐在我后面的不是什么生物，而是一瓶"洗发水"和一瓶"沐浴露"。而我家用的正好也是这两个牌子，因此，在相当长一段时间里，我在洗头和洗澡的时候内心总是一阵不安。

不经意间把头转到了右侧，目光中那个男生始终那样低头趴着，一动不动。

"李浦。"

"李浦?"

郝帅喊了两遍。

"到。"

终于,他动了一下,懒懒地起身,应了一声。

不会吧,这个叫"离谱",后面的是"飘柔"和"玉兰油",这都是些什么啊,难道现代人取名字都这么困难吗?

我开始在想他们的父母是不是太懒了,出生时看见什么就给孩子取什么名。叫"飘柔"的是不是她妈平常最喜欢用"飘柔"洗发水,叫"玉兰"的是不是因为她妈洗澡时经常用的是"玉兰油",可是这个叫"离谱"的怎么解释?

我疑惑地再次把目光侧向右边的男生。他保持着先前的姿势,像什么事都没有发生一样。

"夏次建。"

在教室里飘了几秒。

"夏次建。"

郝帅又点了下名字,略微加重了语气。

"夏次建。"

第三遍,语气明显加强了。

"是不是没这个人啊!"

"啊?到!"

我恍惚地站了起来。

"点了几遍,知道吗?"他问。

我没回答,只低着头。

"坐下吧，以后认真点，别走神。"郝帅说道。

我尴尬地一屁股坐下来。

那一刻，全世界最好消失。

"好了，以上就是高一9班的全部名单了。"郝帅说完，露出一脸笑容，像是清宫剧里把后宫嫔妃数了一遍然后十分满意的皇帝。

不会吧，我难道是这个班级花名册的最后一个？拜托，是不是弄错了，保送进来的怎么就赚了这么个"好位置"，排在择校生之后，而且还是最后一个？

内心突然间失落得像一道悬崖。

放学后，林怡微从楼梯口转过身去，我正要叫她的时候，看到顾上进跟在她的后面，怀里抱着大堆的新书，一脸殷勤的样子。

"次建！"林怡微甩过头来和顾上进说话的间隙看到我灰溜溜的身影，便叫住我，"怎么，不在一个班了，连招呼都不打啦？好绝情哦。"

她笑了一下，头发又长了一些，额前的刘海还像以前那样在风中轻轻飘动着，像流苏一样。

"是啊，我好绝情，但只对你。"我一边说，一边拍了下顾上进的肩膀，"对吧，顾上进？"

两个人愣愣地瞧着我。

顾上进当然没有料到当我把手拍到他肩上时，他整个身体都受不住了，像一面轰塌的城墙，"唰——"，新发的课本全都掉落在地。

"次建你干吗？"林怡微鄙夷地看着我，"这些书都是顾上进帮我拿的，你干吗出手这么重？"

我就是看见他帮你拿书，心里不高兴，怎么啦？我在心里回应着林怡微。

顾上进倒是在一旁沉默地捡起书，拍着上面的灰尘，目光中流出湖泊一样的温和，对林怡微说："没事的，微微，我们走吧。"

我听得很清楚顾上进只是在说，"微微，我们走吧"，而不是简简单单的"走吧"。这么亲昵的语气，掺和进了某些暧昧的感觉，听着真让人不舒服。

林怡微没好气地看了我一眼，从顾上进那边拿回了一些书放在怀里，"我自己也拿一些吧，真不好意思，上进。"

我不知道林怡微口中的"真不好意思"是替自己说的，还是在……替我道歉。

我的身影很快就落到了他们遥远的背后，中间的距离像深海中新生的裂缝，地理上把这叫作海沟。

正准备坐公交回去的时候，一个人影从背后挤了过来。阳光下，车门口映照出一个熟悉而庞大的身影。

"嘿，次建！"是王耀的声音。

我随即从口袋里掏出两枚硬币往投币口扔了下去，如果有很多事很想忘记，是不是都能往这样看不到底的入口投去？

"师傅，我们两个人。"我对司机说道。

"什么时候变得这么大方啦？"王耀把身体凑了过来，"真不像你的为人。"

"死胖子，那你以为我夏次建是哪号人？"我伸手拍了一下他的肚子，笑道，"上次去海边的时候你不是还瘦了吗，现在又膨胀了？照这样速度发展下去，我觉得你可以去演'龙猫'了！"

"还不是因为我妈……中考成绩出来以后，可把她高兴坏了，装了一冰箱的甜筒冰激凌说是要奖励我，后来又买了好多猪蹄回来……唉！"

"好哇，原来你一整个暑假拿走碟片后就躲在家里一边看电影一边吃冰激凌，怪不得叫你出来喝奶茶都不答应。"

"我那时是真的有事啦。我妈说要给我报一个暑假学习班，那阵子就被逼着上课去了。"

"我不管，你现在必须表示一下。"

"那……我就请你喝一杯吧。"

"果然还是你了解我啊！"

我轻轻捏了一下王耀胶原蛋白满满、富有弹性的脸。

他无奈地看着我，头大得用巨型包子都不够准确形容。

想想，在这个世界上，有个胖哥们儿，挺好。

第十四章
军训

从王耀那里又借来了新一季的《火影忍者》，不过碟片还没看到第三张，学校的新生军训就开始了。

那个9月就开始变得热闹起来了，原本退烧的阳光又变得炎热起来，人工草坪突然之间像着火了一样烧着我们的脚踝，第一滴热汗从王耀的脸上滚下来了。

"一个个给我站好了，别给我搞小动作！"

说话的男教官姓李，一脸黝黑，小眼睛，大嘴巴，瘦得跟猴子没多大区别，幸好额头没有月牙，否则就可以冒充包拯了。

"眼睛看哪儿呢，说的就是你，出来！"李黑子果不其然将目光瞄准了我。

"报告教官，我眼睛进沙子了，所以……"我倒也没看他，低头说着。

"给我注意点，下次别犯了，进去！"李黑子瞪了一下我，用巨大到仅次于擂鼓的声音喊我归队。

我在心里不禁得意地笑了笑，我们学校绿化做得好，草木青葱，不容易扬沙，运动场草坪里都是黑色的塑料粒，哪有什么沙子可以进眼睛？况且，我秉承我们家的传统，单眼皮，小眼睛，沙子有那么好进吗？

"今天，我们主要练习稍息、立正……"李黑子一边说，一边迫不及待地示范起来。

为什么说是迫不及待呢，因为我们班女生多，当然都是"飘柔"、"玉兰油"那一类，不过李黑子才不管这些，他站在最靠近女生的那块场地把自己当猴耍一样转圈。这样也好，男生这边倒落得清净。

"这黑子真无聊，你看8班，是个女教官呢，还带学生们唱歌，好像坐下休息的时间都超过站的了……"

站在我后面的陈高个在李黑子免费表演期间嘴巴没停过。

"我们呢，竟然是在观看一只黑猴的演出。"

"挺不错的啦，还省了买动物园的票呢！"

"不过，他这么卖力干吗？"

"对啊，我们班又没有西施、貂蝉。前几天来报名的时候，看到我们班的女生，还以为来错地方了，到门口一看班级牌才相信自己确实不是在侏罗纪公园。"

旁边的一群男生也附和着说，然后一阵哄笑迅速在空气里传播，又进入到李黑子的耳朵里，他在准确接收之后走了过来。

"有本事啊，一个个！"李黑子拍下了几个男生的帽子，大声训斥着，"刚才说什么来着，别给我搞小动作。我在那儿示范，是让你们好好看，可没准你们说话！既然这么喜欢站着说话，那好，等会儿休息时间，你们男生一个个也都别坐了，都给我站着，老实点！"

就这样，可恶的军训开始没完没了。

与以前林怡微用书砸我、用笔戳我带来的伤害相比，这样光站不坐、"蒸蒸日上"的时光更加让人煎熬，终于无条件地相信鱼是人类的祖先了。

我好想回去洗澡，而不是时刻提防着李黑子从哪里突然伸来一只手打我的脑袋。

学校为了军训期间方便管理，新生一律住校，没有特殊情况不准请假回家，这就给我带来了不小的折磨。

因为在此之前我都没有尝试过和这么多人睡在一起，灯光微暗的宿舍内，夹杂着汗臭、脚臭和一些衣物上沉积的霉味。

我躺在床上翻来覆去睡不着。我想我妈了，更准确点说，我应该是想念我妈平日给我做饭、洗衣服、放热水的时候了。有妈的日子还真是好，有妈的孩子就是个宝。

我的宿舍原先只有 6 个床位，后来为了军训住宿的需要，学校又加了 6 个床位，一间寝室 12 个人。

以前总觉得自己家的房子小，做什么事发出什么动静我妈都能听到，现在面对这样一个小到不知道还可以怎样再小的角落，一群即使睡觉也在争抢着氧气的生物，一栋散发着恶臭气味的宿舍楼，才知道幸福是什么。

我看看四周，发现 12 个人里就只有我和李浦还没睡下。

李浦应该是个"富二代"，趴着玩三星最新款手机，枕头旁还放着空气净化器。我怀疑他是不是在自己的每一件衣服上也都洒过香水。

昏暗的光线中，隐隐约约能看见窗外有人走动，那些身影像树枝一样在墙壁上晃动着。

我心里来了想法，反正睡不着，索性起身从上铺爬了下来。

"去哪里？"李浦一边看着手机屏一边问道。

"不去哪儿，就想出去透透气。"我嗤嗤笑着，"还以为你是哑巴呢，这会儿怎么说话了？"

"教官说了，睡觉时间不准出去。否则全宿舍的人都得跟着你遭殃。"李浦的语气一直冰凉得如同门外的风。

"如果谁要梦游他还管得着了？到时要罚就罚我一个人。"我没有理会他，丢下话悄悄开门出去。

这会儿已是深夜，月明星稀，乌鹊南飞。

四下寂静无声，偶有清风吹动翠叶发出的窣窣声。

远山像火焰在烈酒的催化下发出的幽蓝光芒，逐渐浓郁起来。

我小心翼翼地在楼道里行走，然后拐到王耀的宿舍。

之前王耀对我说他也睡在上铺，比我惨的是他还靠着走廊这头的窗户，以致常常被门外风吹草动的声响惊扰到。而我想，这下可好了，找你这小子也方便多了。

就这样，我叩响了玻璃，起初屋内没反应，我猜想应是这胖子又伴着鼾声入眠了，便在指头上加重了力气继续敲打起来，过了不久，窗户里有头晃动起来，根据大小，我知道是王耀醒过来了。

"找死啊，这么晚了，不去睡，不怕被抓吗？"王耀轻轻开窗对我说道，一边说，一边眯着眼睛。

"我是谁，还怕被抓？你就别睡啦，出来陪我说说话。"我把头凑到窗户里压低声音说。

"次建你发神经啊，大晚上的，不好好待着……"

"你别啰唆，出不出来？"

"我还是想睡觉。"

"也行，那我就把你全宿舍人喊起来，就说是你让我做的。"我轻声嗤笑起来。

可是心里却好像有谁在说话，胸腔里回荡着一阵阴魂不散的声音，"夏次建，你怎么还这么像小学生啊……"

王耀这下不说话了，披好外套，无奈地爬下了床。

我们来到草地上，突然间觉得无人侵扰的世界原是这般安静，如同辽阔无边的旷野，回归了原始的本真。

王耀一屁股坐了下来，显然有些埋怨，问："睡得好好的，被你拉出来，究竟有什么事？"

我笑了笑，说："好兄弟，别生气啦。我就是睡不着想找你出来。"

"次建，你好无聊，如果被那些教官看见的话会完蛋的。"

"管他呢，还不是被他们逼出来的。搞不懂干吗要把一堆人圈起来看着？"

王耀见我站着，一把将我拉倒在草地上，问："次建，你此刻想谁呢？"

"想我妈，你呢？"

"我也想，虽然她老是骂我，说我的不是，但发现没有她自己还真是有点不习惯。"

"是啊，没有人给我们做好饭，洗脏衣服，心里怎么会好受？我也想我妈了，还真想被她再揪一下耳朵。"

"不过次建，我还想我爸呢，因为在我家，我爸从不打我。"

"我倒是想让他打呢，可是……"我突然停住了。

"可是什么？"王耀看着我，心里似乎也知道我后面其实是要说什么了。

"可是他在澳大利亚，太远了，想给他打他都打不到，哈哈……"

我笑了起来，但是内心却是一阵酸楚，不知道我妈的那个梦是不是像现在自己仰望的银河那样遥远，有些人是不是已经忘记我们了呢?

星空离我们越来越远，那些被定义的幸福模糊得就像从掌心掠过的水汽，总感觉快要抓住的一刻，却还是扑了空。

人是世界上最不可捉摸的生物。

露水不断爬上草尖，聚积之后又一整粒滑了下来。王耀的鼻子痒痒的，最终还是打出了喷嚏，"呵欠——"

"次建走吧，我想我快要感冒了。"王耀一边站起来，一边说道。

我点着头，起身拍了拍屁股上的尘土。

本以为偷跑出来会很刺激，应该会像电影《肖申克的救赎》那样惊心动魄，没想到却这般顺利，太出人意料了，我在想那些教官此刻是不是在打瞌睡。

王耀关上门的时候说："次建，你别幸灾乐祸，改天真的被抓了，我们就完了。"

我说："放心，我知道的，你好好睡吧。"

他点了点头。

王耀不会想到第二天晚上，我又来了。

但是，这个晚上，似乎不太平静。

天空不见明月，乌鹊的叫声倒还在，混杂在风里，显得更加苍凉。

我正要从宿舍溜出来的时候，被李浦叫住："你老这样的话，迟早会出事。"

我没理会他，轻轻掩上了门。他倒也出来，站在我后头。

"我说兄弟，你这样，倒会让我出乱子。"我朝他挥手，示意他进屋。

他这下沉默得像块石头，就堆在我的心口。

"你到底要干吗？"我向他问去时，他却进屋关上了门，真是一个奇怪的人，怪不得叫"离谱"。

走到楼梯口的时候，突然见到一个人影迅速飘了过去，心里打起战来，但总觉得只是幻觉，便不放在心上，像上次一样向王耀的宿舍摸索过去。

"王耀，在不在？"我朝窗户敲了敲。

王耀很快打开了窗户，"怎么还敢来，我看你还真是不见棺材不掉泪呢。"

我得意地嘴角上扬。

王耀这下不只是披着外套出来，他连帽子都戴上了。

"干吗，还戴这个？"我问。

他有些生气，"不戴这个很容易就会被认出来的。"

可是，我很想对王耀说，即使你戴上了帽子，就你这么标志性的身材，不也很快暴露目标了吗？

王耀似乎也觉察到我心里的一阵嘀咕，便又把帽子扔回床上。

草地弥漫着青草香气，天边是城市灯塔投射在远端的虹光，不断漂移，仿佛来自神秘的地球之外，又像极了梦里反复出现的火。

"你相信这个世界上有灵魂吗？"我问王耀。

"怎么会有，难道你见过？"王耀疑惑地看我。

"刚才在楼梯口就见到了。"我随口说了出来。

王耀哽咽了一下，说："不……不会吧。"

"没骗你，刚才下来找你的时候，一个人影从楼梯口飞了过去。"

"难道……真有鬼？"

"是啊。"我故意放低了音调，怪声怪气地对王耀说着，"你不知道吗，我们学校以前是个坟场呢。"

"哪有学校建在那种地方的，次建，你骗人吧？"

"我骗你干吗，你也不想想，哪块地能这么便宜给你建这么大的学校？"

"啊，那是什么？！"王耀突然抓了一下我的迷彩服，我一下子神经也紧张起来。

"什么啊？"我顺着他眼睛盯着的方位看去，只见一个橘黄色的光点正向我们这边照来，"不好，是巡逻的教官，快趴下！"

幸好我们身上穿的也是墨绿色的迷彩服，躲在青草之中是不易被察觉的，但王耀肥大的身躯还是带来了不小的惊险，还好巡逻的灯光没有照过来。

"吓死我了！感觉心脏都快跳出来了。"王耀狠狠地叹了口气，把脸转向我，"次建，你说看到喜欢的人心脏是不是也会跳得这么快呢？"

"对啊，快得好像全世界只剩下你的心跳声了，怎么了？"

"今天军训中间休息的时候，看到林怡微了，我感觉自己的心跳就像现在一样。"王耀纯情地在那里傻笑着。

"开什么国际玩笑，以前问你多少遍是不是喜欢那个外星生物，你都摇头，这会儿怎么就自己交代了。"我不由生气起来。

"哎呀，我就乱讲的。"王耀的声音显得有些紧张，随即又问我，

"你们最近是不是闹矛盾了？"

　　"何以见得？"我假装漫不经心地问着。

　　"我和她说话的时候，一提到你，她的脸色就不好看了。"

　　林怡微，你这个外星来的怪咖，我让你生气，还不都是因为……你。

第十五章
擒鬼

军训第三天，天气没有多大改变，心里一直盼望的雨天始终没来，地理课本上说9月以后雨带会退出东南沿海，我发现自己越来越相信教科书了。

这些天，虽然每天都过得很相像，但还是出现了一些刺激的事情，比如清晨去食堂打饭的时候，听到一个同学说自己昨晚见鬼了，在厕所门口看见一个鬼影飞了过去。我确信他和我看到的鬼如果不是同一个的话，起码也是一家的。

还有一则可以让沉闷的日子产生一点涟漪的事，上午集会的时候，教官头子操着一口外地腔说起昨晚某某宿舍被盗的事情，幸好丢的东西都不贵重，无非是一些山寨包、山寨鞋和山寨护肤品罢了，一听就知道是女生那边出的事，这无不让人对除了盗窃以外的部分浮想联翩。

"这是目前为止听到的最好的消息了。"

"对啊，蛮刺激的。"

"你说那贼是男的还是女的？"

"可以去问那个宿舍的女生嘛！"

站在队伍后面的男生纷纷议论，不时发出一阵哄笑，一张张年少邪恶的表情。

午间吃饭的时候，我找到王耀，他正往嘴里输送一块鸡翅，而我的筷子迅速瞄准上去。

"干吗，次建！"他惊讶地看着眼前的鸡翅就这么落到我手里，呈现出一脸无辜的样子。

"我看到你碗里其他菜都没了，就剩这个，心想是你不喜欢吃吧。"我笑了起来。

"不是这样的，我是想把最好吃的放在最后吃。"王耀见我对他的鸡翅打主意，便有些急了。

"是这样吗？我不信。"我把鸡翅从餐盒的一边又夹到另一边，"要想拿回它，也行。不过，你得答应一件事。"

王耀都要哭出来了，胖乎乎的脸上布满了不安，通常这个时候他都认为我要他答应的绝对不是什么好事，这已经在他脑中形成了潜意识。

"什么事？除了烧杀抢掠之外的事我都答应你。"

"那抓鬼呢？"我问。

"什么，抓鬼？"王耀疑惑又惊悚地看着我，"这世界哪有什么鬼，除非去鬼片里抓。"

"你没听今天早上的'晨间新闻'吗？多么令人振奋的消息啊！"

"不会是说厕所有鬼和女寝被盗的事情吧？"

"是的。难道你没发觉这两件事情放在一起后，有可疑的地方吗？"我对着此刻直盯着我看的王耀，继续说道，"昨晚我不也见到鬼了，所以我怀疑那鬼根本就是人假扮的。"

"干吗假扮，是要拍鬼片吗？"王耀挠了挠后脑勺。

"是要行窃，而假扮鬼的话可以起到两个作用，一是可以吓到正好看见他的人，二是可以让人看不到他的真实相貌。"我接着分析起来，"那贼一定是个男的。"

"你怎么知道？"

"你看，昨晚不是有个男生在厕所见到鬼吗，所以那贼应该是从男厕所那面破损的窗户跳进来的。行窃的时候，因为男生寝室不好对付，所以他就跑到女寝那儿作案了。"

"啊，次建，你现在好像柯南呢。"王耀听我说完，佩服地看着我。

"所以，今晚我们就去抓贼，怎么样，够刺激吧？"正当我开始在脑中想象一幅抓贼的场景时，王耀悄悄把筷子伸了过来，企图抢回那个鸡翅，可惜他没有成功，因为我的反应总是先他一步，这也足够证明瘦子和胖子在敏捷性上的差别。

"怎么样，到底要不要和我去抓'鬼'？"我夹着鸡翅，做出马上就要咬下去的样子。

"你别吃！我答应，我答应！"王耀无奈地看着我，"反正每次陪你死的总是我。"

我笑趴了。

期待中的夜晚很快到来。

树影摇晃中风声更显凄凉，有一种寒冷渗入骨髓，让人感觉到秋天的萧瑟进一步加深。

我早早来到王耀寝室门外，他也没睡，见我来，便把我拉到楼道边。

"次建，我想了想，还是不去了。"他畏畏缩缩地说。

"什么啊，中午不是说好了吗？王耀，你太不够意思了！"我生气地看着他。

他见我一脸怒气，良心应该受到了谴责，便又说道："其实去还是能去的，但我怕自己打不过那贼。"

"要打也是我去打，哪里会轮到你啊。"我拍了一下王耀的肩。

他放心地笑了笑。

王耀，什么"每次陪你死的总是我"，大难临头，第一个跑的那个才是你。我在心里不断说着，王耀你这个死胖子，你这个胆小鬼。

通往男厕所的走廊越来越安静，昏黄的灯光在冷风中显得越来越模糊，偶尔有些飞虫从眼前闪过，留下一道短暂而慌乱的弧线，顷刻间又消失了。很多画面也浮现在我的脑海中，此刻冒出来的都是平日所看的那些恐怖电影里的桥段。

王耀一直跟在我后头左顾右盼，小心翼翼、心惊胆战的样子。

"啊，有东西！"他揪了一下我的衣服。

"哪里？"我问。

"女厕所那里……好像……有个头。"他放低了音量，用手指着前面。

"拜托，你看清楚点，分明是个拖把，哪是什么头？"我叹了口气，"鬼没碰到，倒是被你吓死啦！王耀，你牛高马大的，怎么胆子这么小，等会儿别一惊一乍的，知道吗？"

王耀点点头，但他的目光依旧惊悚极了。随后，又是他的声音："次……次建……那里有个穿……穿白衣的……"

"穿白衣的？医生，还是护士啊？"我以为王耀又在制造混乱情绪，便笑了笑，随即往前看去。在女厕所的门口，竟然还真有个人影，一个白衣飘飘的女生。

"夏次建、王耀！"一阵很熟悉的声音从前面传来，怎么那鬼竟然还会说人话，而且耳朵没听错的话，她竟然在叫我和王耀。我心里突然战栗了一下。

"你们俩鬼鬼祟祟的，在做什么？"我听得很清楚，说话的那女鬼不是别人，是林怡微。

"原来是你。大半夜，干吗一个人上厕所？很吓人，知道吗？"我一边把王耀的脸摆过来，一边对着林怡微说道。

"我又不怕鬼。"

是啊，林怡微你是不怕鬼，鬼怕你才对。

"倒是你们俩，干吗这样？"她眨了眨眼睛问道。

"什么这样那样的，我们是在抓鬼。"我说道。

王耀这时从我背后出来，对林怡微继续说："其实不是抓鬼，是抓贼。"

林怡微一脸疑惑地看着我和王耀，说："贼？我看你们俩倒是挺像贼的。夏次建，你怎么老做这种事，你难道不觉得自己这样，非常……非常搞笑吗？"

"你放心，我们会抓到的！"我迅速回道，并给了她一个暗中决绝的眼神。

"微微，你要不要也跟我们去？"我真是佩服王耀问的问题。

"不了，我要回去睡觉。"林怡微嘴角笑了笑，那笑容在昏暗的角落里明亮起来。

"你没看到她穿的是睡衣啊，等会儿被我们害感冒了怎么办？"我指了一下林怡微在风中飘动的衣服，对王耀说道。

"次建。"林怡微顿了顿，然后用那双在暗处会发出光芒的大眼睛看我，"现在是军训期间，你……"

"我知道，我会安分守己的，不用你提醒。"我厌烦地看了她一眼。

林怡微点了点头，说："那就好。我也要回寝室了，晚安。"

随即，她从我和王耀的身旁走了过去。突然，她又回过头来，对我们说道："你们要注意点哦。"

"会的！"王耀回过头向她挥了挥手。而我，径直往男厕所那里走去。

胸口有个东西柔软得像花瓣一样，但我不知道它是什么。

"次建，你之前是不是又和她吵架啦？"

"哪有？"

"要不你怎么又对她这种态度？"

"鬼才知道。"我不屑地回答着，又捏了一下王耀的脸，"再这么八卦的话，小心我扒你的猪皮下来。"

王耀叫了一下，旋即，又看到前方的窗户上跳下来一个人影。

"嘘……"我把手指放到嘴唇上示意王耀安静点，轻声对他说道，"就是那'鬼'了，你去叫人来，找来拖延他。"

"不行啦，他身上说不定有什么利器，万一……"

我打断了王耀，说："放心，我会没事的，你快点去。"

王耀慌慌张张地转过身，试图跑去叫人时，一阵急促的脚步声从我们后面传来。

那贼自然也听到了，他摆了摆头，准备爬上窗户跳出去。

"不好，他要跑了！"我迅速冲过去，拖住他正要往窗户爬的身子，"王耀，你也快点过来啊！"

"小鬼，放开我，否则我要你的小命！"那贼身体不断向上挣脱着，一边大声吼着，"听到老子说话没？快点松手！"

手电筒明晃晃的灯光投射过来，清晰地照在我和那贼的身上。

那贼慌了，用尽力气踹着我。

接着，一群教官围了上来，那贼被拉了下来。

噩梦结束了。

王耀过来把我拉出了人群。

"不行，我也要踹那贼两脚！"我愤愤地说着。

"还是走吧，次建，这贼都被教官们抓住了，有他好受的。我们还是回寝室去吧，免得等会儿被教官问起的话，又有麻烦了。"

"胆小鬼，以后别说是我兄弟，哪有你这样的，还陪我死？我看你刚才吓得都要尿尿了吧，哼！"

"次建，我……"

"你别说了，死胖子，我算看清你了！什么都怕，抓贼那会儿怕，现在贼被抓住了你也怕。你要知道，我们是在帮他们抓贼，又没犯什么事！"

我失望地看着王耀，然后生气地准备上楼。

"你们俩别走，等等！"快要走到楼梯口的时候，后面传来教官的声音，那么大声，又带点沙哑。不是别人，正是李黑子。

"你们俩小鬼挺厉害的嘛。"李黑子一上来，就笑着摸了一下我和王耀的头，"跟我到管理处做一下记录。"

我看着李黑子的脸，有种错觉，似乎只是他的两颗门牙在说话。

"你好像是我带那个班的吧。"李黑子在路上一边走，一边问。

"嗯，我是9班的。"我点了一下头。

他接着又问王耀："那你是几班的。"

"报告教官，我是12班的。"王耀回答道。

"别紧张，现在又没操练，我们只是简单地问些情况，放轻松点。"李黑子笑着本想摸一下王耀的头，后来发觉自己的手有点够不到，索性拍了下王耀的肩。我一脸疑惑，那他刚才在楼梯口又是怎么摸到王耀的头的？

正在思索这种奇妙问题时，李黑子的门牙又在动着："你们是怎么知道那贼的行踪的？"

因为我是天才啊！一般人问起此类问题，我都会毫不犹豫地脱口而出，但面对这两颗门牙则要另当别论。

"哦，是因为凑巧上厕所看到的。"我随意说着。

"啊？"王耀很不配合地比李黑子先发出了这个问号。

"是这样啊。"李黑子自然有些扫兴，但又微笑地赞叹道，"小小年纪，挺勇敢的嘛。"

"对了，教官，你们怎么也会过来呢？"王耀问着。

"哦，是从摄像头里看到的。"李黑子答道。

"教官，那被偷那晚你们怎么没看到？"

"呃……"李黑子尴尬地看着我们，原本漆黑的脸这下僵硬得和深夜没有区别。

之后，我们便到了管理处，做完记录后，我又看了一眼押在后面的"鬼"。还别说，那装扮还真够专业的，白大衣，血红色的面妆，居然连假发也准备了，和《午夜凶铃》中的贞子一个款式。

我心想这贼应该是从某个恐怖片的剧组里偷跑出来的兼职小偷，装备倒挺齐全的，就是运气背了点，撞上了全宇宙最最无敌的夏次建。

第十六章
荣光

我和王耀英勇抓贼的事迹开始在军训期间广为流传，其中就有好几个版本——

"听说了吧，有两个男生抓到上次去宿舍楼行窃的贼了，据说那贼的模样可酷了。"

"是吗？我听说是我们教官抓住的。当时有俩男生去厕所，正好歹徒从窗户跳下来劫持了他们，是我们教官出手救出了那两人。"

"我听到的好像跟你们说的不一样，听说是这俩男生被贼当时的装扮给当场吓晕了，不过在吓晕之前有个男生大叫了一声，然后教官一听到就跑过来抓住了那贼。"

一个又一个，都是"听说""听说"，我终于理解"人言可畏"的含义了。

真佩服这些人的想象天赋。如果要当个小说家，他们肯定没问题，因为小说是需要虚构的。

记得劳伦斯说过，永远不要相信讲故事的人。这句话的确让人产生共鸣。

军训很快就到了尾声，再没有什么惊天动地的事情发生，宇宙静默，地球按时旋转。

我们都活着，有足够的时间踏步，前行，齐声呐喊"认真学习，刻苦训练，文武兼备，百炼成钢"，还有稍息时看到同伴的脸和李黑子的那张脸越来越像。

操场上一片声势浩大的景象，一个个班级排列的方阵像传送带上运输的物件，机械地接受主席台上教官头子和校长的检阅——

"同志们好！"

"首长好！"

"同志们辛苦了！"

"为人民服务！"

一句一句不断重复的台词。

我站在班级阵营的前排，清楚地看见林怡微傻傻而认真的表情。她的蘑菇头在踏步走的时候总是一颤一颤的，脸颊不断上下抖动着，我敢说这是我见过林怡微以来，她最傻的一次了。

我忍不住当场肚子就笑疼了。

后来李黑子马上冲过来拍了一下我的帽子，这才止住。

而林怡微什么都不知道，她又傻傻地跟着队伍摆着一样的动作走掉了。

"等会儿上去的时候，你也得老实点，别出乱子，知道吗？"李黑子严厉地看着我。

"上去？干吗，教官，我很本分的，军训期间没犯什么事啊！"我朝他无辜地说着。

"你这小鬼，蛮好玩的，你以为是上去批斗啊？"他笑了笑。

我困惑地瞧着李黑子。

"上次抓贼的事还记得吗？鉴于你们的勇敢表现，上级决定在今天的军训会演上表扬你们。"

我这才松了口气。

"下面让我们用热烈掌声有请高一9班的夏次建同学和高一12班的王耀同学上台接受'军训标兵'荣誉，在前不久的擒贼行动中他们表现得很勇敢……"

李黑子刚说完，广播里就出现了两个熟悉的名字，我心里开始打鼓。

"可以上去了，别紧张。"李黑子又对我笑了笑，露出了在他的脸衬托下显得无比洁白的两颗门牙。

当我和王耀站在主席台上时，看着浩大的队伍都在为我们鼓掌，感觉身体里血液沸腾，兴奋的情绪不断撞击着每一块骨头。

王耀在一旁傻笑着，脸不由红了起来，瞧上去真像蒸好的猪头。

其实和王耀站在一起，我心里挺委屈的，话说那晚这小子可是啥都没做，跟那"贞子"拼命的是我，可现在，他竟然和我受到一样的待遇，心里严重不平衡。

林怡微的身材在女生中也算高挑，我一眼就在8班的队列里看见了她。她笑得很灿烂，不断地朝着台上的我和王耀伸大拇指。我得意地对她笑了一下，随即又故意把目光转向别处，装一装高傲。

天空此时已经变脸，并不是在军训汇演前我们所见到的晴空万里，开始出现铅灰色的大片云朵，然后越来越阴暗，越来越低沉。

就在教官头子难得一笑地把跟《英语周报》差不多大的证书递过来的一刹那，"唰——"，大雨倾盆，豆粒大的雨水齐刷刷砸着头顶，我感觉自己的头上快开花了。

被人泼冷水的感觉或许就是这样。

世界上总有一些无辜的人在流无辜的眼泪。

底下的人群转眼间各自散开了，场面很是壮观。地面上的雨水不断汇积起来，闪出愈发明亮的光斑，很多年轻的鞋子慌乱踩上去，又激起一层层莹莹的水花。

我顶着证书跑下了主席台，看了一眼那教官头子的脸色，比雨天还要阴沉。

王耀把证书夹在腋窝下面，跑在我后头，喊着："次建，你这样会把证书弄坏的！"

证书能值几个钱？我才不管。

在科技楼下面避雨，背后传来一阵女生哄笑的声音，细脆得和屋檐上滑落而下的雨滴无异。

"看到没，刚才那头子和校长的脸，一下子拉得老长了。"

"那两个在台上的男生也蛮好笑的，你没看到吗？他们刚要和那老头握手的瞬间雨就砸下来了，真够他们受的。"

"我见那胖子蛮好玩的，紧张得像等着被宰一样。"

"旁边瘦的那个呢？"

"有点帅，不过忘了他长什么样了。"

"是不是……对他有意思？"

"哪有？"

"还没有？那干吗脸红？"

"哪有哪有，讨厌！"

女生开始相互嬉闹起来，不断推推挤挤的，像风里一树开得招摇的花。而林怡微这时从这群女生的前面走了过去。她四处张望着，像是在找寻什么。

是在找顾上进，还是在……找我？

"次建！"她看到我，朝我招了招手。

感觉下雨的天空顷刻间也塌下来了。

我走了过去，得意地拿着证书在她眼前晃动着。

"都成落汤鸡了，还显摆？"林怡微鄙视了我一下，随即脸上又莞尔一笑。

"是不是比你厉害啊？"我特意又把证书凑到她脸上，抖了抖，"上次如果你也留下来的话，刚才站在台上的就不止我和王耀了。"

"我才不要。"林怡微推开证书，看着我，"你不觉得是因为你站在上面才下雨的吗？"

"为什么？"

"很简单，因为老天爷最看不惯你这种幸灾乐祸的人啦！嘻嘻。"林怡微捂着嘴笑。

林怡微，你真是可恶的外星生物，快点被扔回太空去吧。

随着新生军训雨打残荷般地收尾，沉闷的高中生活正式拉开了冗长的序幕。

从学校回来的时候，已经是傍晚，雨过天晴，夕阳一坠一坠地往下掉。

我妈早早收完摊回家，准备恭候我。她倚在大门边，咧着嘴直笑："怎么晒得这么黑，不认真看，还以为是从哪里跑出来的黑猴闯进家里了。"

"妈！"我歪着脸跑进屋里，拿起果盘里的荔枝，剥开了皮，"要说猴，那也是你生的。"我得意地吞进白嫩嫩的果肉，把核吐了一道优美的弧线出来。

我要表达的意思很简单，我妈也就是一只母猴，所以才生得下小猴，但我妈听完倒没揪我耳朵，还把我吐到地上的果核捡到垃圾桶里。

"如果你爸知道你这小子的德性，又要说我啦。"她咧嘴一笑看着我。

我瞧她一脸甜蜜样，似乎觉察到了其中的缘由，"是不是我爸又打电话来了？"

"嗯，前天他高兴地在电话那头说，我们母子俩很快就能出去了。"我妈笑得更灿烂了，一脸黄花绽放的模样。

"可是，他之前不也这么说吗？后来呢……鬼才知道是什么时候。"我不屑地又剥开一颗荔枝。

我妈脸上的微笑缓和了一下，不再说话了，低头把我军训结束后从学校抱回的行李分类整理好，拿进了我房间，动作很慢，像电影里的慢镜头。她常年被冰水浸泡的手指又显出了新的裂纹。

其实我不该这样和我妈说话，她含辛茹苦把我拉扯到现在，十几年如一日，没日没夜地养家糊口，而我就这么把她的一丝愿景像荔枝皮一样剥掉，是不是很罪恶？

"当然是啦！"

林怡微和我一起坐公交的时候说道，她眨眨眼睛，看着我，又是一通笑。

"你别跟别人说我家里的事情。"我低声说，随即又问她，"你妈妈身体还好吗？"

"现在她人比过去开朗多了，一方面是病情得到了控制，另一方面……她也算走出离婚后的痛苦了，现在都去附近的小超市上班了。"林怡微平静地说着，随后又眨巴眨巴眼睛看着我，问，"次建，如果有一天你爸爸真把你和你妈妈接出去了，那你会记得我们吗？"

我对着林怡微拉了张苦瓜脸下来。

"好啦，不问你这些了。"林怡微拿我没辙儿，就看着车窗外正沿街飘落的榕树叶，"秋天了啊，你知道吗，Jay 出新专辑了，叫《依然范特西》，好喜欢里面的《千里之外》《菊花台》，感觉很适合这样的季节听。"

"《菊花台》是周杰伦为自己主演的电影《满城尽带黄金甲》制作的。"我回答。

"你怎么知道？"林怡微惊讶地看着我。

"因为……我是天才嘛。"我笑了起来。

"夏次建，你还是这么让人讨厌。"林怡微把脸别了过去，继续看着窗外，"今天要不是去书店买新教辅，才不跟你同车。"

"林怡微，你真是好学生啊。"我故意换了种腔调对她说道。

林怡微把脸又转了回来，眼睛里有午后的阳光射下，洒在掌心，对我说："次建，高中不比初中，不努力的话，一辈子都会留下很大的遗憾的。"

我低着头，假装对她不理不睬。

"前面就到站了。次建，虽然我们不在一个班了，但我还是会监督你的，你自己也千万别像七年级那样。"

林怡微说完，从我旁边起身，向车门走去。

"你怎么就老想着'拯救'我啊，林怡微？"我无力地问了一句。

她估计听见了，脸瞬间又冷下来，无所回应，下了车。

　　我觉得自己又把她气到了吧，但都是她自找的。

　　哈哈，我笑了起来，又往车窗外看了一眼林怡微，没想到此时她身旁站着一位眼镜男，瘦削高挑的身影，脸上阳光般熟悉的笑容，正是顾上进。

　　他们走在一起，往书店那个方向一路走一路说着话。

　　突然感到车窗外的风顿时凉了起来，从缝隙吹到骨子里，像飘飞的榕树叶一样枯瘦。

　　公交车正开往下一个站点。

第十七章
双生

　　吵闹的人群在清晨像鸟雀一样在高一 9 班的教室外堆成一团，郝帅健步走来，学校的领导班子随即驾到。

　　刚才还一窝蜂的人群这下像撤退的洪水一样分开，流向四处——

　　"听说是市里电视台的人来了。"

　　"看来那个夏次建要出名是铁定的事了。"

　　"对啊，要趁现在还在一个学校赶紧去签个名。"

　　"才不要呢，不就是抓了个贼吗，有什么好得意的。"

　　光线异常明亮的走廊一角，郝帅站在我身边，时不时走上来拍着我的肩膀，笑容极其灿烂。

　　"他一向在班上表现很好，不仅上课够认真，课下还经常帮助同学……是个非常不错的学生。"郝帅对着美女记者伸来的话筒念念有词地说着。

　　我对这些话异常熟悉，以前上初中时虾油齐在我每个学期的学生评语里基本也写着这样违心的话。我顿时脸红得堪比熟透的苹果。

　　"夏次建同学，你能和我们说说那天你面对歹徒时心里真实的感受吗？"

　　美女记者的笑容绽放得再没有延伸的余地了，一排洁白的牙齿齐刷刷对准我，保持着长久相同的幅度。

　　"其实，我……"我顿了顿，看郝帅一眼，再看看郝帅身后穿着笔挺西装的学校领导，咽了咽口水，"我……"

　　卡壳了。

　　"没事的，随便说。"美女记者眼睛微笑着看我。

　　"我……我其实也很害怕，但是……"后面明明想说"但是发现那个贼智商不高、战斗力超低，我就两三下把他搞定了"，但碍于采访现场的氛围，我看了一眼旁边的校领导，最后话从嘴里出来也就改变了，"一想到侨中日常对我们的教导，让我知道要为正义挺身的可贵，心中就充满了勇气，不再畏惧。感谢侨中对我的培养。"

　　校领导听我这一番回答，满意地点点头，并为我鼓掌，而我也将接下来的戏份儿交给了他们。只见一张张中年略显油腻的嘴角动弹着，长篇阔论洋洋洒洒，我一句也没记住。

　　我暗暗躲开电视台工作人员的目光，走到教室里。

　　我不知道，我的世界是不是就这样又变得有一点点不同了？

　　全班用异样的眼光瞧着我，如同打量一只稀有动物。

　　待我坐定，他们又讨论开了，一锅水煮沸了似的——

　　"你看他得意的，还真把自己当英雄啦！"

　　"如果那天不是李黑子一伙人逮到那贼，这小子还不知道被剁成几块直接从马桶里冲下去了。"

　　"不是还有个胖子跟着他吗？那家伙可不好剁，起码要花好大功夫啊！"

　　"哈哈……"

我没有回应耳边的任何声音，脸上也没有什么表情。某位伟人说，走自己的路让别人说去吧，而我，坐自己的位置也让别人说去吧。

"这下子你该对他有好感了吧？""玉兰油"嗤笑道，露出一排黄牙。

"飘柔"羞答答脸红了起来，低着头。

"玉兰油"凑过去，又是一番调侃，"飘柔"开始假装要打玉兰油，两人笑声如蚊。

一直都以沉默示人的李浦这下像吃了枪药一样，把脸转到后座，用书重重拍击了一下"飘柔"的桌子，"你们有完没完！"

那两个女生吓得呆住了，时间凝固三秒后又自动恢复正常。

"同学，你的书。""飘柔"用书轻碰了一下李浦的后背，李浦没有转头地把书拿了回去。

"其实，我发觉他倒是蛮有魄力的。"

"嗯嗯，我也喜欢这样的。"

"可是人家又看不上你……"

我的脑子嗡嗡响着，真搞不懂女生这种生物，上一秒和下一秒，对话中涉及的男主角比她们换衣服还快。

而我身旁这个突然爆发的离谱生物也让人琢磨不透。

鲁迅说，不在沉默中爆发，就在沉默中灭亡。每个人都不想灭亡，所以每个人都是一座随时会爆发的火山。

我转头继续看着窗外的天空，远处的飞机从云层中穿出，时间卷过我们的头顶，阳光照耀了每一粒尘埃，每个人的表情都年轻得不能再年轻。

"外面有人在叫你。"

"什么？"

"没听到吗，外面有人在叫你。"

李浦懒散地拍了一下我的肩膀。我回过神来，才看到教室外又有人在找我。

我从座位上起来，背后的一堆眼睛又挤了上来，好像自己一点点的风吹草动，现在都像新奥尔良的飓风一样引人注目。

"快看，那个不是校园广播站的'校花'吗，怎么也来找他了？"

"很简单，自古美人都爱英雄的啦，投怀送抱，很正常。"

"英雄？就他，小狗熊吧。"

"如果那天不是李黑子带着一帮教官赶过去，这小子恐怕早就吓得屁滚尿流了吧……"

男生们闲聊起来的时候丝毫不输女生，整个早读课，始终像一锅煮沸的开水，吵吵嚷嚷。

女孩文静地站在走廊上，拿着一些资料，被风时不时吹起。额前是一排整齐而乌黑的刘海，快遮到睫毛了。

她礼貌地对我微笑，并不露齿，目光里像装满了清晨荷叶上的晨光。

"你是夏次建同学吧？"

"我是。"

"我是广播站的，次建同学，这周三下午有时间吗？我们想约你录一期访谈节目。"

"不知道啊，要问一下郝帅，看他班会课要干吗。"

"郝帅？"

"哦，就是那个啦。"我用手指了一下前面人群中动作幅度最大的
年轻男人。

她笑了笑说："你们班主任挺帅的，不过就是感觉有点……"

"有点假，是吧？"我问。

她用纸页遮住嘴角笑了笑，然后对我说："这些材料你先拿去看
看，里面写着访谈的问题，你有空时准备一下。"

"好的。"

"这里有我的号码，不明白的可以联系我。"她翻开最后一张纸，
纤白的手指停在一行字上面，像一束白花。

"李惠……妍。"

"我的名字。"她又甜甜地笑了一下。

我却感觉心里有什么东西在塌陷，很柔软，像昨天的花瓣一样，
越陷越低。

"那我回班级了，次建同学记得和我联系哦。"

"等一下。"

"呃？"

"你是哪个班的？"

"哦，忘了说啦，我是高二 4 班的。"

她做了个再见的手势，慢慢转身离开，阳光下，像一棵会走路的
小小花树。

李惠妍，你的名字怎么这么熟悉，我是不是以前听到过呢？可是，
为什么自己又想不起来了？

阳光变着角度切在玻璃窗上，眼睛像被凿开一个刺目的小孔。天
空蔚蓝如洗，哪里有云，哪里又都没有。

这段时间，我想到最多的一个人就是惠妍子。

她的模样变得异常清晰起来，这一切都多亏李惠妍的功劳。她让我重新翻开一本落了厚厚一层灰的相册，否则我都快忘记了自己的生命里原来还走过那么一个女孩。细细想着，突然间李惠妍和惠妍子的脸竟然叠到了一起，从轮廓到微笑的幅度、说话的语气，越来越相像。

我知道这是因一个名字带来的严重错觉。李惠妍不是惠妍子，那个像极了无巢依附的候鸟早就消失在了 2004 年的夏天。

校园的长椅上渐渐有了掉落的叶子，愈发孤单的树枝在风中摇摇晃晃，阳光堂皇地穿过它们。被时间淡化处理后的人，再次想到时，就好像在少有人走的过道中捡到的一沓胶卷，朝上面吹一口气，瞬间灰尘四起。

"你好，是李惠妍学姐吗？"

"你是……夏次建学弟吧。"

"你怎么知道是我？"

"因为……我已经记住了你的声音了。"

"啊？"

"你打电话来是关于录制节目的事吗？"

"嗯。我们班主任说星期三的班会课是关于班委会选举的，其实也没什么事，确切说，和我关系不大。所以……"

"你会来，是吧？"

"嗯。"

"那到时候见啰。对啦，上次给你的材料都看过了吗？"

"看完了。"

"有什么问题吗？"

"呃……没有。"

"学弟挺认真的嘛，那到时我们就恭候你的大驾了。"

"给学姐你们添麻烦了。"

李惠妍不愧是广播站的首席美女主播，平常说话就和幼儿园老师一样甜得像块糖一般黏在人的嘴巴里，而且久久不化。

我在电话这端点点头，她礼貌地又重复了几句"我们到时见哦"，随即挂断了电话。

"我们到时见哦"常常让我想到相关联的句子，比如"见到你很开心哦""和你聊天真是一件快乐的事""期待下次见面呀"，或者是来一句"怎么办，我突然发现了一个秘密——我很喜欢你呢"。

这些句子会伴随着时间的推移而逐个发生，好像一路埋好的地雷，每说一句，都会让人不经意间沦陷，即便被炸得魂飞魄散也不要紧。

窗外的风扑打到脸上，我知道自己联想浮翩得未免有点远了。

"夏次建，你这个自称天才的大笨蛋，人家可是学姐，你怎么能有这么邪恶的想法！"

林怡微如果在旁边，一定会给我毫不客气地来这一击，说不定还会用书背敲我脑瓜。

李惠妍所在的广播站位于学校人迹罕至的实验楼四层。

我对阴森的实验楼向来没有好感，在食堂吃饭时偶尔会听到学姐学长们聊起这栋楼——

"昨晚从那里经过的时候又听到奇怪的声音了。"

"是不是像上次那样？"

"嗯，很古怪的声音，像巨大的滴水声，很清晰呢，就好像……"

"滴血的声音？"

"对啊！"

"你没听说吗，那栋楼里连大白天都阴嗖嗖的，湿气太重，里面应该有鬼。"

"不是应该，是肯定有，上学期去那里上实验课的时候，我们班同学还见到楼道里有一个头像球一样滚下去了。"

"啊？不会是真的吧，那以后……"

"碰到实验课都逃了吧。"

"我看行，嘻嘻……"

其实我对鬼向来不怕，重要的是整栋实验楼都弥漫着洋葱和福尔马林的味道。我极其厌恶这两种气味，洋葱常让我想起我妈，她在家做菜时总会切大量的洋葱，然后一屋子都充满了这种怪味道，然后去上学的时候，感觉身边的人总不想靠近我。连林怡微也拿我开涮，她说："次建，你是刚从洋葱地里拔出来的吗？好新鲜啊。"我闻闻身上，说："什么啊，哪里有？"一堆女生就在旁边偷笑。

从此以后，我一闻到洋葱的刺鼻气味，就想到女生们的笑声，耳朵就会止不住疼起来。而福尔马林的味道又使我想起上小学五年级的时候自己出水痘，我妈陪我上医院，在过道里正好看到医生和护士一起推着一个病人出来。那病人被白布遮住，看不清样貌，他们前往的地方是走廊尽头的太平间。我妈迅速把我眼睛蒙上，但我异常好奇，像看演出一样激动，然后掰开我妈的手。

那时，过道里的窗户没关紧，风灌进来掀开了白布，一张老人焦黄而毫无血色的脸正瞅着我，空气里飘满福尔马林的味道，被风卷入我的鼻子里，我禁不住咳嗽起来。我妈边伸手继续蒙住我的眼睛，边喃喃说着："脏东西，快走开，快走开……"

福尔马林在我的印象中就这样和死亡画了等号。

我一口气往四楼冲去，并没有留意每一楼的走廊里是不是有什么奇特景观，会滚动的头、会跳舞的骷髅架、洗池里流血的水龙头、自动旋转对焦的放大镜、教室里忽明忽暗的照明灯、各路神仙鬼怪……这些都和我没关系。

我只是想见李惠妍而已。

当我来到广播站门口的时候，透过毛玻璃能看到室内晃动着两个身影。她们似乎在调控设备。我礼貌地敲了敲门，很快一个人影轻快地飘了过来。

"你好，我是夏次建……"

"噢，你就是夏次建学弟啊，惠妍，我们的本期嘉宾到了。"

来开门的是和李惠妍一样漂亮的女生，盘着微微染过的黄色头发，脸上白净，但她脖子好像有点问题，一说话，就会不自觉地"曲项向天歌"。我怀疑她是天鹅变的。

李惠妍放下手里的调音设备，优雅地向我走来，说："学弟，别站在门口，进来啊。"

她笑了笑，嘴角扬起的幅度和惠妍子很像。我晃了晃脑袋，尽量不让这两张脸混到一块儿。

"怎么了？"

"没事。"

"看你摇脑袋呢，嘻嘻……"

"呃……是被刚才楼下的洋葱味和福尔马林熏的，现在摇摇头，就可以把这些气味从脑子里倒掉了。"

"你真有趣。"

我傻笑起来，舒了口气。

"你坐这儿，等会儿别紧张，随便聊就可以了。"李惠妍示意我坐下，然后从位子上拿过一个麦克风放到我这里，又朝着那个脖子会"曲项向天歌"的女生递了个眼神，播音设备上的灯闪了一下。

"悠悠广播声，菁菁校园情，现在是北京时间……"

窗户外，是一个露台，已经锈色的栏杆上缠满南方四季都很青绿的藤草，上面时而还会看见一些叫不出名字的虫子晃脑爬过叶片，透过栏杆的缝隙能看见远处的操场上一些人奔跑的身影，还有些老师家的孩子在那里放风筝。风筝被风送往高空，像牵不回来的梦，斑斓的，已经看不清模样。

而李惠妍不知道，在她对着麦克风向我提出那些关于什么勇气、爱好、梦想、未来等无聊问题的时候，我已经认认真真地把她看过好多遍。

要知道，这才是我来这里的真正目的。

第十八章
倒霉

生活总是充满意外，世界总在和你开玩笑。

世界是怎样和我开玩笑的呢？

比如像雷锋一样做了好事后出名，比如遇见了李惠妍，比如出人意料地被推选为高一9班的班长……一切都来得莫名其妙，轻而易举，简简单单，我怀疑是不是自己人品在这段时间集中爆发了。

"还不是因为刚开学，谁也不认识谁，正好这段时间你表现抢眼，出镜率太高，导致你们班的大部分同学判断失误选了你。"

王耀很大声地吸了一口奶茶，那塑料杯子一下子瘪了下去。

"王耀，谁说他们判断失误？他们选本天才，是因为他们有眼光。"

我得意地说着，也猛吸了一口手里的奶茶，咀嚼着珍珠、椰果，津津有味。

王耀笑了笑："是很有眼光，都是一堆'恐龙眼光'。"

"王耀，看我收拾你！"

语毕，我伸手往王耀身上骚扰一番，他肥胖的身体扭摆起来，有时禁不住笑出声来。

食堂里的人都看了过来，其中包括林怡微和顾上进。

"次建，你怎么还欺负王耀？"林怡微一副妈妈的口吻。

"我们俩闹着玩的。"我停下手，对林怡微说道。

"是挺好玩的，像免费的动物园让人围观。"顾上进插进话来。

随后，林怡微笑了起来，"还蛮像的。"

我瞅瞅王耀，又想想自己的模样，突然一脸愠然，气呼呼地想，这顾上进太损人了，竟然这么含蓄地骂我和王耀，而林怡微自然也猜到我和王耀各自像什么动物了。

一只猴跟一只猪。

气人！

"你们全家才是动物，四眼田鸡！"我把枪口对准顾上进。

他并不回应我，脸上僵持着笑容，抬了抬眼镜，看着林怡微，无疑在示意着什么。

林怡微自然就站出来了，对我说道："次建，你怎么老这样跟别人说话呢？很没礼貌呢，况且上进还是我们的朋友……"

林怡微又在絮絮叨叨地说着，我坚信自己的耳朵有一天能长出茧子来。

我没有说什么，朝王耀甩了个眼色过去，胖子自然了解我，拿了书包和我走出了食堂。

一路上，王耀显然很好奇我和顾上进之间的关系。他说："次建，你刚才脾气怎么会这么臭？"

"哪里臭啦，我每天都被我寝室不知道谁喷的花露水给熏成蚊子的天敌了，怎么会臭？"

"那怎么对顾上进……"

"他该！你没听到他刚才取笑我们吗？"

"啊？"

"王耀，你真笨欸，他说我们是动物园来的。"

"动物园？"

"直接和你说吧，他笑你是猪，我是猴啊！"

"这样啊！"

我简直佩服死这胖子了。如果有一天被人卖到杀猪场，他肯定不知道，还会快乐地在那儿帮人数钱。

"可是，我觉得顾上进只是开玩笑，次建，你……"

"你是真傻，还是真的单纯？好吧，我承认你们都是好人。"我无奈地看着王耀。

"次建，你是不是看到微微和顾上进在一起，所以你才……"

"嫉妒？羡慕？恨？"

"对啊。"

"对你个头，你以为本天才是那没眼光的人吗？那林怡微，一只外星球来的不明生物，谁对她有感觉啊？只有你吧？"

"呃……那……我……不是这样的。"

我终于无法忍受王耀的八卦功力，狠狠怼了他。

他就老老实实在那儿口吃了。

这时手机在口袋里像只巨型蜜蜂嗡嗡振动着。我抽出来一看，是李浦打来的。我这才想起来，今天中午全体班委要在郝帅办公室开会。

我接起电话，那头说着："你不会去吃饭了吧，现在我们都还空着肚子在这里等你呢，快点来！"

我一句话都还没说，他就挂掉了电话。

说起来，这个世界真疯狂，耗子都能给猫当伴娘。我竟然可以莫名其妙地当上班长，而我的同桌，也就是这个李浦同学竟然被推选为体育委员，我也不知道就他那整天懒懒散散的样子哪里是当体育委员的胚子。

"次建，你要去哪儿？"

"班委开会，先走了！"

我甩掉王耀直往教师办公楼跑去，一路上绰绰人影都像风一样迅速往脑后倒退而去。

李浦站在走廊外面，见我飞奔而来，便摇了摇头慢悠悠走进办公室里。

"大神来了。"他说了一句，里面的人随即探出头来，用各种意味深长的目光迎接我的到来，其中就包括郝帅。

他干咳数声，然后板下脸来瞧着我，说："第一次开会就你大牌，是吧？"

我没理他。

他继续说："荣誉只是一时的，你要知道。"

我这下看着他，点点头。

他扫视了整个高一9班的班干部一遍，脸上顿时微笑起来。我发现他的目光停留在女生身上的时间比较长。

"今天召集大家在这里，是想让你们相互认识一下，增进了解，还有就是要说一件事，学校要开运动会了，相关的班委都要负责起来……"

他涓涓溪流般说着，然后又顿了一下看着我们，最后把目光集中到了李浦脸上。

"说起来，这件事还得体育委员全权负责。"

李浦木愣了一下。

随即，郝帅又看了看我，说："当然，班长你也要帮助做好这件事。"

"呃……"我僵持着脸，无奈笑了笑。

"大家一定要为高一9班好好努力！"

郝帅认真打量了我们一遍，说罢，便散了会。

"喂，你等一下。"我叫住李浦。

他没好气地看我，问："干吗？"

"一起到班上讨论讨论运动会的事。"我强忍怒气，对他笑了笑。

"我要吃饭去。"他冷冷地说，口吻像极了《灌篮高手》里的一个人。

你还以为自己是流川枫？真好笑。我在心里讥笑道。

他自然不理人，一转身，懒懒散散地走掉了，他脚下的耐克球鞋在走廊地板上拖出一段很长的音。

走廊上有零星的人影在打闹嬉戏着，一些女生安静地靠在栏杆上看书，放在窗台上的仙人球在这个秋日青翠得好像假的一样。

一个人在校园里徘徊了很久，呆呆地看着阳光中愈渐发黄的树叶，心情不算太好，也不算太差。身上的手机突然短促地响了一声，我翻开，是李惠妍的短信："次建同学，我们稍后就会带来有关你的那期专访，敬请收听哦！"

很快，学校四处安放的喇叭响起了广播站每次开播前一段熟悉的旋律，远处，保安把校门打开，一堆白衣飘飘的人群海浪一样涌进来，青春真是一片充满能量的海洋。

很显然，广播里传出的声音成了多余的空气，无人倾听，他们多半都是一脸倦态，仿佛刚刚睁开眼，对太阳打了几声喷嚏，拎着各自的车急急地往车棚走去，没有骑车的则低着头睡眼惺忪地往自己的班级走去，在这个永远都睡不够的年纪，我们的脸上看不出有什么好的表情。

"悠悠广播声，菁菁校园情，现在是北京时间 13 点 20 分，每周三的校园达人秀栏目又与好朋友们见面了，我是今天的广播员惠妍……"

突然间，自己变得异常紧张起来，神经绷得紧紧的，感觉喉咙被人掐住一样。

镇定，镇定！我在心里安抚着自己，像拦截住一只只快要从胸口跳出的兔子。

"今天，我们为好朋友们介绍的是来自高一 9 班的夏次建同学……"

天才隆重登场了！

"入校一个月以来，夏次建同学表现突出，特别是在军训期间……"

怎么又提陈年旧事了？蛮糟糕的感觉，好像不断被人拿去翻炒的栗子，渐渐地已经有了糊味。

生锈般的事迹说完之后，下面基本上就是一段幼儿园大访问了。

"次建同学，平常有哪些爱好呢？"

"我的爱好有很多，比如看动漫、听听歌，哦，对了，还有喝奶茶。"

"喝奶茶？这个好特别呢，可以向好朋友们推荐一下日常喜欢的奶茶口味吗？"

"黑糖，黑糖，黑糖珍珠奶茶！我都喝好几年了，真的，大家也可以多尝尝，不过一定要加多一些配料哦，这样嚼起来更带劲儿！"

"那日常会加哪些料让口感更好呢？"

"红豆、椰果、布丁、燕麦，如果你想用奶茶填饱肚子的话，也可以加芋圆、仙草哦，对了，别忘了问老板要勺子……"

路上三三两两走路的女生，突然间都笑了，她们开始相互说话，不过距离有些远，我并没有听到内容，只是其间又听她们发出阵阵笑声。

一些男生听着广播，边走边抛出一脸不屑的神情。有些同年级的好像认识我，见我正好也在路上走着，便把目光甩到我身上，我感觉身体被针刺到了一样，有些不舒服，便把脸转到了另一侧。

"次建同学，平常喜欢什么颜色呢？"

"绿色。"

"绿色很有生命力，和次建同学给人的感觉一样，那喜欢的动物呢？"

"猴子。"

"为什么？"

"因为（自己和它长得像啊，当然这个只是放在心里说）……《灌篮高手》里的樱木花道就像一只猴子，我很喜欢他的。"

"哈哈，像樱木花道这样的男孩子是很可爱的哦。那讨厌什么动物呢？"

几乎没有考虑便脱口而出。

"林怡微。"

"呃？林……"

李惠妍显然被这情况弄蒙了，卡在那里。我缓过神来，发觉自己惹麻烦了，林怡微要是听到了，不是要找我算账？

于是……

"别误会，我还没说完，我讨厌的动物是……林怡微家里养的一只猫。林怡微是我的朋友。"

"原来这样，我就觉得奇怪，还以为次建同学讨厌的动物是什么奇怪的东西，名字听起来都这么像人类，原来是那个人家里养的猫啊，嘻嘻……"

林怡微本来就是奇怪的东西。我在心里暗暗笑道。

时间就像一块一甩就干的抹布，转眼间，广播就到了尾声，我很难相信自己有一天会一个人这么耐心地站在操场上听完一台广播节目，真是越来越佩服自己了。

当然，如果里面说话的主角不是自己的话，我或许此刻正趴在课桌上发呆，看看天空什么的，偶尔也会抱怨学校为什么要在教室里装这些压根听不清楚人讲话整天就只会嗞啦嗞啦响的喇叭，简直是在扰民。

我几乎是一路低着头来到教室的，总感觉一路上都有人在看我，而我不敢与他们对视，因为天才也是会害羞的。

"前面的这个真是发光了，你要不要向他表白？"

"你才跟他表白，要不要我做月老帮你们牵线搭桥？"

"不过刚才听他在喇叭里说话，感觉有点……"

"二？"

"嘻嘻……"

背后又响起"飘柔洗发水"和"玉兰油沐浴露"清脆的笑声，这世上没有什么办法可以治得了这两只可恶的麻雀。我看了身旁的李浦一眼，希望他还能像上次一样对身后的两个丫头片子发发威，但他却没有反应，只聚精会神地在纸上写着什么，一副认真的神情，这是我从没见过的。

"给你。"

"什么？"

"自己不会看啊。"

"呃？"

我拿过李浦递来的纸张，只见上面写着运动会要开展的各项比赛项目，有 500 米、1000 米、3000 米、5000 米的赛跑，也有铅球、铁饼、跳绳……然后每个项目后面都跟着"选手：×××、×××……"的字眼。

"你怎么这么快都选好了？"我惊讶地看着他。

"中午我一来班上，就问了他们。但是这个，好像还没人愿意报。"

他用手指了一下"选手："后面空白的一项。

"男子 500 米？"

"拜托，班长大人你看好了，是男子 5000 米。"

"这么长啊。"

"是啊，对了，现在全班好像只差一个人没有报项目了。"

"那就找他啊！"

"对啊，我也这么想的。那……"

李浦一下子把目光盯到我脸上。

"不会……要我报这个吧？"

"反正就差你了，自己看着办。"

他说完，便把目光从我身上撤走，懒散地从抽屉里拿出物理课本，上课的铃声在这时响起。

头发抹得油亮的物理老师走进来，他用粉笔在黑板上写下一行"动能和势能的转化"，粉笔似乎忍受不了他写字的力度，"吱——"，发出刺耳的声响。

我基本上下午都在走神中，看着窗外红色的跑道，就像看到一条巨型的蛇在扭摆着身体，挑衅着我，而我始终看不到那条蛇的头部，5000 米，为什么不能少一个"0"啊？！

第十九章
长跑

　　校运会的消息似乎是一夜之间炸开的，校园的各个角落里都在疯狂地聊着这件事，其热度绝对不亚于"超女"李宇春的出现和电影《疯狂的石头》的上映。当然，这样的情况只能维持一段时间，就好像相片会泛黄、罐头会过期。

　　喇叭里开始用大量的励志歌曲做下课铃，《我的未来不是梦》《光辉岁月》《永远不回头》都在其中。振奋的旋律每次一响，心脏总会发生相应的颤抖，想要趁着下课 10 分钟休息一会儿的脑细胞也被拴在这旋律里，睡也睡不着了。

　　窗外的操场上，开始每天都有一堆人在练习各种跑，一些跳健美操的女生花朵一样在那里簇拥着，林怡微和李惠妍也在里面，这自然引来了男生们的注目——

　　"你说，这里面跳操的哪个正？"

　　"我看都不怎么样，一群侨中的恐龙。"

　　"还好吧，你看中间的那个。"

　　"哪个？"

　　"就是那个，皮肤很白，头发垂到肩上的那个。"

"哦，想起来了，是高二的，在广播站播音，名字……好像叫李惠妍。"

"你小子这么关注她啊？"

"因为声音好听，所以就记住了。旁边那个谁，身材也蛮好的，长得……还行。"

"那个应该是高一的吧，以前没见过，不过和李惠妍比不了。"

训练的过程中停下来，耳朵里总会传来高年级的学长在评论体操队里的女生，但我绝对没有想到他们竟然也会注意到林怡微，说她身材不错，长得还行。天啊！这只是一只宇宙不明生物，哪里会是李惠妍那类女生，两者有可比性吗？我顿时怀疑那些高年级的学长是不是因为跑步的缘故都忘了戴眼镜。

"别走神，看过来！"李浦朝我喊道，并做了下发令员的手势，"预备，跑！"

身边的男生个个箭镞般向远处射去，尽管我妈把我的腿生得没别人长，但我还是尽力往前跑，热汗一下子流了下来，突然记起这只是练习，而且我跑的是 5000 米，干吗要这样拼命？索性就像放了气的轮胎慢了下来。

"夏次建，你可是班长，要认真跑！"李浦追了上来。

"我跑我的，哪里不认真了？要知道我跑的可是 5000 米，如果都用他们跑 50 米的那种速度，我还能活吗？"我朝李浦翻了个白眼。

他把脸别过去，把一句话狠狠甩在身后："那到时别拖班级总分就行！"

暮色中，余晖把影子拉得又瘦又长，我相信自己快成风中的一根竹竿了，而在竹竿的另一头，一个大水桶走了过来。没错，那是王耀的影子。

他气喘吁吁地跑过来，借着惯性，胳膊揽过我的肩膀。

"疼！"我冲他皱了皱眉头。

"不会吧，次建，你只是跑步，不像我扔铁饼需要借助肩膀，怎么你也会这样招架不住呢？"王耀晃着大脑袋问着。

"你改天也跑个 5000 米看看啊。"我摆了摆被王耀摁疼的肩部，回答道。

"那次建要不要弄个什么钢板或者石膏的啊？"

"死胖子，开我玩笑！看我怎么收拾你！"

我开始和王耀过招，他见势便跑了起来。但胖子终究是跑不过瘦子的，我很快抓住了他，像往常一样用手挠他那分不清是腰部还是腹部的地方。

这一幕，正好被李惠妍和不明生物林怡微看到。

我知道我又要悲剧了。

"次建！你怎么又欺负人！"林怡微走过来，女侠一般的口吻对我说道。

"我们俩只是闹着玩，干吗又要你出手，每次台词还都一样，有意思吗？"我拉起倒在草坪上的王耀，不屑地看了一眼林怡微。

"夏次建，你……"林怡微被我反击得哑口无言，面颊像充了气的皮球，快要被拍起来了。她双手插在胸前，嘴角噘起一条不好看的弧线。

只见远处，有一个矫健、轻佻的身影跑来。我看得清楚，是顾上进。这小子肯定又来做好人了！

我的臭脾气一下子又上来了，趁顾上进还没过来，就拖着王耀从操场上走开，并狠狠地甩了个背影给他们。

李惠妍则从体操队里打量着我们，然后笑了笑，装作没瞧见一样转过头去。

"那个姓顾的家伙也参加运动会啦？"我问一旁的王耀。

他点点头。

"那他报什么项目？"

"和你一样。"

"什么，他也报 5000 米了？！"

王耀笑着，点点头。

"本来就赶鸭子上架被塞到这个项目里，现在又和他碰到一块儿？太衰了我！"我抱怨着。

"难道次建是怕输给顾上进吗？"王耀把我打量了一遍，特别盯住我的小腿，然后问。

"才不会，我是天才，没有谁可以撼动我全宇宙超级无敌的地位……除非我妈。"

王耀又大笑起来，不过旋即脸色又暗了下来。

"次建，我觉得再这样下去，我们几个之间会出问题的，可能会做不成朋友……"王耀在我耳边蜜蜂一样喃喃着。

我倒不在乎，拍了一下王耀的肩膀，说："走，带你去喝点好喝的！"

"外面？"

"肯定啦，正好顺路回家。"

"那喝什么？"

"珍奶、百香果、蜜桃乌龙，随便点，我请客。"我拍了拍胸口。

　　王耀顿时眼睛发出光芒来，但是瞬间又暗了下去。原因很简单，每回我一说请客，到最后吃完东西走人的时候，基本上都是由胖子付钱。我敢说，王耀绝对是这个世界上最好的胖子。

　　很快就走到了校门口，远远地又看见了林怡微和顾上进，他们从学校另一侧的通道里出来，并排走着。我骗王耀有一家新开的饮品店挺不错的，不过这个时候快挤满人了。王耀相信了，跟我一样加快步伐向前走着。

　　"顾上进，我一定要赢你！"一路上，我都在心里对自己说。

　　"你看，那小子好像不要命了，整天都这速度跑，以为自己是刘翔啊？"

　　"高一刚进来都这样的。"

　　"不过听说他是跑 5000 米的，按这种速度，跑不了 2000 米就得趴下。"

　　"你看，你看，他速度慢下来了，肯定吃不消了。"

　　"哈哈……"

　　高年级的学长都在身后谈论起我，我的耳朵听到后常常会烫起来，红得像我妈做的一道拿手好菜——红烧肉。

　　我厌恶这些看不起自己的人，就像极其厌恶顾上进那个家伙，感觉他就是成心和我作对。有时候根本不觉得他是朋友，倒像看我出洋相的敌人，他是这个世界上仅次于我妈和林怡微之外难对付的特殊物种。初中时每次比赛、考试基本上他都在我之上，只是偶尔几次，我人品爆发才超过他，不过这样的概率实在少得可怜。

　　不知道为什么，人越长大，和人较劲的心理就越强烈。

　　我狠下心来，开始魔鬼般训练，用接近极限的速度去跑这个好像永远都没有尽头的 5000 米。几天下来，我明显感觉体力不够了，经常头晕目眩，腰酸背痛，腿也抽筋。红色跑道好比一座找不到出口的迷宫，在一次次循环反复的奔跑中，我感觉自己似乎要跪倒在地上了。

　　"次建，明天还要这样下去吗？"王耀在我晕眩的双眼前变成塔一样的形状。

　　"当……当然啦！"我双手撑着膝盖，喘着气说。

　　"我感觉你还是不要和顾上进……"

　　"闭嘴！"我瞪了一眼让我打退堂鼓的王耀。

　　他嘟着嘴角，蛮委屈地说："其实，我也是为你好。"

　　"我知道，王耀你最够哥们儿！但是……我这次一定要赢他！"我咬着牙齿，紧握的拳头发出一声清脆的声响。

　　王耀这下不说话了，只是点着头，表示支持。我能感受到他有多无奈，因为在训练的几天里不管我训练到多晚，我都要他陪我一起回家。

　　"对啦，下一周就比赛，你铁饼练得怎样了？"我问。

　　王耀尴尬地笑着，摸了一下脑后门，说："应该……会被刷掉吧。"

　　"那你吃成这样，都白吃了？"我对王耀全身扫视了一遍，最后目光定格在他圆鼓鼓的肚皮上。

　　王耀挠着脑瓜子傻笑。

　　运动会开始的前一天还大雨倾盆，路上出现大面积积水，植物耷拉着脑袋，学生们想趁运动会期间疯玩一场的计划都泡汤了，大家都失望极了。

　　但还是有一批人可以松口气了，比如我和王耀。我们都热切期盼着运动会能被推迟到高三，最好是我们毕业以后，这样就没有人能看到我们出洋相的场景了，毕竟我不想所有人可以不买票就欣赏到一只猪和一只猴的表演。

　　可是，这个想法随着第二天升起的太阳而宣告破灭。地面上的水洼似乎一夜间就被人用吸水器吸走，远处山上的云烟也逐渐散尽，阳光射透稀薄的云层，一缕缕迅速抵达我们的瞳孔。运动场上一群人拿着五颜六色的彩带和气球布置着各自班级负责的场地。每个人的脸上都开始洋溢出过节一样的快乐。他们行色匆匆，热情而亢奋。

　　太阳啊，此刻，我是多么恨你！

　　我的参赛项目安排在了下午，早上是运动会的开幕仪式。

　　一支支学生方队从主席台前走过，喊着一样的口号，做着一样的动作，像在重复机械的程序。等我们回到相应的班级场地时，运动场中央就开始了李惠妍、林怡微等一群女生的健美操表演，所有男生刹那间坐立不安了。在激越的《樱花舞》旋律中，他们目不转睛地盯着场上穿着超短裙摇摆的女生们。

　　"不要跟我说，这就是我们学校的最强美女阵容？"

　　"好看的基本上都上了，不信，你可以看看四周。"

　　"还真是，否则周围的恐龙也不会这么多。"

　　"我听说二中的女生如果来我们学校的话，个个都是校花。"

　　"那我们学校的校花现在是谁？"

　　"就是那个，最前面的，皮肤很白的。"

　　"嗯，她跟旁边的比起来，还真是漂亮，要身材有身材，要脸蛋有脸蛋。"

"哈哈……"

毋庸置疑，侨中的女生基本上都是恐龙，男生基本上都是被困在侏罗纪公园里的流氓。李惠妍成了他们共同盯上的猎物。我一下子觉得李惠妍实在太危险了。

"干吗？都给我站好。"郝帅走到男生这边压着嗓子喊了几声，随即又走回班级前面继续看健美操表演。

男生们在他的背后抛出一副副嗤之以鼻的表情。

在我看来，女生们穿上统一的衣服后远远望去，基本上都像一个模子刻出来的，没有太大区别。

跟所有男生一样，我也觉得李惠妍就是和其他女生不一样。她身上似乎发出很耀眼的光芒吸引着在场的所有人，而我发觉林怡微的身上竟然也会发光，因为我的目光时常也会被她吸引。

"那个女生叫什么，挺正的。"

"哪个？"

"就是李惠妍旁边的。"

"哦，是我们年段的，8班的林怡微。"

"听说原先是报一中的，后来因为生病，没发挥好，沦落到我们这儿了。"

"感觉她跟金莎长得有点像。"

"我觉得像杨丞琳。"

"怎么，你小子想追她？"

"是啊，改天帮我联系一下吧。"

"哈哈……"

原来好多男生也从跳健美操的女生中发现了林怡微这只生物。没办法，谁让侨中资源有限，长得过去的女生也就那么几个？

因为身高问题，我必须踮一下脚尖才能看见场上的全貌，有时急了，干脆跳起来。这下郝帅便又来了，对我嚷嚷着："夏次建，你跳什么跳，要不要搬张凳子来啊！你可是班长，是要带头做好……"

"报告！刚才在主席台前走操的时候好像丢东西了，所以我才跳起来看看……"我看着郝帅，即兴编了个理由出来。哈哈，我真是越来越佩服自己的临场应变能力了。

"要看解散后看，现在给我安分点，否则，你自己看着办！"郝帅没有好脸色地说着，随即转过身往前面走去。

"你是不是有多动症啊，班长大人？"李浦在一旁笑道。

"要你管！"我没好气地回答。

"说话还跟娘们儿似的，要不要加上'你好坏''人家不要啊'，哈哈……"

身旁的男生也跟着李浦一窝蜂似的笑起来。

"你抽风了是不是？！"我愤愤地看着李浦。他却装傻似的保持沉默，一瞬间，我真是有气也出不来了。怎么碰到的都是这些人啊？我苦恼地低下头。

世界上的各路神仙啊，你们别躲在电视机里啦，快点显灵，把这群妖孽收走吧！

第二十章
蜗牛

在下午进行的各项比赛中，我的 5000 米赛跑被当成重头戏安排在了最后，而王耀的铁饼项目开始得很早，也结束得很早。

王耀不出意外地在第一轮就惨遭淘汰，原先我还对他寄予厚望，毕竟他那块头不是一般人所能及的，但天外有天，人外有人，原来侨中藏了比王耀还要重量级的"相扑运动员"，个个体胖如猪，或者比猪还大，接近熊的品种。王耀混在他们的队伍里，竟然显瘦不少。

我开始相信王耀平常和我说的话了："次建，其实我不胖。"是的，兄弟，你不胖，如果你穿越到唐朝，一定算是个瘦子。

因为 5000 米报名人数稀少，所以我不用参加预赛就可以直接杀入决赛。

上场的选手个个都骨瘦如柴，但个个又都像撑杆跳高被拉过来的一样，下肢都细长细长的，如同两根竹竿撑着上身，颇为吓人。

其中少不了顾上进的身影。他没有注意到我，只是用手推了下鼻梁上的眼镜，全神贯注地看着前方。

我们班主任郝帅好像对我不太放心，一脸阴沉地看着我，我怀疑此时头顶突然冒出的几片乌云就是他变的。坐在他后面的同学都在搔着头发，一边盯着手机一边写广播稿，异常无奈又痛苦的样子——

"恶不恶心啊，这个句子我都写了几百遍了……"

"你说，怎么形容他啊，要说帅也不帅，要说跑得快，我看他腿也不长，哪像什么脱缰的野马啊？"

"那就写野狗吧，效果也都差不多的……"

可恶的一群人！我在心里对这个班级算是彻底失望了，不给我这个要跑5000米的天才端茶送水就算了，还要挖苦人，什么人嘛，一群人渣！

"次建。"

好像听到有人在叫我。

"次建，这儿啊！"

我把脸转到旁边的观众席，一眼就看到林怡微。早上她还穿着的短裙转眼换成了统一的肥大运动衫，一下子把这么蛾子的身材打回了原形，也只有我能认出她了。

"要加油哦！"

她一边说，一边做了个加油的手势。随即，她脸庞一转，又对顾上进说同样的话，做同样的动作。

那顾上进又要帅似的抬了一下眼镜，嘴角笑笑，放出电来。

林怡微变得更起劲了，刚才对我只是说"加油"，现在对他就是兴高采烈地喊了："上进，你一定要加油哦！肯定行的！"

明明就是一只四眼田鸡，戴什么眼镜要帅，要不要让人再找把扫帚过来给你当道具啊！哼，真把自己当哈利·波特了！我在心里喃喃说道。

这时裁判员大叔投来一个严厉的目光，扎到我的眼睛里。

"预备！"

"跑！"

枪响，可我还没做好手臂该摆的姿势，只看到旁边的人一瞬间都像发疯的蜜蜂一样冲了出去，我这才恍过神来，也跟着屁颠屁颠地跑出去了。

这一跑，突然发觉运动场怎么要比平日里的大上几圈，好像跑不完似的。我计划采取一定的方法，先跟着第二阵营跑，保留点体力，然后在倒数第三圈的时候，加快步子，跑进第一阵营，最后再冲刺。

其实，和 5000 米同时进行的还有一个项目，就是标枪。

标枪比赛在运动场的草坪里进行，但看的人寥寥无几，原先安排在旁边的很多班级区还特意把座位撤了出来。毕竟没人愿意被一根失手的标枪意外射中，虽然它可能跟中彩票的概率一样。

"忘了是在哪一年了，标枪刚刚纳入学校的运动会里，然后就出了乱子。"

"真的死过人？"

"嗯，因为很多同学都不会这个，姿势啊什么的也不太规范，安全措施也没有考虑周到，结果……"

"两个女生手拉着手横穿草坪，好像是要给他们班跑 5000 米的同学送水还是加油什么的，然后走在最前面的那个女生，就突然被标枪投中，她还没反应地继续往前走了几步，标枪就顺着她的脑袋插了进去，一下子血流不止。她惊叫了一声，倒地，被她牵着手的另外一个女生都吓傻了，愣在那里。"

"哇！不会吧，被射中脑壳了，还会惊叫？！你吹的吧？"

"哈哈……"

观众席上总有人在说着这些无从辨别真假的事。我的心一直很纠结，不敢向标枪区看一眼，连放出的余光都尽量拉了回来。

关于这个赛场的惊悚故事还有一个，是跟我的男子5000米一个系列的女子3000米。

"有个女生跑3000米，成绩是倒数第一，她的班主任看到连最后一项比赛自己班也垫底了，脾气暴躁得要命，就狠狠说了她几句。"

"后来呢，那女生怎么了？"

"本来嘛，运动会名次就跟班主任们的年终奖金什么的绑在一起，自然不甘愿自己班垫底……"

"别岔开话题，那女生最后究竟怎么了？"

"后来这个女生就哭，同学们也都没注意到她，她就独自灰溜溜地说到教室休息一下，本身跑步就气喘吁吁的了，再加上一路哭得厉害，还没出运动场，就一口气憋死在跑道上了。"

此刻我想起这个从食堂里高年级学长那儿听来的事情，心里就发毛，感觉自己脚下踩的都是淋漓的鲜血。这确实太惊悚了！

我尽量把视线从红色跑道移到额头前方的天空上，乌云霎时间又来了一批。它们不断积聚在一起，像在秘密商讨着什么。突然有人撞到我的肩膀，我全身战栗起来。

原来是顾上进这家伙，他从身后的第二阵营蹿上来了，看这架势是要冲到第一阵营去了。

可恶，当我是空气啊！我咬了咬牙，追了上去。

就这样我们都顺利冲进了第一阵营里，但顾上进那小子成心是想甩开我，不断加速，我当然不肯落后，对他紧追不舍。

直到倒数第三圈，两个人依旧不分伯仲。

我的班主任郝帅同志看到我此时的表现，像意外捡了个宝似的高兴起来，招呼着全班同学为我加油，随即广播里也开始播出一段又一段恶心的"赞美诗"——

致高一9班5000米赛跑运动员夏次建，你是体育场上游走的火焰，是来去不息的脚步，是风中飞舞的树叶折射的金色光芒。你那轻盈的步伐似飞鸟的翅膀，起跑、加速、超越、冲刺，你一步步奔向胜利的曙光。那是速度的比拼，意志的较量，是太阳下跃动的心脏。我们为你加油，为你呐喊！

谁啊，写这玩意儿?！要我命啊！我一边硬着头皮听，一边继续对顾上进穷追不舍。

这时老天爷似乎也被我的这股韧劲感动了，哗啦啦，一阵倾盆大雨落下。

场地上的人群像慌乱的蚂蚁四处散开，喇叭里传来一遍一遍的"大家镇定点！镇定点！有秩序退场！班主任负责好各班退场！"学生压根儿没听进去，抱头鼠窜般向各自班级跑去。

只剩一圈了，我可不想就这样认输，一定要追上顾上进！我咬了下牙，继续往前跑去。

顾上进显然也没有要放弃的念头。他很快从第一阵营中脱颖而出，以领头羊的姿态向终点冲去。

我看着更来劲儿了，铁了心要跟他拼个高低，握紧双拳，顶着迎面袭来的雨水也向着最后的终点线发起冲刺。

"次建、顾上进，你们快停下，这么大雨，会生病的！"林怡微站在不远处行政楼的屋檐下叫喊道。

"前面的同学，前面的同学……"喇叭里也开始对我们喊道，但这些丝毫没有动摇我向前跑的决心，上初中以来好多次总是输给顾上进这个家伙，今天我夏次建一定要证明自己不比任何人差！

"呀！"我叫了一声，红着脸向顾上进追去，脚上突然间没知觉了，像装了马达一样迅速转动起来。

越来越近了，一点，一点，我感觉自己马上就要赶上顾上进而冲向终点了。

这时，躲雨的人群也都从屋檐下纷纷跑出来，狂欢似的加油呐喊，越来越多的目光齐刷刷扫向我。

"哇，神了，这小子！"

"看不出啊，短腿的猴还比长腿的鹿强！"

"这世界真有奇迹！"

"怎么，又看上人家啦？"

"是又怎样啊……"

围观的人群像潮水一样袭上来，顾上进转过脸看到我就在他的身后，自觉地位不保，想继续发力，但他的双腿显然已无力支撑。

我看出他已到达极限，索性又狠狠咬着牙，向前方的红线冲去。

林怡微这时跑到广播站去，硬是请求广播员放一首歌给场上的选手打气，于是很快操场上响起了周杰伦的一首歌《蜗牛》：

该不该搁下重重的壳

寻找到底哪里有蓝天

随着轻轻的风轻轻地飘

历经的伤都不感觉疼

……

我要一步一步往上爬

在最高点乘着叶片往前飞

任风吹干流过的泪和汗

总有一天我有属于我的天

……

耳边一飘来这首歌，我就知道肯定是林怡微做的事。她可真厉害，给人加油的时候也没忘记自己的爱豆周杰伦。

我继续咬牙往前冲。

裁判员也看得激动了，把伞扔到一边，在前方大喊着："加油，加油！"

等他手中计时器一按，我知道，我成功了！

夏次建果然是全宇宙最无敌的天才！

难得赢了顾上进一次，但是因为雨天的缘故，颁奖仪式无法举行，我站在最高领奖台的特写镜头自然也没有。

为了这场雨中的胜利，我付出的代价是两天的高烧。我妈为了在家照顾我，也没去鱼市。

"臭小子，还挺能逞强，大雨天和别人拼什么，也不知道……"我妈一边给我换额头上的毛巾一边絮絮叨叨地说着，我怀疑她的更年期是不是提前到了。

"以后少给我在学校惹事！你看现在，又亏了两天，生意肯定都让小玉家给抢了，你小子是不是巴不得我们喝西北风去啊……"

我妈显然没有以我跑了全校 5000 米第一名为荣，没有男人作为顶梁柱的生活让一个女人变得异常实际。我装睡，闭上眼睛。

脑子里浮现的是韩国电影《马拉松》里的画面：尹楚原是个自闭症孩子，十九岁的时候他参加汉江十公里的长跑比赛。比赛前，他的妈妈不断鼓励他说："尹楚原，你的腿？""一百万！"楚原傻笑着回答。楚原妈妈问这句话的意思是，她相信自己孩子的腿可以跑出一百万奖金，他和其他正常的孩子一样。

为什么天底下的母亲这么不同啊！

"对了，要和你说一件事，你爸那边有消息了。过不了多久，我们就可以……臭小子，别装睡……"

我眯着眼睛偷偷看着我妈的神色，她的眼睛里充满了那种叫作"期盼"或者"希望"的目光，仿佛她在黑暗的隧道里穿行了很久，马上就能看到发光的洞口一样。

而我对这丝毫没有反应，感觉这或许又是我爸的伎俩，怕我妈等太久，所以就放些鸽子来，好让女人有所等待和慰藉。

肯定又在骗人啦，他从出国那天就在机场说，不久后要接我们母子俩出去，可是都过了这么久，我们不也还在这里吗？我没再看我妈似乎要"刑满释放"的表情，只在心里嘀咕一番，然后昏昏地睡过去。

梦里依旧是大雨滂沱的傍晚，似乎自己又站在运动场上，随着一声枪响奋力向终点跑去。

我像长上了一对翅膀似的腾空而起，在空中迈着很大的步子，踩过很多选手的头顶，特别是碰到顾上进时，我加大力气踩了下去，结果他像一截木桩一样被我踩到泥土里，拔不出来了。

　　而林怡微见状，火速从观众席里跑进来，用力想把顾上进拔出来。

　　我这下更发力了，咬着牙使劲踩了下去，顾上进的眼镜啪地掉到地上，碎了，林怡微开始大哭，而我在空中扑闪着翅膀，并朝她做鬼脸。

　　我轻而易举地拿到了第一名，阴霾的天空在我撞线的一刻晴朗起来，黄昏像被洗过一样干净，金色的光线射穿云层抵达潮湿的地面，远处山峦缭绕的烟雾瞬间也都散开了，草木在风中像丝绸一样舞动，疏朗的黝黑枝丫上点缀着点点白花。

　　我还梦到李惠妍变成了礼仪小姐，头上盘着好看的髻，插玉石的簪，身上穿曼妙的红色绣花旗袍，曲线迷人。略微秃头的老校长给我颁奖的时候，她在一旁盈盈地笑。

　　那笑声真像林徽因的《你是人间四月天》里说的那样——

　　　　　我说你是人间的四月天，
　　　　　笑响点亮了四面风，
　　　　　轻灵在春的光艳中交舞着变。

　　　　　你是四月早天里的云烟，
　　　　　黄昏吹着风的软，
　　　　　星子在无意中闪，
　　　　　细雨点洒在花前。

　　　　　那轻，那婷婷，你是，
　　　　　鲜妍百花的冠冕你戴着，

你是天真，庄严，
你是夜夜的月圆。

雪化后那片鹅黄，你像；
新鲜初放芽的绿，你是；
柔嫩喜悦
水光浮动着你梦期待中白莲。

你是一树一树的花开，
是燕在梁间呢喃，
——你是爱，是暖，是希望，
你是人间的四月天！

　　然后，李惠妍也走上前，像校领导一样拥抱了我。我感觉全身瞬间起电似的一阵酥麻，却异常兴奋、快乐。

　　而我那时没有想到，不久以后的某天，李惠妍竟然真的拥抱了我，但我却异常伤心。

第二十一章
拥抱

在一阵一阵萧瑟的寒风中，榕树叶子满地滚落，草木枯黄起来，南方逐渐有了冬天的味道。

我坐在清晨的教室里，手指冻得连握笔都战战栗栗，干脆把手插在裤兜里，可是半晌儿也没有暖过来。

"5000米健将，你这么怕冷啊，真看不出来！"李浦戴着手套故意在我面前晃悠。

我无视这种家伙的存在，用英语课本挡住他的视线，并把头转向另一侧。

"夏次建，你干吗？"英语老师抹着红唇的嘴巴朝我喷来一堆唾沫星子，"好好看书啊，别以为是班长，就可以……"

"报告，刚才我是因为脖子抽筋才把头转到一边的。"我做无辜状，狡辩道。

"是吗？"英语老师脸色阴沉得像巫婆一样，目光对准我，提高了音量，"昨天你是不是没交作业？"

"呃？"我心虚地看着她。

"本来都不想说你了，作为班长，应该起榜样作用，哪像你？经常不做我这科的作业，是不是对我有意见？"

"不……不是的。"

"出去站着吧！"

我感觉这个比虾油齐还难对付的英语老师今天大概吃错药了，或者是被她男朋友甩了。

"愣着干吗？出去！"她用手指向教室门口，像机关枪一样扣响了扳机说道。

李浦嘴角坏笑着，随后全班一阵哄笑。

"我看他蛮幼稚的，说谎都没人信……"

"把书挡在中间，头又往一边转，哪里像脖子抽筋，不如说他隔壁要吻他算了。"

"你啊，这么邪恶。《黑执事》看多了吧？"

"哪有看……"

"飘柔洗发水"和"玉兰油沐浴露"又在嗡嗡着，即使不听也猜得到是在拿我开涮。

"大家静一下，早读继续，翻开第4单元生词，跟我念，statement，statement……"

"Statement，statement……"

课堂又恢复之前的样子，唯一不同的是少了一个人。

而那个人此刻正在教室门外吹着刺骨的寒风。

太衰了！我被李浦这个人渣害惨了！不行，不能这么算了，不给他点颜色看看，他还真以为我夏次建是吃素的。哼！

我鼻孔喷着热气，心里恨死那家伙了。

如果按商铺的标准来说的话，学校可以说是最早开始营业的地方之一了，往往是 7 点多一点，不远处的教师办公楼里就已经陆陆续续来了一些早上有课的老师。

"那不是你们班的赛跑健将吗？"

站在办公室窗口边的一个长头发的女老师用手指了我一下，随即，正坐在她对面的班主任郝帅向我看了过来。

"这小子虽然在一些地方比较出色，但总体来说，还需要好好提高。"

"怎么，他在学习这块不行吗？"

"之前他是被保送进来的，但是……"

郝帅故意顿住，又看了一下我，然后说："但是他的成绩现在很糟糕，我怀疑这小子是不是混进来的。"

虽然隔得有些远，但从他们的眼神和嘴型中不难猜测谈话内容。反正对于一个被罚站的学生，老师们肯定不是在说他的好话。

正当我寻思着郝帅究竟会怎样在另外一个老师面前说我的时候，他已经走过来了。我低头，看见那双擦得发亮的皮鞋正从远处迅速向我靠近。

"干吗站在外面，又惹事了？"他严肃地问道。

"没有，不过是……脖子抽筋，被她撵出来了。"我往正在教室里念单词的英语老师扔了个目光过去。

"脖子抽筋？说话这么不着调！"郝帅瞪了我一下，"我看你是上课又不安分了吧？别以为自己为班级带来过一些荣誉，就没人治你了。"

"老师……我……"我吞咽了一下口水，继续说，"我想……换座位。"

"嗯？"

"坐在前排太显眼了。"

郝帅一下子换了种目光打量着我，突然笑起来。

"次建同学，这里是高中，想随时调换座位的话，你可以回小学或者幼儿园去，而且……"他打住，又看看我，目光最后定格在我只到他耳朵的个头上，"等你再长高点，就把你往后调，怎么样？"

我瞥了他一眼，不说话了。

"不过，你马上也要换新同桌了。"他拍了一下我的肩。

"啊？"我诧异地看着他。

"李浦很快就会和他姐姐离开学校了。"

"什么，离开学校？"

"嗯，全家移民到澳大利亚吧。"

"又是澳大利亚？怎么大家都喜欢去那儿？！"

"这关你什么事？"

郝帅当然不知道"澳大利亚"这个地名跟我家的关系。于是，我换一种语气，说，"真好啊，哈哈……"

"怎么，你很高兴？"

"哦，是替他高兴。"

我的心里一下子乐开了花，在想是不是哪路神仙被我日夜虔诚的祷告深深打动了，终于收了这妖孽？哈哈，以后就见不到他在我眼前晃悠的身影了。

日光在树梢间移动，下课铃的歌声响起，一群白衣飘飘的少年流水一样从教室向外淌出。

郝帅走了，我便转身向班里走去，内心释然，有一种无以名状的快乐。

"被罚站了，竟然脸上还能笑得出来。"

"5000 米的神人嘛，有什么事能阻止神的存在？"

"你们听说了没，好像他同桌要离开学校了。"

"不会吧，他可是我见过的最帅的体育委员啦，怎么会离开？"

"这么舍不得啊，那你干脆和他一起出国算了……"

一堆女生又在课间叽叽喳喳地聊开了，有时候非常佩服她们收集信息的本领。如果她们生活在战争时期，绝对可以当间谍了。

"出国？哇，他家这么有钱？"

"据说是全家移民，他的姐姐李惠妍也会走。"

"李惠妍？不会吧，那个广播站的首席美女主播是他的……姐姐？"

"对啊，看不出来吧？"

"是不是到他那儿基因变异了……"

我怀疑是自己的耳朵听错了，便一瞬间冲向那群"菜市场妇女"。

"你们刚才是说'李惠妍'吗？"

句尾的疑问语气词还没发出来，女生们就全部走开了。

我像受了打击似的一屁股坐到了座位上。

"班长大人，你就管好自己的事儿吧。"正趴在座位上的李浦抬起头来懒散地对我说道。

"李惠妍真是你姐？"我讶异地问他。

李浦像没听见似的继续在桌上趴着。

"问你话呢！？"

我摇晃着他的身体，李浦显得十分不耐烦，推开了我的手，嚷嚷着："她的事情别问我！"

我间接听到的是："我姐的事情你自己可以去问她。"

原来李惠妍还真是他姐！

原来李惠妍要出国了！

我的世界顷刻之间倒塌了似的晃动起来。

放学后，我无精打采地在校园里走着，光秃秃的树枝在风中摇晃，地面上有很多模糊不清的影子，我也不知道自己为什么会这么不快乐。

易拉罐被风吹着，滚到我脚边，"啪——"，我把它踩扁，接着又一脚踢飞，它一直滚到科教楼的门口。我看了它一眼，又把视线收回，耷拉着脸准备从楼前离开。

"嘿，次建学弟！"是李惠妍的声音，她抱着一堆材料正好从楼道里走了出来，"你是要回家吧？"

"嗯。"

"那就一起走吧。"

她一只手抱着材料，一只手捋起被风吹开的刘海，睫毛很长、很密。我见状，赶紧把她手里的材料接过来。

"谢谢学弟。"

"不谢。"我笑笑。

"马上要离开广播站了，就顺便捋一下之前的稿件，挑些好的，给你们这届的人当范本。"

她笑得很甜，但是也像一颗糖，让人甜到哀伤。

"是要出国了吗？"我没敢看她，只对着前面的路问。

李惠妍点了点头。

"我弟告诉你的吧？"她一下子岔开话题，"其实，刚开学那会儿去你教室时，我就看到学弟原来就是那臭小子的同桌。和他坐一起的日子，挺受苦的吧？嘻嘻……"

"没有啦，不过，你弟还真是个'离谱'的人，超怪的。"

"他就这样，我当姐姐的都拿他没辙呢！不过这次出去，我爸妈应该能好好治他了。"

李惠妍捂起嘴笑着，阳光下，她的头发乌黑乌黑的，在风中散开，十分好看。这又让我想起了一个人。

"你还能给我讲个鬼故事吗？"

"鬼故事？我以前给你讲过吗？"

"呃……对不起……我把学姐你……当成另外一个人了。"

"谁？"

"呃，学姐你认识一个叫惠妍子的女生吗？"

"惠妍子？好像我名字，是我们广播站的吗？不过，好像没听过这人。"

"她是我以前的同学。"

夏次建，你神经错乱啊，怎么会在一个人面前提起和她不相关的另外一个人？

我朝李惠妍傻笑起来。

"感觉你比我弟弟可爱多了……"李惠妍伸手摸了一下我的头，眼睛弯成了一条很好看的小溪，柔软的光线中闪着清澈的水花。

"学姐你跟李浦长得真不一样。"我撇撇嘴，"他是不是基因突变了？"

"很多人也这么取笑他的，我妈以前还经常说他是在马路边捡来的。不过，那小子像我爸，长得慢了点，以后会变很帅的。"李惠妍突然停住，看看我，和郝帅一样把目光定格在我的个头上，"相信次建学弟也会再长高点，以后也是大帅哥哦。"

"我也不是很矮啊，起码跟你差不多吧？"我嘟着嘴。

"但是男生都要比女生高的啊，否则就太像小孩了，要人保护跟照顾的。不过，学弟现在还是一个小孩……"李惠妍说着，又摸了一下我的头，说，"其实感觉学弟是个乖乖男，不像私下里听人说的那样……"

"哪样？"

"没什么……"李惠妍笑笑，没有往下说。

很快就要到校门口了，李惠妍让我停下来，说："可以了，把你手里的材料给我吧。"

"没事，再拿一会儿。"

"太谢谢次建学弟了。"李惠妍两手轻轻地放在校服边，很礼貌地说道。突然，她又把手摊开，走上前，拥抱住了我，"拥抱一下，你以后要更棒哦！"

我从没想过，有天，自己会在放学后的走廊里被一个女生拥抱。

是一种什么感觉呢？好像整个人掉到了花瓣上。

可是，我不知道对于自己来说，一个女生的拥抱，也只有这么短暂的一次。

第二十二章
憾事

　　"今天好像大家听得都不是很明白吧，我想用晚自习的一点时间再讲一遍白天的内容……"

　　数学老师站在讲台上，底下的一堆同学都哭丧着脸，有气无力地摁着笔头，或是像被放了气的气球一样趴在座位上，我看了一眼隔壁的桌子，发现李浦今晚没有来上晚自习。

　　我面对空空的座位，心里像缺了点什么。

　　"首先是平行投影的概念，一般来说，用光线照射物体，在某个平面上得到的影子叫作物体的投影，照射光线叫作投影线，投影所在的平面叫作投影面。有时呢，光线是一组互相平行的射线，例如太阳光或探照灯光的一束光中的光线。由平行光线形成的投影是平行投影。"

　　"平行投影呢，有下面几个特征，一是点的投影仍然是点，二是直线的投影可能是点或者直线，三是……"

　　底下是一片窸窸窣窣的声响——

　　"什么嘛，不就是照本宣科，我们自己可以直接看课本的啊。"

　　"还以为能学到点什么，没想到他又白白占用我们时间了。"

　　"据说最近校长晚上都会来巡查呢，他是故意表现……"

"啊，真是受不了……"

其实，比起听底下的一片嗡鸣声，我倒是愿意听台上这位戴500多度眼镜的中年男教师讲课，起码用不了多久自己就会像听摇篮曲一样睡着。

无聊至极，还不如出去透透气。

我从书包里拿出手机，在课桌下发了一条短信给王耀，让他到操场上去。

"报告，我出去一下。"我举了下手。

中年男教师口中念课文的节奏一下子被我打断，他抬了抬那副沉重的眼镜，看着我说："快点回来。"

我庆幸他不像郝帅或者经常情绪不佳的英语老师那样难对付。

我捂着肚子假装内急溜出了高一9班的教室，内心一阵窃喜。

等会儿和胖子做点什么呢？我在走廊上一边走一边想着这个问题，忽然抬头，目光定在李惠妍所在教室的一扇窗户上。

她不是要走了吗？要不，就弄点烟花来，晚自习下课后放给她看，她应该会喜欢的。

我的脑子突然间浮现出了偶像剧的场景，年轻的恋人通常会坐在草地上，相互依偎着，看头上烟花绽放，像梦一样璀璨。

从沉闷的教学楼里出来，呼吸一下子变得顺畅起来。我一个人在操场转了一圈，却没有见到王耀。正当我怀疑自己的手机是不是因为欠费而没有把信息发出去时，王耀向操场跑来了。

"建……次建……什么事？"他气喘吁吁地问。

"哦，就想和你出来透透气，那个'500度'今晚竟然发神经在教室里上课，大家都在'潜水'，我都快憋死了。"

"我们班也是呢，好像是校长要来检查。"

"呃，你……知不知道哪里有卖烟花？"

"啊，次建，你要干吗？"

"没干吗啦，王耀，你知不知道啊？"

"好像学校外的那个小超市里有卖，次建……你……"

我知道王耀后面要说什么，所以马上打断了他，说："要不要陪我一起去？"

"哦，次建，我忘了刚才课代表说要收作业的，我还没做呢，先回去啦。"

说完，王耀便迅速转身，往教学楼跑去。

夜色里飘散的全是他的汗味。

"死胖子！"

我真想一脚把他肉嘟嘟的屁股踢飞。

侨中就像一个铁笼子。

四周都被铁栏杆包围起来，大门和后门都有保安严格把守，基本上出不去，除非变成苍蝇或者蚊子。

不过每晚还是有人会为了自由而冒着生命危险从高高的铁栏杆上爬出去。

我在思索着要不要冒险的时候，几个女生已经如女鬼似的从我面前飘过。

她们来到一个不太引人瞩目的小角落里，踩着栏杆之间的小铁架，迅速爬到了墙头，然后一个转身，又迅速地踩着背面栏杆的铁架，跳了下去，"唰"的一下没了人影，身手异常敏捷，真是"巾帼不让须眉"啊，看上去应该是高年级的惯犯。

难以想象，这样的环境竟然还能锻炼出飞檐走壁的女侠来。

我目瞪口呆地看着那几个女生集体消失，心想自己还是男生呢，对于爬墙这种三脚猫的功夫绝不能逊色于那群女的。咬了咬牙，便向她们爬过的那面墙冲去。

可是，对于一个买绿茶从没中过"再来壹瓶"的人来说，他应该能料想到自己的运气会有多么衰。

就在我再踩一个铁架子就能爬上墙头的时候，黑暗中，保安大叔不知从哪里钻了出来，拿着手电筒照着我的眼睛。

"哎呦！"我没站稳，一屁股摔了下来。

"臭小子，还想爬出去，说，第几次了？"

"叫什么，哪个班级的，班主任是谁？"

"刚才爬出去的那群女的，是不是跟你一伙的？"

三个保安大叔面目狰狞地逼问我，我知道我要悲剧了！

正式审问是在保安室里进行的，室内温度和室外简直可以用"冰火两重天"来形容。我在一阵狐疑、责备的目光中像被烤熟似的全身冒出汗来。

令我没想到的是，这件逃课爬墙事件正好发生在校长前来巡查晚自习的时候，一堆校领导和老师此刻塞满了狭小的保安室，这应该算是这间墙壁斑驳、灯光摇曳的保安室历年来最热闹的一个晚上了。我不得不在内心深处为自己呼唤着：夏次建，你运气怎么这么背啊！

"他是你班上的？"校长板着一张脸，问出的每一个字都像钉子似的扎到郝帅的心里。

他只点头，很卑微地躬身，说："校长，真抱歉，我没看管好学生……”其间，他狠狠地看着我，让本来就已经紧张的我头皮一阵发麻。

"这孩子，怎么看着有点眼熟……"校长打量了低头站立的我一遍，然后问道。

随后有个领导站到校长旁边，耳语着："他是上次抓贼的那个……"

"哦，是他啊！"校长惊讶地又看了一下我，"你怎么会想着爬墙出去，不怕受处分吗？"

我顿时被他严厉的目光吓住了，嗓子发不出一点声来。

郝帅走到我旁边，用胳膊碰了我一下。

"校长，对不起……"我带着无比忏悔的表情看着他，然后把自己的头埋得更低了。

"之前很多媒体都报道过这孩子的事迹。今晚他爬墙的事传出去，对学校的声誉也不太好……大家怎么看？"

"校长，我觉得可以让他私下里做一个检讨，毕竟这孩子还小，一些事也是可以原谅的……"

站在校长旁边的那个领导回答道。

"那也行。郝帅老师，你让你学生写份检讨书，到时交过来。"

校长说完，带着一帮随从领导从保安室里离开。

郝帅好像跟屁虫似的跟在后面，腰板还保持着刚才弯曲的样子。

我人生里最倒霉的时刻总算告一段落。

这时，晚自习已经结束。

一堆学生从保安室的窗前走过，不时有一些目光透过好几个月没擦的玻璃窗抛到我身上。

我狼狈地从里面走了出来。

"次建？你刚才怎么在里面？"

林怡微和顾上进正要走出校门口，一眼就看到了一旁的我，便走过来，一边问一边露出难看的脸色，像在鄙夷我。这也难怪，通常从保安室里出来的男生一般受到的都是这种待遇。

"我……我帮班上取报纸。"我用手指了一下保安室里的一排信箱，辩解道。

"是吗？那……报纸呢？"林怡微看着我两手空空，显然不相信我说的话。

"今天……没有。"我有点口吃地回道。

"次建，要不要跟我们一起搭公交？"顾上进装出一副又礼貌又友好的样子。他在话语里依旧把我当成另外一路人，"要不要跟我们一起"，而不是"我们要不要一起"。

"你少来了，上次 5000 米输得不够惨，是吧？"

"次建！你怎么又这样，上进哪里惹你啦？"林怡微生气地对我说。

"抱歉，今晚本天才心情不好，不打扰你们俩坐夜车了！"说完，我便向着学校另外一侧的小路走去。

"上进，我看他今晚好像有点不太对劲，你先走吧。"林怡微一边对顾上进说着，一边在夜色里用目光追寻着我的身影。

"可是，微微，现在挺晚的了，你一个人……"顾上进愣愣地站着说道。

"放心，和他说点话，等会儿我就回家了。"林怡微说完，就朝着我的方向追来。

夜色愈黑，小路两边的树丛总有些细细碎碎的声响。

月色在天幕上宛如水波一样摇晃，远处的城市中心灯光璀璨，像铺展在地上的一条金色的河。

但风却极其容易地将这一切吹凉，或者吹熄。

"夏次建，站住！"林怡微在后面大声喊我，她生气时发出的分贝能超过任何一个居委会大妈。

旁边楼房里的灯随着林怡微尖锐的叫喊，一下子亮了起来，能清楚听到门窗拉动的声音。

"你吃炸药啦，这么大声干吗？"我停下脚步，转过身来对林怡微说道。

"你今天才吃错药了吧，干吗表情这么臭？"林怡微又追了几步过来。

"哪有？"我假装不理她，往前继续走着。

"次建，你停下！我有话问你。"林怡微显然走不过我这个 5000 米赛跑天才。我于心不忍，便故意放慢脚步。

她很快就走到我旁边，口中喘着气，眼睛瞥着我，说："你知不知道自己越来越让人讨厌啦！都长大了，还这么幼稚，什么时候才会正常点啊，天才？"

我没有回答，耳朵继续遭受林怡微一副妈妈口吻的摧残。

"你和上进究竟有什么过不去的？整天碰到都这样，他又没惹你……和你说话呢，夏次建，你听没听啊！"

"拜托，我都说了，本天才今晚心情不好！"

"呃？是不是刚才……被批了？"林怡微自以为聪明地继续说着，"看你从保安室里出来，就觉得不太对劲，又干什么好事啦？"

"和、你、无、关！"

我受不了女生总爱向别人打听的样子，便一字一顿地朝林怡微喷火。

她倒是丝毫不退缩，穷追不舍，继续问道："你快说啦，否则今晚就一直跟你回家，然后……告诉阿姨。"

"你！"我鼻子喷着气，面对眼前这样一个全世界绝无仅有的变异品种，我实在束手无策，"林怡微，我败给你啦！"

林怡微这下得意地笑了一声，然后又保持着女生的矜持，"好啦，次建，你快说吧，究竟怎么回事？"

"刚才我被校长抓了……"我有气无力地靠着路旁的一根电线杆蹲了下来。

"啊？次建你怎么会……"

"晚自习太无聊了，我想爬出来弄点烟花给李惠……"我把"李惠妍"最后一个字吞了进去。

"李惠……妍？"林怡微低着头好奇地看我，"是说她吗？"

"你怎么知道她？"我问。

"上次跳操时认识的，挺好的一个学姐，可是……"林怡微没往下说。

"可是什么？"我着急地问。

"你干吗反应这么大？是不是喜欢她？"林怡微捂着嘴直笑。

"我喜欢谁，和你无关！你快点往下说。"

"又是这种语气！好啦，我就接着说吧，李惠妍学姐今天走了！"

"出国？"

"嗯。"

"你怎么知道？"

"昨天在学校里碰到她，她和我说的……"

"怪不得今天李浦也没来班级，原来他们都……怎么会这样，我还爬墙出来准备为她放烟花当作送别的礼物，没想到她这么快就……"我感觉自己的鼻子酸酸的。

昏黄的路灯照出故事的背景，四周楼房的窗户边逐渐多了一些看"校园言情剧"的人。

林怡微显然觉得有些尴尬，仿佛是她在欺负我，便叫着蹲在地上的我："哎呀，次建，你够幼稚的，快点起来啦，别蹲着。好多人都在看呢……哎呀，你快起来啦！"

最后她使出浑身解数，才把正在难过中的我拉了起来。

冬夜的风像砌出的冰块往身上砸来，衣角、额发都被呼呼吹起，我和林怡微并肩走着夜路，向公交站点的最后一班车走去。

她不时侧眼看着沉默中的我，却没再说什么，似乎不想打破这个夜晚的寂静，和一个人心里的忧伤。

很多时候，我们不得不在黑暗中行走。

深一脚浅一脚，踩着夜的泥沼，穿过丛生的荆棘和寒冷的冰原、黑色的海水与无底的深渊，抵抗着难以想象的哀伤和孤独。

而我们能在这漫长漆黑的旅途中继续前行，是因为相信在前方的某个站牌下，有光明的存在。

但是，一些人离开了，光明是不是也就跟着缺了一角？

第二十三章
远离

我以为李惠妍不告而别已经令自己足够悲伤了，但所谓好戏还在后头，悲剧理所当然也会在后头。它们永远都是一对"好朋友"。

2006 年终于过去了，我那各科全军覆没的高一上学期总算过去了，我作为班长的光荣史也提前合上书页过去了，越来越没劲儿的春节联欢晚会过去了，我妈克扣压岁钱时我一脸表示抗议的表情也过去了；好的，坏的，我以为都过去了，当然只是以为。

2007 年，宋丹丹在小品《策划》中的一句"你太有才了"经典得让人喷饭，国产剧《士兵突击》一夜之间红遍全国，王小波去世 10 年后作品又一次大卖，TANK 的一首《专属天使》成为众多学生 MP3 里不断循环的歌曲，而我跟王耀之间的友谊却在 2007 年出现了一条戏剧性的裂缝。

他越来越不爱和我说话，越来越想躲开我，越来越觉得我欠他什么。

其中原因并不是因为我一直叫他"胖子"或者"死胖子"，也不是因为喝奶茶的时候总是我说请客他掏钱，或者我借了他家的电影动漫碟片而没有如期归还，当然也不是因为在本天才面前他总是追不到林怡微。

原因是我妈和他妈终究还是因为同行竞争问题双方撕破了脸，往日姐妹般的情谊不复存在，如今两个人都是一副老死不相往来的样子，成为鱼市上商贩们闲暇之余的谈资。

"以前看她俩都像一家姐妹似的，如今却……"

"据说是夏家媳妇有事在家没摆摊的那两天，她之前的老主顾都被王家那胖女人给抢了。"

"是我，我也受不住啊，哪有这样的姐妹啊？"

"还不是因为钱。"

"钱是王道嘛，人再亲有钱亲吗？"

"这倒是……"

偶尔放学回家想帮我妈一起收摊时，总会从鱼市上的那些商贩口中听到这些闲言碎语。

我妈有时也听到了，但她总是装作没有听到似的，不做任何回应。

"妈，你真的和王耀妈妈吵架了？"我问。

我妈没直接回答我，只是说："大人的事，小孩子别管。"

"可是，我都快高二了，不小啦！"

"你这小子，知道自己要成大人了，是吧？那更要用功读书，给我回家好好做作业去。"

"可是……"

"可是什么？哪有这么多问题啊，等过不了多久到你爸那儿，让他也好好管管你，不知道你这小子整天脑子里装的都是什么，我辛辛苦苦养你，拿钱给你去学校……"

我妈的更年期看来是真的到了。

其实我想说，你们大人之间的事却影响了我和王耀的关系，这比李惠妍的离开还要难受，比我偷改成绩报告单上的分数还要难受，比我和顾上进间的较量还要难受，比林怡微老是说我幼稚还难受，你们知道吗？

可是，这些肺腑之言终究没有出口就流产在我妈的唠叨里了。

大人们永远不会好好倾听我们的话。他们只在乎今天赚的钱够不够多，能不能养家糊口，只在乎你在学校有没有犯错挨老师批，只在乎你卷子上的分数是 59 还是 95，只在乎开家长会时自己是坐在前面还是班级卫生角里。

从小到大，他们说出频率最高的话是："别给我在学校惹事，要多看少说……""把电视关掉，做作业去……""跟你说，一定要好好学习啦，否则长大后就去扫大街……"等等。

他们真的没有一回，认认真真听过我们的声音。

在南方，冬季过去，开春之后，天气开始变得时冷时热，沉闷的教室变得阴冷潮湿，玻璃窗上常有一层雾水，朦朦胧胧的，像我们惺忪的睡眼，有时候看见讲课的男老师嘴边没有剃干净的胡楂儿，总觉得那是春天长毛的霉菌。特别在回南天里，一切都黏糊糊的，原本一批总窝在班级里懒得出去的学生都在铃声响起的瞬间跑出教室透气。

我的同桌是看不见也摸不着的空气，因为班级人数在李浦走后就从双数变成了单数，其他桌子都成双成对的，就我落得形影孤单。而郝帅似乎在这个高一的下学期也无心再管班级的任何事务，自然也忘了给我加个新同桌。

我落寞得如同一匹骆驼走出了教室，趴在走廊略微有些发凉的栏杆上，脑袋磕着手臂，视线不断低到楼底栽的那片草丛里。

草已经鲜绿起来，泥土都像脱了层壳似的崭新起来，虫鸣鸟叫的声音十分清脆，宛如嗓子被堵了一整个冬天，这下终于求得了解放似的。

我顺着栏杆的尽头看去，在高一 12 班门口站立着一个异常熟悉的庞大身影，是王耀。他正好也看过来，又猛地把脸转了过去，然后迅速走进了教室。

此刻的王耀，在我看来，是那么陌生。

我们中间，究竟隔着一道深渊，还是一条看不见的大河？

"次建，最近怎么老是一个人走路，王耀呢？"有时在路上碰到林怡微，她总会问我。

"不知道，那胖子的事别问我。"我冷冷地说。

"怎么脸又摆得这么难看，你们……怎么了？"

"不关你的事，整天都这么爱打听，小心以后嫁不出去……"

"夏次建，你以后才嫁不出去！"林怡微嘟着嘴。

"拜托，林怡微，你会用词吗？我可是男的，应该是娶……说到娶老婆，反正以后我是不会娶某人这样的……"我故意摆出电视上一副街头无赖的嘴脸对林怡微说道。

"当然，本小姐也不会嫁给那种自称天才却经常掉链子，整天摆着一张臭脸，身高挣扎了很久才和本小姐持平的类人猿！"

林怡微永远是这世上所有女生中最具生命力的"小强"，骂也骂不垮打也打不倒。

我算服了，撇开她，快步向前方走去。

林怡微在后头跟了几步，随即停下步子，直喊着："夏次建，你可真够讨厌的……"

那些声音被春天的雨浸泡，被夏天的风带走，越来越远……

这个学期，我基本上处在自己的空间里，在这段缺少了王耀这个胖子的日子里，我才发现自己有多么孤单。一个人上下课，一个人坐公交回家，一个人买奶茶，然后全都自己掏钱，一个人开始在周末到附近的音像行里租碟片看，一个人趴在课桌上看着《漫客》上面的漫画，或者看从图书馆借来的一堆皱巴巴的武侠和言情小说……

榕树和樟树的叶子在窗外愈发繁茂起来，蝉鸣不断，视线常常跟着数学老师在黑板上画出的抛物线末尾又延伸到千里之外的大海里去。教科书的左右侧总有大片大片的空白，面对它，忍不住便手执黑色签字笔在上面抄写最近听来的歌词，或者随心所欲地"龙飞凤舞"一番，如果对课文里的插图看不顺眼，就会对它们进行惨不忍睹的"化妆"。后桌的"洗发水"和"沐浴露"有时会把脚伸到自己的地盘，便假装不知道似的像踩蟑螂一样踩下去，听见她们突然间一阵喊叫，内心显得无比快乐……

当然，这些都是一个人无聊时的低级趣味。

时间流逝，季节更迭，手机屏幕上的日期一天天向后推移，一天与一天之间似乎没有什么差别，时间在这样重复单调的日子里像一个并未旋转过的齿轮。

我仿佛又回到了七年级时的状态，整日无所事事，对学习没心没肺，既不高兴也不难过，就好像别人眼里的空气一样游荡在这个世界。

但一切似乎又发生了很多改变，比如学校里的花花草草都变多了；比如校园广播传出的声音不再让自己期待；比如以前的同班同学都散落在各个角落了，见到后只是简单地点头、微笑，或者寒暄几句；比如塑胶操场都被学生脚下的运动鞋蹭得褪色了；比如保安大叔换了一批又一批；比如我长高了；比如……有些东西越来越没有勇气说出。

但也有一些人一些事没有改变，比如顾上进还像从前一样缠着林怡微，放学的时候等她，然后道貌岸然地和她讨论一些学习或者大人的事；比如林怡微还会经常看出我的不对劲，然后用跟我妈一样的口吻教训我，末尾必不可少地加一句："次建，你真是没救了！"

林怡微再次生气地和我说话的时候，是在高一下学期的期末，考试在即，之后就是高二的分科和分班。

夏天的傍晚里，夕阳在天边一坠一坠地往下掉，草丛里长了洁白的蒲公英，被风中还未退烧的热浪掀起，轻盈飞起，像没有情感的孩子离开故乡。

刚刚放学的校园里满是人，喜欢晚点回家的男生们抱着球迅速往篮球场跑去，骑车来上学的女生们从车棚里慢悠悠地出来，在学校里拎着自行车，碰到拥堵的人群便按响清脆的车铃。高年级的学姐们已经拿着饭盒从食堂匆匆忙忙地出来，一路走也不忘一路说些数学题目，偶尔也聊一些让人稍微感到放松的话题——

"你知道，世界上最差的品牌是什么吗？"

"有这样的品牌吗，不知道呢。"

"就是 TCL 啊。"

"为什么？"

"你看这三个字母是不是汉语'太差了'的拼音开头呢？"

"呃……"

"你知道什么花最没有力气吗？"

"不知道。"

"就是茉莉花啊，你听'好一朵没力的茉莉花'。"

"这样啊……"

余晖伴着笑声一点点落到地面，人的影子越斜越长。

我正准备回家，途经篮球场时，突然一个球弹出场外。

"他是9班那个叫夏什么的小子吧？"

"长得好小。"

"你说他会不会捡球过来玩？"

"悬。"

"哈哈……"

为了不丢自己这一张男人的脸，我硬着头皮将球捡了起来，然后走过去。

凭着以前偶尔看电视上篮球比赛的印象，我模仿那些选手站在三分线外慢慢收紧握住球的双手，然后一个轻捷的跳跃，篮球在空中划出漂亮的弧线，没想到那球竟争气地落入篮筐。

"哇，好准！"

"真看不出来这小子连篮球也会啊！"

"他一定是'诈胡'！"

场上的男生捋起短袖纷纷议论着，有些竟目瞪口呆地看着我。

其实真的没什么，本天才只是用了三脚猫的功夫就达到了这样的效果。

我在心里偷偷乐着。

那时已经很少有人会看画面已经变得有些斑驳模糊的《灌篮高手》，他们大多在半夜躲到体育老师的寝室里或者出去到网吧通宵看CCTV-5 的 NBA 球赛，那时姚明还没退役，易建联还很热门，那时绝对没有人知道林书豪是谁，来自哪里。

"夏次建！"林怡微在球场外朝我喊道。

"干吗？"我迅速从球场中跑了出来，看了她一眼，脸上没有任何表情。

"玩什么球，再怎么玩个子也只是稍稍比我高一点点！"林怡微的嘴巴含着炸弹似的打击着我的弱点。

我没吱声，只是像以往一样不太搭理她，往前走去。

"马上就期末考了，有没有想过这样玩下去的后果？"她走上来，脸上异常严肃地对我说道。

"你很搞笑，我打球有碍着谁吗？"

"可是……你这样就跟初中时差不多了！我可不想你走老路。"

"你好烦，比我妈还……"

"还什么？要知道，如果不是你朋友，我才不管你！"

"好吧，朋友，我知道了。"

我无奈地低头叹气，林怡微这下得意地笑了一下，似乎她也很认可自己像妈妈一样说话的功力。

"对了，你和王耀……"

"你又要说什么啊？"

"你们肯定出问题了吧？我问过他了，他竟然也不肯告诉我，所以……"

"所以你就来盘问我？"

"嗯。你快点说吧，否则……"

林怡微嘴角诡异地笑了一下，我当然知道她的伎俩，无非是要准备跟我闹，跟我来一哭二闹三上吊。

"因为生意的缘故，我们两家翻脸了……"

"怎么会这样？"

"可能是王耀他妈不让他和我说话吧，所以现在他对我比陌生人还冷淡……好啦，你这下满意了？"

"嗯，了解情况了……"

"以后少烦我。"

林怡微笑了一下，然后在操场边碰到了她班上同路回去的几个女生，她便走了过去。

突然，她又转过身来对我说道："这次期末考关系到高二年级的分班，自己用点心啦，真不希望你重蹈覆辙……一定要记住！"

随即，她摆了个再见的手势，背过身去。

第二十四章
朋友

我终究没能在最后的几天里突击成功。

《童年》里唱着："总是要等到考试前，才知道功课只做了一点点。"

小学时，自己对这句歌词其实没多大体会，越长大反而对它特别有感触了。

时间真的能教会人很多东西，而我总是措手不及地面对这个世界，或者说是不知所措。

盛夏里，感觉时间正以人无法感知的速度穿透身体。

这段日子里，我妈很少去鱼市摆摊了，并不是为了避开王耀他妈，而是去做一件对她来说一直梦寐以求的事情，那就是去办出国签证所需要的手续。

我反正不太在意这些事，因为时间早已浇灭了我想见我爸的念头。有时候，我在想这是不是我爸设的陷阱，给予一个女人希望，然后再让她绝望？

我在家，常常处在一种暂时"孤儿"的状态，无人管束，自己分外自由，却又异常空虚，像搁置在半空的气球。偶尔实在无聊，也会独自出门去坐公交车，从城市的一端到另一端，不断来回。

安静地坐在公交车上，遭遇突然停车或一个急转弯，身体便会跟着偏斜起来，脑袋轻微震荡，产生晕乎乎的甜美幻觉。错过站点的乘客紧张焦虑地张望着未知的下一站，抖动的唇部好像随时都会喊出声来。

街道繁华如昔，人影绰绰，摩肩接踵。装修时尚的商铺门口放着节奏强劲的流行歌曲，劣质音箱有时发出刺耳的声音，和堵车中传出的汽车喇叭一道折磨着行人和乘客的耳膜。

而我却喜欢看着这些景致，好像世界真的在转动，时间真的在走，而我，也在悄悄地长大。

我接到林怡微的电话，是在一个晴朗的假日早晨。

那时我刚刚起床，想到我妈今天下午会回来，便急急忙忙地整理了一下床铺，又拿着扫帚清扫昨晚熬夜看电影时吃得满地都是的花生碎屑和香蕉皮。床边的手机突然响了。

我一看屏幕，显示的是"林怡微来电"，犹豫了一会儿还是按了接听键。

"怎么这么晚才接？"林怡微小小地抱怨道。

"我刚才还在睡觉，你这么早打电话过来干吗？"我假装生气。

"嘻嘻，天才，你期末考考得怎样？"她语气又一转，像雷雨天突然变成晴天。

"死鱼一条呗。"

"那……说不定，你运气好点，倒数也能和我们分到一个班。"

"一大早就来打听这个？"

"没有啊，想……让你出来。"

"干吗？"

"我们一起骑车去海边玩。"

"亏你想得出，从这里到海边起码得骑两个小时，而且……我妈下午要回来。"

"没事的，我骑车很快的，保证下午能回来。"

"就我们吗？"

"是的。"

林怡微回答着，但语气与往日相比明显不自然。

我没多想，心里倒还感谢她能在自己如此孤单的情况下想起我，来陪我，想想心里就比在这盛夏吃了一杯哈根达斯还激动。

但是，当我骑着我妈的那辆自行车从家里到约定出发的地点时，心里突然"咯噔"了一下，感觉有什么不对劲，可是想着自己已经把自行车骑出老远，便也无心再猜测什么。

事实证明我的预感是对的，林怡微果然有阴谋。

远远的，我就看到这个小丫头片子和另外两个人站在约定的公园门口，他们把自行车撂在一边。

我骑近一瞧，有顾上进，还有王耀。

王耀看到我时，脸上也表现得很诧异，然后把目光对准林怡微。

林怡微的阴谋就这样被识破了，她不好意思地笑了一下。

林怡微，你这只宇宙不明生物，我真是五体投地地佩服你。

"人都到齐了，大家开动'马达'吧！"林怡微高兴地说道。

我们三个男生看看彼此，满肚子都不是滋味。真想调转车头，离开这"冷风嗖嗖"的地方，林怡微一个车头挡在了我面前。

"我好不容易才把咱们四个凑齐，你可别掉链子，今天非去不可！"

好吧，今儿算我栽了。

"大家是不是很怀念虾油齐带我们去海边玩的日子啊？"

"那时我们可够傻的……"

"今天的目标是抓到更多的螃蟹！"

"你们说话啊……"

一路上基本都是林怡微的嘴巴在不停动着，男生们则彼此间表现得十分冷漠。

偶尔顾上进还会对王耀说些话，而我则像透明人一样独自骑着我妈那车轮瘪瘪的自行车。

我妈也真是的，干吗不抽点时间去打气啊！

"对你们实在无语了，我今天怎么会带一群哑巴出来？！不行，你们先给我停一下。"林怡微突然减速下来，风吹着她额前飘扬的刘海，她伸手从车篮里的黑色小包里想掏出什么。

"你干吗啊？"我也跟着停了下来。

"她好像带相机了。"顾上进朝着王耀那边说着。

而胖子始终没说话。

果然，林怡微从包里拿出来的正是一台相机。

"我爸今天没在家，我就拿他的单反出来用了，等会儿保证效果特别好！"林怡微得意地朝我们晃了晃她手里的宝贝。

一语落地，男生们随即又把车往远处骑去。

"只是拍张照嘛，有这么恐怖吗？一个个至于骑这么快？上进、次建，还有王耀，你们停下啊！给我停下！"

林怡微把相机丢进包里后，在后头努力追着我们，但女生天生体能就不如男生，没过多久，男生们就把她甩到很远的后方去了。

　　而我真想一直骑下去，然后把林怡微甩到永远都见不到的地方，一定要比宇宙还远。

　　一去不返的日子里，阳光照耀了每一粒尘埃，白色翅膀的飞鸟不记得洋流去往何方。

　　时间卷过沿海的沙地，扬起纷飞的姜花，一切在记忆里途经，我们年轻的脸，随处洒落的汗水，在夏天里来了又来，随即又都迅速蒸发。

　　此时的海边人并不多，能看见零星的人影在沙滩上奔跑、堆城堡，或是在海浪中尽情玩耍。远处有白船，如同潜出水面的白鲸在打量这个世界。

　　因为从前常听人说海边有偷车贼，所以我们就把车一起推到了沙滩边。

　　看到蓝天碧海，我一下子兴奋得不得了，立马脱了鞋子，捋起裤腿，屁颠屁颠跟着往大海退去的浪花跑。

　　"等等啦，次建，干吗这么着急啊，你刚才不是还不想来吗？"林怡微在大太阳底下眯着眼睛看着我向海奔去的背影说道。

　　我假装没听到，继续向前方跑去。

　　"上进、王耀，走啊，一起去踏浪！"林怡微拍了拍他们俩。

　　顾上进对王耀使了个眼色，王耀意会到了什么，然后他们俩一起向林怡微围攻过来。

　　"你们想干吗？"林怡微一脸微笑。她自然反应迅速，料到他们俩定是预谋着要把自己往海里扔，索性自个儿向海跑去。

　　"微微，你别跑啊，我们没想把你怎样的？"

"真的吗？我才不信！"林怡微穿着女生流行的小短裤，露出细长的腿来，好像洁白的花梗在阳光下闪动。

风吹来，她的头发飘散开了，我竟然没有发觉她的头发已经长得那么长了。但不管怎样，她在我心里的样子，永远是那个不说话冷漠得要命、一说话就一副妈妈腔的蘑菇头女孩。

"次建，过来帮我，他们想欺负我！"林怡微一边跑一边对我喊道。

我却犹豫地站在海浪中，低头看着来了又去的海水夹杂着沙子与贝壳，像那些被时光洗过的细小风景一次次经过我，而我却迈不开脚步。

"次建！过来啊！"林怡微跟广播机一样又喊了过来。

其实，你叫我是没用的，因为我也要欺负你！林怡微，你等着啊！我在心里坏坏地想着，然后跑到了他们正在追逐玩耍的队伍中去。

"次建，你干吗？！"林怡微显然看见我并不是来救援她的，反而是来推波助澜的，她的脸一下子惶恐起来。

"哎呀！"她终究没逃过我们三个男生的追捕，一不小心，重心失去平衡，倒在了沙滩上。这下她没招了，像只可怜的羊羔巴望着我们能放她一马。

王耀显然不想和我站在一起，他跑向顾上进的另一侧去，我看着心里也不舒服，索性停下来看他们俩把林怡微抬起来，然后喊着"一、二、三！"扔了出去。

"夏次建，都是你啦！"林怡微一下子被甩到了浅滩的海浪里，海水浸染着她的身体，她脸上又哭又笑着，"哼！你们这三个讨厌鬼！"

然后，她又假装起不来的样子一直坐在海浪中。王耀和顾上进都在心想是不是刚才力气用大了，把林怡微摔伤了，便走过去看看情况。

没想到林怡微一屁股又跳了起来，然后拉住他们俩往后倾倒。我看着他们三个一同倒在海水中的狼狈样，便在沙滩上直笑。

海的声音陪着梦中的鸥鸟颠沛流离，波涛飞溅出无数的水珠。

世界在光线中一直醒着，年轻的笑容都是永远不会褪色的流彩。

我们活在这样的时间里，只是满心的喜悦，没有未来那些复杂的方向。

从海水中起身，我们奔跑着来到海螺造型的白塔前，时间仿佛回到那年的夏天，我们只是几个聊着简单梦想的孩子。

过了一两年了，梦还会一样吗？

对于"梦想"这个话题，其实，在小学时我们便都咬着笔帽努力想过。

那时语文老师为了自己批改作业能省心点，出的作文题翻来覆去就那几个，无非是"我的父母""我的家乡""我的老师""我最什么什么的事"，其中出现频率蛮高的当然也包括"我的梦想""我的愿望"等。

"大家还记得上次自己说的梦想吗？"林怡微一边用手整理着自己湿漉漉的头发，一边看着我们。

"不提了，蛮傻的感觉。"顾上进抬了抬眼镜，然后眺望着永远看不到尽头的大海。

"次建？"林怡微拍了我一下。

"我……都忘啦！"我搪塞了一句。

越长大，梦想就越变得飘忽不定，像被风轻轻一吹，立刻更改了方向的蒲公英。

小时候，看见飞机掠过高空，就想做飞行员；看见漫画书上好看的图画，就想做个画家；看见巨大的公交车在马路上穿梭，就想做个司机，或者售票员，起码可以免费坐公交看窗外的景色。

可是，越长大，我们对待梦想是不是就越吝啬了？

"王耀，你呢？不像他们吧，一个个都得了健忘症似的……"林怡微一边说，一边鄙视着我和顾上进。

"没忘，我还是想开鸡排奶茶店，赚多多的钱，吃多多的美食……"王耀傻愣傻愣地继续说着，"小学时看到小卖部的那批人又能赚钱又能吃那么多零食，就想混进去，可惜人家没要我。到了初中，经常见着学校门口卖烧烤的，每次总要站在他们摊位前想老半天，想着自己要不要给他们帮忙呢……有时真想我家是卖吃的，可惜是卖生鱼的……"

"哈哈……"我们都被王耀一边说一边嘴馋的样子给逗乐了。

被我们杜撰过的梦想，夸张过的梦想，在睡梦中想起醒来后却突然忘记的梦想，总是推着我们在成长的路上走过一程又一程，可是到最后有多少人还记得它们？

毋庸置疑，王耀是个对梦想执着的孩子，任何时刻都没有改变。而我们，不是羞于启齿，就是已经变了。

"对了，次建、王耀，现在要解决你们俩的问题啦！"林怡微看着我和王耀说。

"啊？"

"呃？"

我们都奇怪地看着她。

"大家都是朋友嘛，有什么瓜葛不能解开的啊？"林怡微嘴角笑了笑，露出要认真看才能看到的一点点酒窝，继续说道，"王耀，你和次建的事情我都知道了，其实我觉得吧，大人之间闹矛盾的事我们没必要放在心上，如果因为这样大家都做不成朋友的话，实在太亏了……"

我和王耀并没有发表意见，沉默地各自看着海天之间的景色，心里其实是藏着一些话的，但都无法启齿。

年少就是这样倔强，爱面子，不肯随意低头，即使明知自己有错。

"佩服死你们俩了，关键时刻装哑巴，是吧？"林怡微走过来，拍了一下我的肩膀，然后又走到王耀那里重复相同的动作，"有什么话就说，我们都是朋友，有什么好顾忌的啊？"

随即，林怡微又走过来，对我坏笑着，然后用手把我推到王耀那里。她绝对聪明，知道胖子体积大移动不了，就来推我这个瘦子过去。

"林怡微，你干吗？"

"走过去啊，夏次建！"

我别扭地被林怡微连拖带拉带到了王耀身边。

"好啦，两个人站在一起，还有什么事情不能解决的啊？"她还没说完，王耀倒是往另一边躲了，"站住，王耀！我说你们俩到底是不是男的，扭扭捏捏的，我费了老大劲儿就是想让你们在今天把话说清楚。我可不想看到我的好朋友……"

林怡微一边说着，鼻子就开始抽搐起来，好像要哭了。

"你别跟我说你要……"

在我还没有说出"哭"字时，林怡微就已经开始抽泣了。林怡微，你这只全宇宙最难对付的生物，动作太快了吧！

"微微，你别哭啊，其实我们没什么的……"王耀走过来，对林怡微说道。

"骗人，没什么的话，干吗和次建这样？"林怡微的眼眶明显泛红了，像自己受了委屈一样看着我和王耀。

"没有啊，我和次建还是好朋友的，你看！"

胖子说完，一只胳膊搭在了我的肩膀上，宛如一个铁球砸了下来。

"好痛啊，你这死胖子！"

我一边抱怨他下手太重，一边也伸出手挠他身上最怕痒的部位。

王耀开始躲闪，我穷追不舍向他扑去。时针好像迅速往回拨去，我们都像回到了从前。

"好啦，次建，你别再欺负王耀了！"

"哪有欺负嘛，林怡微，你的台词什么时候能换一下！"

"夏次建，你臭屁啦！上进，快过来，帮我处置他！"

"好啊！"

天朗气清，海风习习，我们在白塔下奔跑，相互捉弄，肆无忌惮，暴露出自己最幼稚简单的样子。这是成长中的少年最真实的模样，好像茫茫星球中恒亮的一颗星，让盛夏的海滩更加明亮。

随后，林怡微取来照相机，设定好时间后，把它放在近处的石坝上。

"好啦，准备哦，十秒后就拍啦！"

"茄子——"

少年们全都跳跃起来，冲着碧海蓝天，露出灿烂的笑容。

"咔嚓！"

镜头定格了这一秒。我看了一眼这个外表文静实际上鬼点子超多的少女。

林怡微，地球都快被你征服了，你快点回你的星球吧！

第二十五章
文科

从海边回来时，天空露出夏天独有的浅蓝色。

很多人很多故事都留下了发光的河道，在轻狂的岁月里，在平坦广阔的荒草原野之上，水一般的少年，笑靥如同绚烂的夏花。

我把车扔在门口，我妈已经站在门边，一脸愠色。

这时已经是黄昏时分，夕阳铺红了街道和小路，树枝间投下心形的斑点，像掉落在地上却无法被风吹开的花瓣，我妈如同这夕阳里等老的新娘。

"不是都跟你说，我下午回来的吗？还四处跑，说，去哪里了？"我妈说话的音调有点尖锐，我向来并不喜欢，感觉这比她用手拧我的耳朵还疼。

"出去……买东西了。"我支吾着。

我妈走过来，打量了我一下，又瞧瞧自行车。

"你翅膀还真长硬啦，骗你妈，是吧？"她用手指着自行车轮，恶狠狠地说，"如果是去买点东西，这些钢丝怎么都生锈了，好端端的一辆车都被你毁成什么样了，你说啊？"

这时我才惊奇地发现自行车竟然全是锈迹，太神了，铁在盐水中发生了书上说的那种腐蚀变化，如果有理科生在场的话，他们一定会写下一组较为复杂的化学方程式了。

"妈，我……我去海边了。"我低着头，只好坦白从宽了。

"我不在家，你就四处跑，越来越难管你了，是吧？"我妈像世界上许多妈妈生气时一样会用手指着我的头发飙，"以后到了澳大利亚，看我和你爸怎么收拾你！"

通常这种时候，默不作声是最好的处理办法，再有的话，就是岔开话题。

"对了，妈，你这几天辛苦啦，事情办得还顺利吗？"对我妈，我往往选择的是后者。

"亏你小子还关心你老妈。事情还得慢慢来，挺麻烦的，不过也快了……"我妈生气的脸颊一下子松弛下来，然后目光中饱含希望地看着我，仿佛匍匐在漫长黑夜中的人离那扇发光的终点之门越来越近了。

而我也知道自己可以逃过我妈这一劫了，心中不免一阵窃喜。

黄昏中，虫子躲在繁茂的草丛中鸣叫，金色的余晖把自行车生锈的影子拖得愈发细长，很多梦也长出了这样细长的根茎，不断萌发出新的叶子，风中，枝繁叶茂，亭亭如盖。

暑假里因为林怡微帮忙的缘故，我很快就和王耀"一笑泯恩仇"。

他依旧会拿他爸租来的一堆动漫电影碟片借我看，依旧时不时会和我凑到一起喝奶茶，当然最后付钱的还是他。

我仍会固定选择那款，但胖子几乎把奶茶店的所有品种都喝过了，什么布丁西米露、满杯百香果、玄米抹茶……他一样也没落下。偶尔看到那些新推出的饮品，我觉得这个世界的的确确不曾停下、慢过，一切都流动得太快了。

关系破冰之后，我跟王耀总是偷偷地在一起玩耍。因为他怕被他妈撞见后，回去又得受母亲大人一番"思想教育"。

后来，他跑过来，激动地跟我说："次建，我发现最近我妈也不反对我们在一起了！"

我说："那当然啦，我们都是男的，又不会私奔。"

王耀很开心，一脸乐呵呵的，又带着奔跑后红通通的面色，像夏天里的大西瓜。

我们坐在奶茶店里，拿着吸管大声吸着塑料杯里的饮品，好像一整个夏天也就这样被我们吸完了。

然后，高二年级的第一个学期来了。

在到校报名的那天，我们坐在原来的班级里填写了一张分科的表格。

翌日，学校的公告栏里就张贴了新班级的学生名单。

一群学生围堵在公告栏前面，场面异常火爆，个个脸上激动得不亚于中彩票或者要去看某位明星的演唱会。

"你说这上面会有我吗？"

"哇，也太长了吧，我的名字究竟在哪里？"

"1到8班是理科的，那文科的应该就是剩下的9到12班了。"

"不会吧！分了科，没想到还是跟这群人在一个班上，阴魂不散啊！"

"早知道，上次期末考就多考点，你看，座位号又排在后面了……"

"喂，前面这位同学，你太高了，都把人家给挡住啦！"

"抱歉，让一下，我想看看……"

人群像海浪一样向前涌去，却在公告栏前——停住。

有一瞬间，我感觉学校的公告栏肯定是用劣质的钢材做的，不时就发出一阵咣当的声响，仿佛顷刻间它们就会被撞倒，而挡在前面的那些玻璃似乎随时也会被挤破。

即使在这样慌乱的人潮之中，我依旧能看清楚那个已经留长头发但在我心里一直还是蘑菇头的女生的背影。

只见她用手指贴着玻璃，一行一行认真地向下滑动，碰到熟悉的名字，就停住，然后脸上一阵兴奋。随即，她又转头向四周看看，似乎想在第一时间看到和这个名字相关的人，比如我。

"次建，我看到你的了！"林怡微朝我挥手，脸上开花了一样说着，"我们都在一个班上呢！"

我对她做了个鬼脸，然后又把头转到另一侧，故意不看她，心想：这下惨了，又和这怪咖在一起，以后肯定没法活了！

这时，王耀从前面围攻名单的人群中冲了出来，跑到我身边，异常兴奋地说："次建，我、你，还有微微、顾上进都在高二 12 班呢！"

"这也太神了吧！"我万分惊讶，然后一脸沮丧。

我当然没有想到，我们四个人竟然都不约而同地报了文科班，更神奇的是，竟然都分在了一个班上，这天底下谁还能修到这样的"缘分"啊！

"这样蛮好的，不用特殊申请，还都能在一个班上。"王耀像吃了糖一样一脸幸福。

"有什么好的，又碰到他了。"

　　王耀顺着我目光投出的方向，很快就看到了顾上进。

　　他正冲破拥堵的人群向林怡微走去，仿佛英雄救美似的要把林怡微从人群中带出来。他俩站在公告栏前面说了一会儿话，其间林怡微总会朝我和王耀看过来，脸上十分高兴的样子，然后顾上进也跟着看了过来，点头微笑着。

　　"虚伪的礼貌！"我不屑地说。

　　王耀疑惑地看着我，问："次建，你为什么总和他过不去？"

　　"因为……看不顺眼呗。"我撇了一下嘴角。

　　"是因为微微？"

　　"才不是！王耀，你别乱猜！"

　　"好啦，不管你了，反正以后低头不见抬头见的，我相信你们会好起来的。"在某个时刻，我发觉王耀绝对不是一个简单的吃货。

　　"次建，微微和顾上进好像走过来了。"

　　"王耀，我们先去班上吧。"

　　"哦。"

　　暂时不想对林怡微、顾上进说话，我让王耀凭着他塔一般的身材在人群中开出一条大路，然后我就和以往挤公交时一样跟在他后面，屁颠屁颠地向新班级走去。

　　在南方，虽然是9月，但明显还能感觉到夏天的气息。

　　青翠发亮的叶间，插满紫色和白色的花朵。紫色的花像蝴蝶，白色的小小的花，则如同甩在衣服上还未干透的颜料。

　　而成长中的我们，也一直没有干透过。

　　刚准备进高二12班的教室，一拨女生花朵一样开了出来。

"不会吧，又要排队？！怎么每回刚开学都这样？"我和大部分对自己身高不太满意的人一起抱怨着。

林怡微突然挤到我前面。

"干吗？"

"没干吗啊，排队啦！"林怡微转过头来笑着说，"次建，高二了，你要成熟点了哦！"

"拜托，别学妈妈一样说话，可以吗？也不看看我现在可比你高多了，自然也会比你成熟。"我故意用手在自己和她的头之间比画了一下。

"高多了？哪里高了，肯定是你知道今天要排队所以在鞋子里垫了内增高鞋垫，是吧？"面对全宇宙超强劲敌林怡微，本天才不得不认输。

"林怡微，你……"我咬着牙齿看着眼前得意的林怡微，幸好她是女生，否则立马就想教训她一顿。

"好好排队，别说话！"这时只见一个略微体胖、头上似乎戴着假发的中年男人走了过来。

他一脸严肃地看着我，随即，目光又落到林怡微的脸上，变得和蔼起来。

我估算了一下，中年男人对林怡微微笑的时间超过了 10 秒。那样子实在是又邪恶又好笑，可以去拍喜剧片了，而且我断定他的演技绝对不逊于曾志伟。

"他就是我们的班主任呢。"

"不会吧，他好像有点那个，特别是笑起来的时候。"

"很'淫荡'，是吧？以前的学姐和学长们也这么说的。"

"不过，听说人很好呢，挺和蔼可亲的。"

"那也只是对你们女生吧。"

"哈哈……"

中年男人转身向班级队伍前方走去的时候，身后的一批同学就开始热闹地说着，不时发出一阵笑声来，仿佛夏天遗留下来的一群蚊蝇。

以为到了高二年级就能摊上一位传说中的美女班主任了，结果……我心里失落极了，原以为摆脱了郝帅，能够拨开青天见月明，结果见到的还是乌云。

这年头，怎么会有这么多男人在跟女人抢饭碗呢？

记忆中，从幼儿园一直到初中，带我们的班主任都是女的，长相一般，最次的也就虾油齐那样，要碰到一个美女班主任，对我来说，难道真的就像一个传说？

在这个世界上，有些人你总想再遇见，却再也见不到；有些人你总想摆脱掉，却始终无法摆脱。他们会像你的影子一样，一直跟着你。

林怡微和顾上进就属于后者。

我们高二 12 班，总共 64 人，而男女比例严重失调，男生只占其中的 1/8，在某种意义上可以被忽略不计。

男生每两人一对，正好可以分四对，而我竟然不幸与顾上进同桌。还有一件好玩的事，记得上初中那会儿，林怡微先是我的同桌，而后是我的后桌，现在呢，神竟然把她安排为我的前桌。

跟高二相比，我们四个人之间唯一没在座位上发生大变化的只有王耀了，他凭着他爸妈恩赐于他的大块头身材依旧稳坐于教室的最后一排，一个靠近卫生角的地方，拖把、扫帚和水桶是他的邻居。

没进过文科班的男生长久以来应该都会对文科班的女生抱以美好的幻想，并对身处其中的男同胞们投来羡慕嫉妒恨的目光。

实际上，面对文科班女生这样一种群体动物，同班的男生常常有话都无处诉说，只管沉默地看着她们的一举一动。

文科班女生，可以在班上大口大口喝水吃零食，其豪放程度不亚于《水浒传》中的孙二娘；可以在上课时趴在桌上拿出手机拍照，有时忘了静音，左拍一张，"咔嚓"，右拍一张，"咔嚓"，讲课的老师实在受不了了，恶狠狠地往全班扫视一遍，却始终扑空，不得不佩服她们反应敏捷啊。

她们也可以一边手捧着课本，一边从课桌底下翻出一面镜子美美地照上一番，嘴上似乎念念有词，活似白雪公主的后妈；也可以盯着哪个老师留有酱油渍的领口不放，然后又聊起哪个老师的身材好，哪个老师的皱纹多，哪个老师每天更换衣服的频率可以跟专业的时装模特相比，哪个老师要结婚了，哪个老师又生孩子了，哪个老师明明都有老婆了还跟哪个学生眉来眼去，暗送秋波。

甚至，她们也会当众骂出"老娘"来，或者高举拖把、扫帚站在桌子上拍武侠片。

总之，她们压根就不顾忌男生的存在。或许，她们早就忘了文科班还有男生存在。

"我觉得来这个班算是亏了，没见到有什么帅哥，闷葫芦倒是有8个。"

"隔壁班女生可幸福了，我听说她们班的男生长得有像胡歌的，有像霍建华的，还有一个像陈冠希呢。"

"真的吗？太好了，下课后我们可以一起去看看。"

"嗯，不过，陈冠希那个就留给你吧。"

"我才不要。他太渣了……"

"嘻嘻……"

"你觉得前面这两个，哪个帅点？"

"戴眼镜的这个吧。"

"是不是长得像哈利·波特？"

"是啊是啊……"

听着身后仿佛很熟悉的嗡嗡声，我全身发麻，心想着是不是"飘柔洗发水"和"玉兰油沐浴露"也跟过来了？如果是，那也太恐怖了吧。

为了证实这一点，我在弯腰去捡自己故意弄掉的笔帽时瞄了一眼后面的两个女生：一个正在涂指甲油，一个正在梳头。当看到确实是两张全新的面孔时，我的心这才安定下来。

不可否认，文科班的女生实在是太疯了，真把班级当成了自己的女儿国。

而身处其中的男生们，唯一能做的，除了沉默，还是沉默。

第二十六章
重生

　　一直听人说，高二是步入炼狱前最后一段可以看见青天的日子，但这种说法也不见得正确。

　　因为在好学生那里，他们永远都在炼狱中修行，怀抱语数外课本犹如圣经般虔诚。林怡微就属于这类，但她跟一般印象中的好学生又有一点不同，具体也说不上来，反正就是一个奇怪的生物，全世界独一无二。

　　高二，能做的事情也很多，比如还会为无聊的小事而大惊小怪，还会花很多心思把参加葬礼似的校服改装成时髦的样式，还会迫不及待地整理好书包等下课铃一响就冲出教室；比如还会花很长的时间去翻抽屉里的课外书，照着讲课老师的样子在书本上画那些变形的漫画，观察一个男生或者一个女生好看的侧脸，并趴在课桌上做白日梦，忘我得连口水都流下来。

　　也依旧会因为困扰了自己很久的几何函数到现在还不会而苦恼，为一些傻气的小事而斥骂自己太过天真单纯，也会为了别人对自己理想的否定而生气，并与之争执得面红耳赤，也会因为一些很简单的理由讨厌或者喜欢一个人，碰到对方的手指都会脸红起来。

"高二还不好好学的话，高三就没戏了，知道吗？"林怡微时常在课下一边记着笔记一边还不忘转过脸来和我说话。

"我是不学，要是学起来，你们都赶不上本天才的！"我转着手里的笔假装一脸轻松。

"但是现在是高中，不像初中那么简单，不是靠突击就能 OK 的！"林怡微正在说话的那张脸，看起来真的很像我妈。

"微微，别管他。"一旁的顾上进停下手里的笔记说道。

林怡微对顾上进笑了笑，然后把头转到了前面。

我没有理会顾上进对我的藐视，继续玩着手头的笔，但在心里已经对他咬牙切齿。我知道迟早有一天我会和他大干一场。

"怎么晚自习时间又往后延迟了？究竟要不要人活！"

"要知道，现在是高二啰，你看人家对面高三的，都是这么过来的。"

"听说他们的晚自习已经延迟到破坏人体正常新陈代谢的 11 点了。"

"真的假的？那么晚不是都没公交了？一路上黑灯瞎火的，碰上色狼谁负责啊！"

"放心，色狼的眼睛也是雪亮的，一般不敢动恐龙的。"

"你敢取笑我！"

"哈哈……"

高二上学期，每个人的脸上显然没有高一刚进来那会儿轻松，即便是讲笑话，也常常绷着脸，颇有苦中取乐的意味。

而我的神经并没有像发条钟一样被拧紧，反而像松掉的螺丝钉一样随时都会从生活的流水线上掉下来。

林怡微不会像从前那样用书砸我，用笔帽在背后戳我，因为现在是我坐在她的后面，我不"虐待"她已经算她走运了。有时心想她会不会转过头感激我这样宽容、仁慈，有这么好的地理优势竟然没对她动手？

但事实是林怡微非但不感恩，还时常教训我——

"夏次建，你的作业怎么又没做？"

"上课还不认真，小心班主任来找你！"

"什么，你竟然连书都没带，佩服死你了！"

"你怎么不能向上进学习点？整天都这副半死不活的样子。"

"夏次建，和你说话呢！"

林怡微朝我喷火时，我的眼前仿佛站着一只小型的哥斯拉。

她伸手过来，把我插在 MP3 上的耳机给拔掉了。

"现在听到我说话了吧？！"

"干吗？"面对着林怡微的这张妈妈脸，我烦透了。

"知不知道别人在和你说话的时候，自己听耳机是很不礼貌的啊？"

"什么嘛，我在听 English！"

林怡微压根就不相信我说的话，她把耳机从我这里拽了过去，然后插进 MP3 里，周杰伦的那首《不能说的秘密》在她的耳朵里响起，里面唱着——

你说把爱渐渐放下会走更远

又何必去改变你走过的世界

你用你的指尖阻止我说再见
想象你在身边在完全失去之前

你说把爱渐渐放下会走更远
或许命运的签只让我们遇见
只让我们相恋这一季的秋天
飘落后才发现这幸福的碎片
要我怎么捡……

"这是英语听力？"林怡微放下耳机，如同识破了谎言一样得意地质问我，随后她似乎忍住了怒火，平静地跟我说，"看在你听的是 Jay 的歌的分儿上，先饶过你。"

我心里好开心，周杰伦竟然救了我。不过，我是从什么时候开始，MP3 里竟然下的全都是他的歌了？我真的已经成了周杰伦的粉丝了吗？

"微微，有些人根本就不会尊重人，不管你劝他什么。"顾上进插嘴进来。

"你说什么？！再说一遍！"我站起来，睁大眼珠子瞪着顾上进，鼻子像火山一样冒烟。

晚自习突然出现这么大动静，全班六十多双眼睛齐刷刷看了过来。

"次建，你激动什么？"林怡微伸手把我的衣角往下拉，"快坐下！"

迫于好事者可能会把此事告知班主任，所以我当机立断还是坐了下来，并沉默地不再说话，也不再看顾上进和林怡微一眼，直到晚自习下课铃响。

"次建，你怎么又和顾上进杠上了？"

王耀和我并肩走着，月光照着地面上两道长短、粗细都不同的影子，显得格外有趣。

但我心里憋的一肚子气依旧没退，对王耀说："总有一天我要教训一下那小子。为了讨好林怡微，他整天帮她说话，搞得我跟什么似的。"

"都是朋友嘛，大不了，可以跟班主任说换个位置。"

"哪有这么简单，全班男生翻来覆去就 8 个，而且我的自身条件就摆在这儿，再往后坐，哪里还能看到黑板，我可不想整天跟拖把、扫帚成为邻居。"我用手比了比自己和王耀的身高，然后装出一副无奈的样子继续说，"我妈还指望我前程似锦呢！"

王耀露出一副尴尬又憨傻的表情看着我。

"放心，我不是说你啦！"我看着王耀一脸无辜的样子，不禁笑了出来。

"次建……"

"好啦，王耀，我说的就是你！"

我说完，继续大笑数声，一个箭步跑了出去。

王耀一脸惘然，在我后面气喘吁吁地跑着。

夜很安静，月亮做的耳环敲打星星做的风铃，风一阵一阵带走地面上的热气，蝉声一夜之间也不再喧哗，仿佛秋快要来了。

而似乎又要被人说"烂透了"的我会发生一点点改变吗？

我真的不想被林怡微教训，每次自己都装作不在乎，实际上呢，心里有些疼，像有针扎进了身体里，而我总是想把自己变成刺猬。一只让人无比讨厌的大刺猬!

"林怡微,你这只女版哥斯拉,下次不准你再说我啦!"

"顾上进,你这个四眼田鸡,5000 米输给我了,还不知道我的厉害? 下次,我在学习上也一定会打败你们这些自以为是的家伙!"

我对着夜空大声喊道。

世界,我要你认真听着。

"夏次建绝对行的!"

身体里的马达仿佛一瞬间发动了。

当天夜里一回家,我就开始整理这个学期的课本、辅导书以及相关资料,忙得大汗淋漓。

我妈端着夜宵走进来的时候吓了一跳,把鱼丸放在一边,连忙向我走来,伸手摸了摸我额头。

"妈,你干吗?"

"呵呵,看一下你这小子是不是发烧了。"

我强烈鄙视我妈,竟然和外人一样小看自己的儿子,太可气了。

"难道我看点书,就有问题了吗?"我生气地看着我妈。

"好啦,快点吃夜宵,吃完,你就好好睡。"我妈笑着拍了一下我的肩膀。

"总有一天会被你养成胖子……"

"你这孩子,如果真能养成胖子,那倒好了,瞧瞧,你全身现在可都是排骨……"

"嗯嗯,知道啦,知道啦,我吃完就睡了。妈,你去休息吧。"

在我妈又要唠叨一番的时候,我连忙让她出屋。

她有点像小孩子，丢了个眼色给我，然后自己转身走出了房间。

整理好书本之后，才发现自己实在是欠债太多。

"什么嘛，都补不过来了，英语什么时候都教到第五单元了，哦，必修3的数学怎么看不懂了，啊，屈原的《离骚》怎么写得这么长，脑袋大了，大了，我还是先睡觉吧……"

发现自己终究还是三分钟的热度，如果被林怡微看到，肯定又要把我说得体无完肤。

这个世界上，总有一些人不会让你好好活着，林怡微算是一个。

我躺在床上，拿出MP3，暂时把周杰伦的歌放到一边，不断往下拉，直到出现一行"苏打绿 – 小情歌.MP3"，按下确定键。

青峰的嗓音特别之处在于，有男生还未发育成熟的声线，嗞啦嗞啦的，唱得特别有感觉，就好像青春里的另外一个自己在对世界大声喊叫——

　　　　这是一首简单的小情歌

　　　　唱着人们心肠的曲折

　　　　我想我很快乐

　　　　当有你的温热

　　　　脚边的空气转了

　　　　这是一首简单的小情歌

　　　　唱着我们心头的白鸽

　　　　我想我很适合

　　　　当一个歌颂者

青春在风中飘着……

歌声之外，奔涌的寂寞在黑夜的腹腔里泛滥成滔天的光，又一个瞬间，淹没了自己内心悬浮的空白。

孩子都在这个世界长大了，长大了很多事物就没有了，如同从来不会有人在意，我脸上的表情，我梦里的花朵开成了什么样子。

时间推着人走进下一个秋天，上千只白鸟飞过夜空，上帝也是条瞌睡虫，不会一直都张开眼睛看每一个地上的人，所以有些人幸福，有些人忧伤。

但是，内心还是有什么想法不肯放弃，像生了根的植物，努力朝着天空寻找自己的花秆和太阳。

"我不能就这么败给任何人，不能，不能……"

年少总是一个适合说梦话的年龄，一旁的 MP3 里苏打绿的歌还在单曲循环——

你知道就算大雨让这座城市颠倒

我会给你怀抱

受不了看见你背影来到

写下我度秒如年难捱的离骚

就算整个世界被寂寞绑票

我也不会奔跑

逃不了最后谁也都苍老

写下我时间和琴声交错的城堡……

接下来，我和顾上进的较量正式开始了。

我开始像所有好学生一样上课认真记笔记（在这之前还要补一堆笔记，真是一项流血又流汗的工程啊），开始买大量的辅导卷子做（到书店一看到什么"金星""星火""曲一线"，就立马扑了过去），开始坚守自己的座位，做到全班第一个来最后一个走（忘了谁说的，能把椅子坐热的人离成功不会太远，就像快靠近春天的冬天），开始不像熬夜看肥皂剧或者通宵打 CS 那样上课打瞌睡，开始不把讲课老师的独特形象反映到课本的空白部分，开始想好好学习，天天向上。

但是，还是会被一些"妖孽"的说话声影响了——

"感觉他这几天怪怪的。"

"你不会觉得人家开始想读书了就是吃错药吧？"

"真的好奇怪，刚开学时都没见他这样。"

"哎呀，你别光顾着说，看，我的指甲都被你涂成什么样了！"

"喔，对不起……"

背后总有那些女生发出蚊子一样的声音，不痛不痒地在你脑中盘旋。

在很多人眼中，似乎一旦被贴上了差学生的标签，要想撕下来便是一件谁都不会相信的事情。

他们会带着鄙夷的眼光看着你，似乎是想让你乖乖做回自己的样子，好就是好，坏就是坏，安分守己扮演自己之前被人所定义的角色，别想越级。

而我夏次建毕竟不是一般人，不会就这样按照别人的判断去生活。

人生是一部自己的戏剧，应该自导自演，而不是被别人左右，就像路一直都在自己的脚下，没有人可以把它移走。

　　林怡微对于我现在突然之间像被打了兴奋剂似的学习状况十分费解，时常转过头困惑地看着我，多次想试图张口，但见我难得这么认真地一头栽在笔记和课本里，便也不敢打扰，轻轻笑了一下又转回身去。

　　顾上进倒是感觉到了什么，但他绝不会问我。因为在这个世界上，没有哪个人会向自己的对手刨根问底，或许有，那个人肯定是白痴。

　　只是有时，顾上进会被我故意发出的巨大抄写声搅得精神分散，不得不停下手头的笔一脸愠然地看着我。

　　而我却在心里觉得异常快乐，似乎能让他痛苦不堪便是自己一种莫大的胜利。想一想，这样的自己还真有点变态，哈哈。

　　这是个容易被人遗忘的秋天，叶子堆满窗台，少年认真地翻看着手中的书页，仿佛世界被消声了一样，寂静悄悄点缀每朵花瓣飘落的注脚。

　　风吹来又吹过，拨动树枝的声响，成为反复刻画的声色。

　　一转身，一低头，不知不觉间，台阶也落满了黄叶与繁花。

　　在这个轻飘飘的、没有声响的、飞鸟消失的季节，我正在唤回一个新的少年。

第二十七章
较量

一种力量从身体里像枝条一样生长出来，不断茁壮，宛如盛夏苍翠的大树盘踞着生活的中心。

这个世界已经无法阻止我"发奋学习"的决心了。

我一定要活出个样子让那些讨厌、小看、嘲笑我的人刮目相看，一定，绝对，要！

心里的呐喊声一阵一阵远远超过了喇叭里正在播放的课间操音乐。

已经到了学期的尾巴，再过两周就要进行高二年级的第一次期末考。

班级里有一批人已经在争分夺秒地复习笔记、背课文、做数学题。当然也有人在一旁吃小卖部买回来的香肠、烧饼和玉米棒子。

各种气味充斥在教室中，勾起了很多人原本还未苏醒的味蕾。

教室之外的操场上，一堆人列队做操，懒懒散散的样子，像一只只没睡醒的猫在晒太阳。

"天天做操，越做越没劲了。明天不出来了，就趴在桌子上睡觉。"

"小心被抓，如果被扣分的话，班主任那边有你好受的。"

"那也比在这里晒太阳强吧？"

"就是嘛，整天跟耍猴一样，你看市里其他学校的广播操都是那个'青春的活力'，就我们学校搞特别，做的是'时代在召唤'。"

"而且，动作幅度还这么大。如果谁穿了牛仔裤来做，还不当场绷裂？"

"哈哈……"

黑色宽松的校服外套偶尔被风吹开，露出浆洗得发白的衬衫，少年们瓷白干净的面容、无奈的表情、飘扬的刘海都是一首首年轻舒缓的歌。

喇叭里，熟悉而冗长的音乐，丝毫不逊色于夏日站在高枝上死命聒噪的蝉，在风中飘荡，时而离教室很近，时而离教室又很远。

"次建，你还真坚持下来啦？"林怡微安静地坐在班级座位上，突然转过身对我说道，"我还以为你只是三分钟的'热血青年'，没想到……"

"没想到正以光速赶超你，是吧？"我得意地看着她。

"你脸皮够厚的！"

"对待某种生物本天才就得这样。"

"好啊，不修理你一下，是不是就忘了这种感觉啊？"

在我没有任何防备的时候，林怡微又从课桌上随便抽了本书砸向我。

"啊！"

我发出了一个响彻全班的声音。

一瞬间，四周正在写字的、说话的、吃零食的女生们，全部停了下来，目光齐刷刷扫射而来。

顾上进似乎有点看不惯，责备似的干咳了一声，眼睛蔑视了我一眼，又继续做他的题目。

我顿时羞愧难当，一直以来，我发觉自己所受的差辱都是拜林怡微所赐，我恶狠狠地看着她。

她尽是笑，然后假装严肃了点，随即，面颊上又是一道细长的微笑，渗出藕白色莹亮的光。

"不好啦，执勤队的人来巡查了！"

一个去小卖部那边回来的人跑到教室里大声发生警报。

四周突然一阵骚动——

"都期末了，有什么好检查的，太讨厌啦！"

"藏到哪里好呢？课桌底下、讲台桌，还是门后边？"

"拜托，你这么大一只，藏在哪里都会被看到的！"

"快点跑到厕所去吧！他们不会去那里的。"

"怎么办，我的烧饼才咬了一口……"

"我的玉米也是啊……"

"可以都带去的……"

一阵步履匆匆之后，粉尘充满了空间，逃难似的年少时光，只有那些没有吃完的食物把气味留了下来，作为岁月里透明的证据。

但为了闪光的梦想，一切都值得。

晚自习放课后的时间也快被我榨干了。

我一回到家就关上门。"学习中，请勿打扰！"的牌子在门边晃动了几下，我妈试图敲门，但伸出的手往往又缩了回去。

有时，她会怀疑我是不是真的在刻苦学习，便会把耳朵贴到门边听听里面的动静，之后笑了一下，便离开了。而我自然能感觉到她在门外窥探，因为我妈鬼鬼祟祟时关节总会发出清晰的声响，我一听便知道。

她能有这样的反应自然也是正常的，毕竟很少有人会觉得一个被认定为"烂透了"的差学生可以改邪归正，如果真改邪归正了，他们反倒觉得肯定是我哪根筋不正常了。

"海客谈瀛洲，烟涛微茫信难求；越人语天姥，云霞明灭或可睹……"

"文化是相对于经济政治而言的人类全部精神活动及产品……"

"第二次世界大战爆发的标志是 1939 年 9 月 1 日，德军以闪电战突袭波兰……"

每天晚上，我都习惯了大声念书，像发泄自己的情绪一样痛快，特别是听着墙壁的回音，心里感觉有成千上万个夏次建在一起作战，一时间全身又热血沸腾了。

但有时忘了关窗户，狼嗥一样的念书声就会在夜晚的空气中四处散播开来，结果——

"臭小子，这么晚了，背什么背？"

"还让不让人睡啊？！"

"同学，这都几点啦？拜托，我明天还上班！"

四周的住户纷纷打开窗户，对准我喷火。其中也有一些人家会把他们的子女叫到窗边看我埋头苦读的样子，然后做一番"思想教育"——

"这家的孩子真让人喜欢，每天晚上都这么努力……"

"你看，对面的哥哥这么晚还在学习，以后你也要像他一样学习哦！"

"看看人家到现在还抱着课本在那儿念，哪像你成天跟没事人一样，不想念书就趁早去工作！"

好像一切都还没有准备好，总觉得笔记本上哪里漏抄了，总觉得书里还有几个段落没有背清楚，总觉得哪个知识点应该不会考又或许会考，总觉得那么多打着"高分速成"的辅导练习简直就是坑人，竟然那么多雷同的题目，而真正的好题却一道都没有。

而期末考，就这样在我"总觉得"的时候到来了。

不管了，我的小宇宙，你就尽情爆发吧！

本天才要用时间证明一切！

但有时候，时间并不会和收获成正比。

"什么嘛，《离骚》竟然没考，害我都把时间花在上面了！"

"不过你可以写到作文里去啊，作文不就是探讨生命存在的意义吗？你可以把屈原的用进去。"

"我感觉数学老师预测的题目好准呢，他最后讲的几道题竟然都考了，而且还是原题！"

"呃，卷子其实……就是他出的。"

"太高兴了，人品大爆发啊，我蒙的那几道竟然全对！"

"啊！怎么会这样，又错了一堆！看来这回又得挂满红灯回家了……"

从考场出来，一路上走过去，都能见到三五成群的人围在一起，彼此间抱怨、说笑或者一脸平淡"也无风雨也无晴"。

我的身体仿佛被掏空了一样，垂头丧气地走着。觉得这几天考下来，并没有达到预期效果，虽然这已经比自己没读书时强很多，但是心里根本就没有把握能战胜顾上进。

"次建！等一下我！"

背后是王耀的声音，他像雪崩一样袭来，伸手搭住我的肩。

"王耀，你怎么每次下手都这么重啊！"我的肩膀一下子垮了下去，"我真怀疑自己是不是被你这胖子压矮的，下次别再这样，否则，嘿嘿……"

我故意双手扣在一起，发出手指上各个关节清脆的声响。王耀憨憨地笑着。

"我真担心成绩单寄回家，到时候我妈肯定饶不了我。"他失落地看着我。

"我也差不多，本来还想考高点的，但是……唉，也只能保底了。"我耷拉着脑袋对他说道。

"保底？"王耀反应迟钝，挠了一下脑瓜子，说，"啊，意思是说你全部能及格了？"

我嘴角一笑，点点头。

"次建，你真会打击人！不过，我也发现这个学期你好像又恢复到以前跟林怡微同桌时的状态了，是不是又被她说，所以才……"

"哪有？我只是不想那只很妈妈的生物整天转过头来对我说话。而且，我想打倒旁边的那个'四眼猫'。"

"我刚才还见到他了，他好像考得挺好的，笑得很有戏呢。"

"那我这回……不是得向他'举旗投降'了？"

"次建，你等等我！"

内心像被一块石头击中，无限地下沉，我低着头一个人神情落寞地向自行车棚走去。

"今天你不坐公交吗？"

"次建……"

王耀在我身后大声问道，而我此刻却不想搭理任何人，只想骑着我的自行车回家过寒假，然后过年，拿我妈抠门的压岁钱，然后在一团烟火灿烂中睡觉，或者再……

我想到这儿，忍不住就掏出书包里的手机，把"静音"调成了"标准"，一瞬间，很希望有一个名字可以提前在屏幕上出现。

枝丫上的叶子显露出一些焦黄色，如同等待中枯萎的人，冷风袭来，刮掉了那些残存的愿望。

而新的生命正在满地黄花堆积中悄悄酝酿。

南方的冬天到来了，但又好像很快就会过去。

2008 年的春晚，大家跳着群舞《飞向春天》，S.H.E 说着《中国话》，周杰伦唱着《青花瓷》，赵本山和宋丹丹演着小品《火炬手》，而这样一顿"花红柳绿""姹紫嫣红"的"年夜饭"并没有得到太多人的赞许。

很多人还是愿意去回忆那个彩色电视机都像如今的 iPhone 手机一样昂贵的年代，毛阿敏欢快地唱着《思念》，韦唯深情款款地呼唤着《爱的奉献》，费翔用《冬天里的一把火》温暖着全国少女的心。

我妈说那时我爸可年轻了，一张帅帅的脸，在那个爆竹响彻的街角一下子就把她迷倒了。但到了我这里，不知道是不是基因没协调好才导致我现在长相一般，个子又不太高。

我朝我妈嘟了嘟嘴。

很多人会在这样的夜晚通宵达旦，有人在守岁，有人在跳舞，有人在搓麻将，也有人在吵架、在睡觉，或者等到零点整把早已在两三个小时前编好的祝福短信发出去。好像在崭新的一天到来的时候，无论说什么话，都很容易实现或者应验似的。

最后的十分钟里，我还在拆我妈给的红包，意外地发现里面竟然多出了五张鲜红的伟人头像，总共是十张，我心里一下子乐开了花，想着我妈终于在十七年后"良心发现"了。

电视上主持人一排盛装站着，一脸微笑，场面异常热情洋溢，似乎他们也在为我妈这样罕见的行为而高兴。

我妈好像看不得我扬扬得意，要故意打击我似的。

她一边拿着拖把来回拖地，一边对我说道："到了明年，可能就过不上这样的春节了，所以，多给你点压岁钱，就当作把你明年十八岁的也一同给了，好好存着，别乱花。"

"妈，你也太……"为了不破坏喜庆的氛围，我便没有把余下的"抠门"两字从口中发出。

"你这孩子该长大了，以后到了澳大利亚，让我跟你爸省点儿心……"接下来，我妈就陷入自己美好的愿景之中，拖把在她手里简直成了一束柔软的花。

我继续把视线转到电视上来，只听到"十、九、八、七……"的倒数声此起彼伏地挑动着自己的心脏，似乎自己也快跟着这些数字抵达了某个出口。

"……一！2008 年的春天到了！鼠年到了！"

随着电视机上主持人喊出这一句，门外的鞭炮声刹那间炸开了锅，噼噼啪啪地响着。

我拿出手机，盯着屏幕呆呆看着，真想此时某个人会像从前一样给我来个电话。

但是，没有。

不知不觉间，自己抖了一下手，竟然按下了一个快捷键，号码的主人是"林怡微"。

电话那头传来的是"您所拨打的电话正在通话中，请您稍后再拨"。心头又紧张又躁动的火焰像被雨水浇灭了一样。

我便挂断了电话，心想是不是林怡微和自己都在同一时间拨打了对方的号码，而得到这个"正在通话中"的结果？

我突然想再次按下这个号码，但手指终究还是在触碰到屏幕时停住。

　　我妈把我叫出来，放了一串长长的爆竹，点燃的鞭炮像雨中被沿路汽车溅起的水花一样向四处喷溅。之后，我妈就出门去附近的寺庙上香了。

　　我把门窗关上，又把电视机的声音调小，接下来就一个人上了楼。

　　窗外明亮的火光时隐时现，一树一树的烟花在空中开了又谢，我突然间只想静静地躺在漆黑的房间里。

　　楼下电视机里放着晚会末尾的经典歌曲，隐约传来，在耳边环绕，时间一分一分过去了，我渐渐睡着了。

　　林怡微似乎天生就是我的克星。

　　当我快要进入睡梦中时，床边的手机鸣响起来。一看，屏幕上闪烁的是"林怡微"这三个字。我无奈地按下了接听键。

　　"次建，你睡了？"林怡微小心地问。

　　"你知道，还打？！"我没好气地回她。

　　"抱歉，本来是想在零点的时候给我们可爱的次建同学打的，祝福你能拿过爱因斯坦的接力棒成为本世纪最伟大的天才，后来顾上进打电话过来了，然后一聊就聊了很久。"

　　"是吗？那你可以继续和他聊啊，不用在意我。"

　　低沉又略带某种含义的声音透过电波仿佛是被扔下井底的石子，林怡微听到后却笑了起来："在意你？夏次建，你不会是真的喜欢……"

　　"哪有？你自己别瞎想！我可没有其他想法，就觉得……既然别人那么有心找你，你当然得和他多聊点嘛。"我立马打住了她下面就要说出的字。

　　"真是这样吗？那你也别想其他的，我、顾上进、王耀，还有你，我们都是朋友啦！"林怡微在电话那头说着，不时发出女生特有的笑声。

　　"对了，你是不是又知道了期末考的成绩？"

我根据之前几次大年夜的经历，料定林怡微肯定又会在打电话给各个老师拜年的过程中搜集我们四个人的成绩，然后再祝福我们的同时不忘"痛击"我们一下。

而这，便是独具林怡微特色的新年礼物。

"次建果然很聪明，嗯，刚才给老师拜年的时候稍微问了一下。次建，你知道吗……"林怡微在我凝神谛听时竟然断句，顿了一下，似乎是听到了我喉咙滚动的声音后才继续说，"你别紧张啦，这次期末考，你考得蛮不错。虽然没有赶上我，但是和上进……"

可恶的林怡微又故意停住了。

"怎样啊，我和他怎样？"我在电话这头急切地问。

"你很关心嘛，嘻嘻……"

"说重点啦！"

"你和上进……是同分。"

"什么？同分？不会这么巧吧？天啊！"

我感觉自己真可以去买彩票了，总分竟然跟他一样，不多也不少，那我究竟算是赢了，还是输了？

"怎么，你还想仅仅努力一学期就赶上我们吗？虽然次建你很聪明，但是罗马不是一天就能建成的，学习也不是一天的事情，你要沉下心来再……"

"Stop！"我立即喊停，实在是受不了林怡微这样的妈妈腔了。

"我……是不是又说多了？没办法，不知道为什么自己总想和次建说这些。"林怡微在电话那头带着歉意笑了笑，又补充了几句，"希望又长大一岁的我们能更成熟点看待这个世界。我相信次建还会再长高点的，然后呢，变成……"

"周杰伦，是吧？"没等她说完，我把话抢了过来。

"你少来啦！"林怡微又笑了一阵，然后很认真地说，"有一天，我们就真的不再是小孩子了，次建，你要让别人放心哦。上进他也是我们的好朋友，以后别再和他闹情绪了，知道吗？"

"好啦好啦，搞得这么伤感干吗，大过年的弄得跟毕业离别似的，林怡微，你真是只奇怪生物。"

"嗯，一只专治猴子的生物，嘻嘻……"

电话那头，林怡微再次开心地笑着，好像年少就应该充满这样没有烦恼、明亮而快乐的笑容。

它们比爆竹响亮，比烟花灿烂。

"你要好好学习啦，免得又挨批。"

"要做自己喜欢做的事情哦。"

"以后，你一定要幸福哦。"

"最好我们四个永远在一起。"

十七岁，我们说得最多的祝福莫过于这些。

十七岁，我们对于成年后的世界，金钱、房子、汽车、婚姻、孩子、油盐……一无所知。

十七岁，一个这么美好、天真、无奈又可爱的年龄，所有的花都在开，所有的风都在吹，梦如同原野，一只只奔跑中的小鹿，是我们。

可是，我为什么却真的闻到了一种快要分别的味道，像栀子花流出的白色花液，一滴滴落在白皙的手上，有很多人在挥手，有很多人在说再见。

我相信，这一天绝不会到来。

我相信，这只是自己的幻觉。

第二十八章
球赛

2008 年的春天，一群少年被时间的大手推向了高中二年级的下学期。

一股与从前明显不同的火药味似乎正逼近我们。

以前总爱取笑对面高三的学姐学长暗无天日的生活；总爱说以后自己绝不会像他们那样整天摆着一副苦瓜脸，两眼都像被烟熏的熊猫；也总爱在他们面前提到周末自己又可以到哪里逛街，看什么电影，要到超市买点什么吃，或者好好睡一觉，似乎成心想看那些被高三生活折磨得过早衰老的学生脸上显出一副更加麻木而无助的神情。

而现在，这样的少年还在吗？这样的想法回头想想不幼稚吗？

林怡微是班上的学习委员，每周一都要到班主任那里领一堆学习资料然后分发下去。

当她正要敲办公室门的时候，突然听到我妈和班主任的声音，手便犹豫了一下，停在半空中。

"刘老师好，我是夏次建的妈妈。我今天来，是想取他的一些学籍信息。"

"是要转学，还是……"

"是办移民。"

"次建这孩子挺不错的，学习这块后劲十足，上学期期末成绩还突飞猛进了……确实，出国学习的话，他以后肯定大有前途啊！"

"还不是老师们教得好嘛，次建他性格上有点犟，平常应该没少让您费心吧，真对不起了……"

"次建妈妈，您太客气了！他的资料，这里有一些，剩下的要到楼上的教务处去取。"

"谢谢老师您！"

"呵呵，不客气！"

高跟鞋的声音迅速往门外传来，林怡微为避免与我妈打招呼，就在门外背过身去。

我妈顺着旁边的楼梯直往楼上走去，自然没看到她。

高跟鞋的声音在办公楼的楼道里回旋，咯吱咯吱的，像一块钉子钉到了林怡微一样。

女孩好像有什么心事，脸上变得恍惚，像雨水到来前风中摇曳的花朵。

林怡微进到教室里时正好和我打了个照面。

她好像有点慌张，白花花的卷子雪片般落下。

"你竟然走神了？哈哈……"我一边大笑起来，一边弯下身捡起辅导练习，"喏，给你，不用感动哦！哈哈……"

"谁感动啦？"

"你心里啊。"

"你又不是我肚子里的蛔虫，怎么知道？"她回过神来，用手指把耳边的一绺头发勾到耳根后，笑了笑，然后拿过我递来的卷子，说，

"次建，你是不是要……"

她却突然止住。

"什么？"我愣愣地看着她。

"没什么，我说，你是不是要……帮我把这些练习发下去啊？"

"发就发呗，干吗吞吞吐吐的，早上吃东西堵住嘴巴啦？"

"去你的。"

林怡微看着我这张坏坏的脸，只是在笑，有些话并没有说出口。

而我也不知道她心里在想什么。

本以为我和顾上进的较量已经以彼此打平而暂告一个段落了，没想到学校还搞什么年段篮球联赛，这下又把我和他搅到一起。

这次，我们不是对手，而是队友。

"次建，原来你篮球这么棒啊，连年段篮球队的人都来找你。"回家路上，王耀用又好奇又膜拜的眼神看着我。

"其实还好啦，也就三脚猫的功夫，主要是他们有人之前在篮球场看到我会投篮，所以就找过来了。"我带着不屑的语气说。

"就这样，只是因为会投篮？"

"当然啦。我又不是科比、詹姆斯这样的神，只是文科班里为数不多的一个还算正常的男生，他们能找过来也很正常。"

"什么正常的男生嘛，次建，你是在取笑我吧？"

"哪有，我可没说你太胖了！"

"次建！"

王耀又是一脸生气的样子，似乎想揍我。

我见状，就迅速向前跑了起来，他和以前一样每回都在后头气喘吁吁地追。

这学期的篮球联赛由于学生会拉来了众多周边商店和公司的慷慨赞助，冠亚季军球队的奖品都变得异常丰富，大的有品牌篮球、知名跑鞋、炫动滑板车，小的也有篮球衫、护腕和精美笔记本，学生们的热情被这些眼花缭乱的奖品刺激得非常高涨。

临近比赛前的篮球场上，参加训练的球队呈直线暴增，连不参加比赛的学生也十分带劲地做着各种横幅和旗子要为自己年段或者认识的同学加油，甚至有女生还从家里搬来了音箱和大鼓，手里挥动着彩旗、口哨和自制的塑料瓶加油器，一派"超级啦啦队"的阵势。

虽然学校一直是说"在不影响学业的情况下，允许学生课余开展形式多样的文化体育活动"，但还是有相当一部分学生是逃课跑来看比赛的，任何规定、纪律似乎都无法阻止她们要看某人的决心。

"哇，你也跑出来了，不怕被抓吗？"

"还不是那个教数学的中年男长得那么不吸引人，没办法，就出来透气呗。"

"如果明天班主任教训我们的话，应该找什么理由呢？"

"很简单，就说袜子有一堆放在寝室里，再不洗就会严重污染学校的空气了。"

"对啊，反正那个眼镜男整天就只会盯着我们的成绩看，哪会跑到我们女寝检查啊。"

"你们别说了，快看，我们年段的球队里有12班的那个呢。"

"戴眼镜帅帅的那个？"

"不是，是旁边的。"

"个子不高的？"

"嗯，高一时抓过贼被表扬的那个。"

"我看看，咦，他好像长高了。"

"如果再高一点点，就好了。"

"怎么，想嫁给他啦？"

"嘻嘻……"

女生永远是那么八卦又活泼的一种群体，而且也是声音异常尖锐的群体。

在渐渐入夏的阳光中，她们如水流一样激越，又如鲜花一样绚烂。

而在这场与其他年段较量的球赛中，我真正的对手还是同队的顾上进。我的目标是要把他压制下去，不让他抢风头。

我尽量都在他的身边出没。一有球传过来，我就火速扑过去，抢在他之前把球接住，然后运球、投篮，或者见情况再传给其他队员，反正不会让球落到他手上。

顾上进显然不高兴了，板着一张臭脸看着我，有时特地靠近我，愤愤地说："次建，这不是你一个人的比赛，你要注意团队合作，有什么瓜葛，我们可以私下解决。"

我假装没听见，只盯着在众人一片热汗中转动的篮球看。然后，耳边很清晰地听到他鼻子喷气的声音。

我一定要和你比个高低，一定要让某人看到，我不比你差！

"快看球啊，想什么呢！？"

比赛很快接近尾声，我们年段还差其他年段一个三分球，而我竟然正站在三分线上走神。

突然，眼前射来一个球，似乎就要撞到自己身体里了，而我还没有反应过来。

这时，令我咂舌的一幕出现了。

顾上进冲到我前面，敏捷地接住了球，并迅速往外跑动起来，然后他站立，准备起身投篮，却一眼看向我，然后，他竟然把他手上的球传给了我。

"次建，看你的了！"

我拿到球的一刻，心里像什么东西解开了一样。

我跳跃起来，投出的球随着"噗"的一声，进筐了。

全场顿时欢呼起来，队员们纷纷跑过来抱住我，而谁都没有想到那个球，其实应该算是顾上进的。

而他此刻却一个人走出了球场。

我从沸腾的人潮中出来，悄悄跟在他后面，然后爬上了学校里一个较少人会去的天台。

站在迎风的天台上，四周都出奇地安静，仿佛只能听到风的声响和天空中飞鸟返途的哨音，黄昏中的十七岁像远处一条发光的河流。

"顾上进！"上高中以来，我第一次这样礼貌地叫他。

他回过头来看我，问道："怎么了？"

"呃，谢谢你刚才……"我向前走去，逐渐靠近他。

"没事，刚才我只是用了假动作迷惑对手，应该感谢你投得那么准。"

"呃？我……"看着眼前的少年这张被余晖点亮的坚毅的脸，喉咙突然哽住了。

其实，顾上进没那么让人讨厌，他一直都是个善良的人。而邪恶的人，一直是我自己。

"我们都是朋友啊，不用客气的。"他抬了下眼镜，然后抖动着球衣，那些晶莹的汗滴从他白净的手臂上落下，发出细小而清脆的声响。

"对不起，之前，我都……都误会你了。"

"误会？哈哈，次建是嫉妒吧。"

"啊？"

"我都看出来了，你嫉妒微微总是和我讨论问题，总是在你面前夸我。你老实说，你是不是一直以来都喜欢……"

末尾就要说出的名字，突然间，因为背后那个熟悉的声音戛然而止。

"好啊，你们俩躲在这儿干吗？"林怡微笑语盈盈地从后面冒出来，拍了一下我和顾上进的肩膀。

"在吹风啊。"我懒懒地说。

顾上进在旁边补充着说："微微，你怎么会知道我们在这里？"

"刚才放学，听一些去看球赛的女生说你们赢了，就拉着王耀过来想'慰问'你们，等到了球场却不知道你们去哪里了，甩头一看，竟然发现你们在天台上，呵呵，你们俩……"林怡微一边用手指指我，又指指顾上进，嘴角露出女生特有的邪恶笑容，随后又从身后提出一袋饮料，说，"比赛完一定很渴吧，这是给你们的。"

她把一瓶能量饮料给了顾上进，把一杯奶茶给了我。说起来，这还是林怡微第一次给我买奶茶。

此刻我确实口干舌燥，便立马将吸管插进杯中吮吸起来，可刚吸一口，我就停住了。

"妈呀，这也太甜了吧！"我大声喊起来。

林怡微诧异地看着我，说："你不是喜欢多糖吗？"

林怡微你的记忆还停在上个世纪吗？我都已经不喝多糖的了，说起来，这样的改变也都要谢谢你，哎，但我怎么能把这些告诉你呢？脑子里一直在寻觅着能够听得过去的答案，但始终没有找到。

空气突然安静，大家的表情都僵持住。

林怡微困惑地看了我半天。

碍于面子，我就随口诌出一句来："这家奶茶店甜度不稳定啦，这回不是多糖，这全是糖浆啊！太甜了！"我又强调了一下。

林怡微这下笑起来，说："夏次建你也有怕甜的时候啊，以前跟你说多少次少吃点糖你都不听，现在也会怕啦！？"林怡微也强调了一次。

"是啊，会蛀牙，会得糖尿病，还会变傻子，我好怕怕！"我故意朝林怡微耸了耸肩。

林怡微鄙视地看了一下我，又换了个温和的语气问我跟顾上进："你们俩终于和好啦？"

"我和顾上进压根就没事，我们一直都是好兄弟啊！对吧，上进？"我故意反驳林怡微，然后笑着对顾上进使了个眼色。

"嗯，一直都是朋友。对了，王耀呢？"顾上进对林怡微问道。

"在后面呢。"

这时，我们跟着林怡微转身向后看去，只见王耀大汗淋漓地从楼梯爬上来，一只手拿着一排还没剥掉塑料包装的"AD钙奶"吮吸着，一只手里提着另外一袋鸡排。

"王耀说要买点吃的犒劳你们俩，所以刚才他一个人跑外面买去了。"林怡微把手做成喇叭状，对气喘吁吁的王耀喊着，"王耀，加油！王耀，加油！"

我瞧着是鸡排，真有点饿了，身体本能使我快步走到楼梯边，从王耀手里接过了香脆可口的鸡排，用竹签挑了一块立马嚼起来。

天台上，夕阳一点一点斜去，云层渐渐稀薄起来，天空变得无限旷远。

底下的校园依旧很热闹，经年不变的年轻面孔和肥大校服，为琐碎的小事开心或者烦恼，步履匆匆地走出校门或者奔赴食堂，讨论着课业之外的国内新闻或者明星八卦，考虑着暗恋中的那个人是不是已经发现了自己而故意躲开，或者一心一意做着父母老师口中说的和前途、学习相关的事情，怀着可能会被以后的自己猛然间想到而大笑的梦想，在风中它们似乎都能发出光来。

我们大口大口地喝饮料、吃鸡排，像要把一些时光永远灌进腹中，不准什么离开，不许什么消失，但是——

"如果有天我们之中有人离开了，去很远很远的地方，我们要怎么办？"林怡微随口冒出一句，然后特意看着我。

"揍他一顿呗。"我笑着说。

然后林怡微、顾上进和王耀一起笑了。

"要不，我们来拉钩吧，谁都不准脱离我们的'侨中四人小宇宙'。"

"才不要呢，我们都十七岁了，哪像次建你这么幼稚，才七岁吧。"

"林怡微，我可也是十七啊！"

"谁信呢？"

林怡微又打击了我一下，但我没有放弃，继续说："幼稚就幼稚，来来来，都来拉个钩钩。"

"好吧，不过就像某人说的，如果谁先脱离'组织'了，谁就要挨揍哦。"林怡微故意又朝我确认了一下。

"当然！"我那时根本没想到，林怡微是特地对我说的。

"来吧来吧……拉钩上吊，一百年不许变！"

"哈哈……"

是啊，大家都十七岁了。

原先以为十七岁到来的那天，这个世界会为我们亮起璀璨的光芒，在进入成人世界前给我们最放肆的一次盛放，结果发现，十七岁也可以如此平静地到来，如此普通地度过。

十七岁的时光，减去白天的课、晚上的自习，减去广播体操、眼保健操，减去上学放学的路，减去试卷、成绩，减去迟到、打瞌睡、班主任劈头盖脸的一顿骂，减去实验课上的洋葱味，减去背不出"长太息以掩涕兮"的尴尬时刻，减去班会、表彰会、家长会，我们无论是睁开眼还是闭上眼，是醒着还是睡着，确认或者不确认，心里都那么简单而执拗地认为，我们可以在一起。

远处的校园广播里，五月天在唱着《如烟》——

　　我坐在床前

　　望着窗外回忆满天

　　生命是华丽错觉

　　时间是贼偷走一切

　　十七岁那一年抓住那只蝉

　　以为能抓住夏天

　　十七岁的那年吻过他的脸

　　就以为和他能永远

　　有没有那么一种永远

永远不改变

拥抱过的美丽

都再也不破碎

让险峻岁月

不能在脸上撒野

让生离和死别都遥远

有谁能听见……

而我就在那么一瞬间，真的以为，我们可以永远在一起。

第二十九章
告别

醒来的时候，额头树梢上的叶子已经长得异常浓密。

阳光投射下来，通过叶间的缝隙在地面上打出心形的图案，耳畔紧接着听到的就是聒噪的蝉声。

除了蝉声发出的信号，还有什么可以形容夏天，炙热的太阳、切在盘子里的西瓜、无数慵懒的不想醒来的身体、竹子制成的凉席、池塘中绽开的荷花、一阵一阵擂响鼓点的雷声？

当自己还没有想好的时候，时间已经像水滴般一秒一秒蒸发干净。

高二下学期也不知道什么时候就溜过去了。

我怀疑自己是不是一直在做梦，是不是没去上课，没去参加期末考试，心里突然间慌张得像一只离群的鹿，面对无边的森林，找不到方向。

我妈走到我的房间里，拉开了窗帘，时间似乎随着一声"嗞啦"的声响而加速了。

"看你放假了，就想让你多睡会儿。"我妈笑着走到我床头。

"真的放假了？"我揉揉惺忪的睡眼，真不敢相信自己的高二时光就这么过去了。

"你还没睡醒吗？哈哈……"我妈看着我的囧态，又是一阵笑，然后放慢了语调，说，"次建，我们的签证办下来了，大概月底就能走。"

"啊！？"我吃惊地看着我妈。

这情况真的出乎我的意料，原先以为这件事会在很远的以后到来，或者永远不会到来，可是现在却这么真实地从我妈的口中说出。

"是不是很高兴？妈妈也和你一样等了好久，这下终于可以到你爸那边……"

"妈！我……我不想出国。"

我妈一下子愣住了。她一定在想是不是自己听错了，便再次看向我，问道："次建，你在说什么？"

"我……我想留在这儿。"

"好不容易能出去了，你这孩子怎么这样！？"果然，我妈的脸都气绿了，仿佛有人要夺走她期盼了一辈子的梦。

"妈，我都快十八岁了，我想有自己的选择，我……"

"别说了！"我妈顿时凶了起来，很严肃地看着我，说，"我知道你快长大了，但这一切都是为你好，多少人都巴望着能出国？你倒好，竟然在这个时候和我唱反调。如果你爸知道你有这种想法，他会好受吗？他在外面拼死拼活，不都白费了！"

"可是……"

"别可是了，反正到时就得走！一个少不了。"我妈的语气强硬得似乎无法撼动，随后她脸色稍微缓和过来，说，"快点起床吧。"

说完，她带着一道生气的背影走出了我的房间。窗外投射进来的阳光，一瞬间，在我的瞳孔里变得异常刺眼。

内心失落，像空出了一片海。

王耀借给我的碟片在桌子的一角堆积着，阳光移到上面的时候泛出一层虹光，里面除了日常看的动漫，还有周星驰的电影《长江7号》，有王家卫的《蓝莓之夜》，以及李仁港的《见龙卸甲》。

有很多片子我都还没看，但现在也没有心情再看了，心想趁着自己现在还没走，倒不如把它们还给王耀。

于是，在手机里检索着王耀的号码，找到后按了下去。

"王耀，我……想把光碟都还给你，下午在你家附近的公园见面。"

"你都看完了？"王耀在电话那头带着一腔的困惑问。

"没……只是……不想再看了。"我吞吞吐吐地说着。

胖子他听着我的语气，知道一定是出事情了，接着问："次建，你是不是出什么事了？"

"没……没有。"

"你既然不想说，那算了。下午见。"

"好。"

我匆匆挂断了电话，心里有点难受。

我不知道这算不算是一种欺骗。

午后的公园里，阳光跳着明亮的舞步，绚丽的花树如风中缤纷飘扬的彩带，草丛中虫子从一个草尖蹦到了另一个草尖上，宛如拨响了午后一根透明的琴弦。

我坐在一张藤椅上，手里捧着一箱电影光盘，来往的路人时不时就看向我，似乎把我当成兜售盗版碟的小贩了。我没做贼，却很心虚。

王耀这时走了过来，大汗淋漓的样子似乎永远都不会改变。

"王耀，你的东西都在里面……"我把箱子递给王耀，喉咙里有些话却哽住了。

"次建，你也说过，我们是朋友。可现在，你分明有事却不告诉我，为什么？"王耀好像有些不高兴。

"哪有事？"我试图狡辩。

"别骗人了，我们在一起都这么久了，你有事没事我能看得出来。说吧，究竟出什么事了？"王耀似乎长大了很多，说话的方式就像大人一样。

"我要去……澳大利亚了。"我看着王耀，从牙缝里把话挤了出来。

"啊！什么时候走？"

"月底就走。"

王耀听完，很鄙视地看着我，说："怎么不早说？次建，你真让人无语！"

"王耀，我……也想……亲自和林怡微说一下这件事，你知道……她家地址吗？"

此时，当我口中说出"林怡微"这个名字时，我差点被自己吓了一跳，怎么突然间就想到这个外星生物了？真令人费解。

"你不是有微微的电话吗，可以直接打给她。"

"我想……当面告诉她。"

"这也好，免得你再对我们瞒下去。对了，要问她爸爸家，还是她妈妈家？"

"她妈妈吧，林怡微常住那里的。"

"那是在西面，要到远郊了，搭 A 路车在'西山'站下，顺着站点边的一条小路往里走，看到蓝漆的大门，就是她家了……我就不去了。"王耀看着我感激的脸说道。

"谢谢你，王耀！"

"次建，你以后要……多保重。"

"知道的，反正也还在这个星球上，以后还会回来看你的。"

王耀看着我，眼角滑过一点难过，但迅速又对着我傻笑起来："回来时，次建就是'海龟'啦！"

"哈哈……"

跟王耀告别以后，我就按照他说的路线坐上了 A 路公交车，但是却没有找到林怡微的家。原因是，我在车上竟然睡着了，错过了本应下车的站点。

公交车从城市的一端向另一端驶去，不断地走走停停，不断地有人上车有人下车，铺着沥青的马路十分年轻。

道旁的树木枝繁叶茂，花团锦簇，如同梦中的花树，在盛夏的风中达到生命的巅峰。忽一个瞬间，老房子和田野也出现在了视线里。我知道已经到郊区了。

恍惚间，阳光穿透了白昼，树梢栖息的鸟群向着远天扑去，白色的羽毛雪片般落下。

我透过车窗，一遍遍地问，未来的自己会在哪里？

眼皮不知不觉就耷拉下去，在梦境中的陌生拐角，有一个迷路的孩子跑过来问路。我说不知道。

其实，我的内心是想和他说，我和你一样在迷路。

几天后，又到了东南沿海每年夏天的台风天气。

天气阴沉，迅速飘转的铅灰色云端似乎总有很多忧伤的情绪要倾洒下来。阳光在窗边时隐时现，如同我们玩过的捉迷藏。

　　我开始觉得十七岁的自己是不是突然之间变苍老了？

　　因为这几天我总在回忆一些人、一些事，清晨的操场、黄昏的天台、拥挤的公交、波浪滔天的海滩、无人注意的表情、散落的花瓣、滴雨的自行车棚、无聊的星期一操练，那些年轻的笑声、白衣飘飘的少年，那一直讨厌一直腻烦此刻却异常想念的一张脸，在脑海中渐渐浮现出明亮的光。

　　林怡微，我是不是要告诉你什么？那些埋藏在我心中的话，你是否也在某个时刻某个角落听到了？

　　我一个人呆呆地坐在房间里，整理着身边的物品，有初中时那件背后永远洗不干净的白色衬衫，有上课时偶尔从前面砸过来却被我捡起夹进书里压平的纸团，有那些没有及时还回去的辅导书和一沓订好的各科练习题，仿佛把它们轻轻一摊开，所有的昨天就会回来。

　　我从被压平的纸中随意抽出几张，上面写的都是那一行字："夏次建，你这个自以为是的家伙……"

　　再往下寻觅，翻过一张又一张，最后一张是林怡微的照片。

　　时光仿佛在倒带，一幕幕昨天的情景从记忆的深海中闪烁出银色的鱼鳞。在初三毕业去海边的车上，她闭着眼睛认真唱歌的样子，和曾经为了维护自己偶像的歌毅然站起来勇敢歌唱的模样，以及七年级开学前在奶茶店门口唱歌的她，交叠在一起。

　　少女成长的背后，也是一段有我参与的时光吧。

　　林怡微，我是不是该还给你这些？

　　林怡微，你或许都已经忘记了吧？

　　不过没事，总有个傻瓜在这个世界上替你记着。

　　我走到我妈的房间里拿了一个小盒子，是我爸以前寄营养品回来时用的，现在要变成我的礼品盒了。

我把回忆里和林怡微相关的物品小心整理好，全都放了进去，连同长久以来自己难以启齿的心事也装了进去。

外面的风愈发大了起来，繁密的树叶像狮子的头一样摇晃起来，不时发出一阵一阵的吱呀声。我妈正在楼上关窗户。

我趁她不注意试图跑出去，但还是被她看到了。

"次建，你要去哪里？"

"去买东西。"

"要刮台风了，不准去，好好待在家里。"我妈的脸异常严肃。

"可是，真的很重要。"我站在楼下抬头看着我妈。

"再过两天就走了，你要好好待在家，需要什么的话，妈妈可以帮你去买！"我妈又摆出一副家长特有的表情盯着我。

"妈，我马上十八岁了，要变成大人了，我想做一回自己想做的事！"说完，我就转身往前面跑去。

我妈迅速走下楼，在我背后大声喊着我的名字，但是声音因为距离的关系而愈发模糊。

大人是一种对待孩子成天只会用关心为借口而剥夺我们说话权利的动物，他们从来都以长者的身份干涉我们的一切，而不管最后的结果是对是错，让谁伤心，又让谁难过。

我又一次按照之前王耀给的路线去找林怡微的住处。

这一次，在恍恍惚惚的公交车上，我没有睡着，手中抱着盒子，心中略微紧张，随着公交车越来越接近停车的站点，我开始犹豫着是不是真的要去林怡微家，怎样叫她出来，见面了又应该说些什么。

似乎一瞬间，我像牛皮筋一样被人用力地往两边拉。

台风将要过境的天空越来越阴霾，草木开始招摇起来，一些人家没有关紧的门窗发出啪啪啪啪的声响，这一切都给人一种世界末日般的感觉。

但我从不相信这颗蓝色星球的末日会到来，因为还有夏次建在，本世纪仅次于爱因斯坦的天才绝对会让这颗星球继续平稳运转。哈哈！

"没救了！"

如果此刻林怡微坐在我的身边，她嘴里冒出来的肯定是这句话。能够打击我似乎成为她的乐趣所在。

但是，再过一两天，或许就再也听不到她对我说这样的话了。

这个一直以来被我称作宇宙头号未知生物的怪咖少女，这个外表文静甚至有些冷漠、喜欢隐藏心事的学霸，这个带给我诸多折磨又给我很多惊喜的女孩，这个久久陪伴在我身旁的朋友，当这个世界都在对我说"你烂透了"的时候，她从不介意，也从不放弃像我这样的人。

我从未想过有一天，自己要和她说再见。

A路公交车仿佛在今天加快了速度，不一会儿，那个心里一直希望晚点出现的站点名清晰地从车内喇叭里传出，我的身体里顿时有一群兔子在上蹿下跳。

王耀口中说的小路其实并不小，就在站牌的左侧，两旁是葱葱郁郁的樟树和榕树，叶子相互环拥，像亲密的朋友靠在一起，有风吹过，便如同在头碰头说着悄悄话。

路上十分寂静，旁边坐落的有刚建起的别墅，也有乡下老旧的水泥房。有的人家大门是刷绿漆，有的是刷红漆，而我很快就看到了林怡微家的大门，刷的是淡蓝色的油漆。

我快步走过去，却在靠近门口时又放缓了脚步。

真的要和她说吗？

她听完后，会不会也责怪我这么晚才让她知道，会不会生我的气，然后咣当一声把大门关上，会不会躲在某个角落一个人难过，偷偷地哭？

感觉有无数的线头在我心里打结。我迟疑地站着，面对这扇蓝色的大门，不知道自己是该伸出左手，还是右手。

突然想起了电影《蓝色大门》里张士豪对孟克柔说："其实那天在电话里，我想说的是，如果有一天，或许一年后，或许三年，如果你开始喜欢男生，你一定要第一个告诉我。"

林怡微，此时你是否就站在门的另一边，也开始喜欢一个……像我这样的男生了呢？

时间仿佛被上百个反光板打出明亮的光，即使这样风雨欲来的台风天，知了和鸟的叫声也不显得突兀，屋外的树又高又绿，围墙里的花开得奇异硕大，偶尔听到别墅里的犬吠，心想着那个人一定下楼来看我了。

倾盆大雨突然间落下，路面上弥漫着一股水气，世界一瞬间如同被打上了一层马赛克。

我往大门的屋檐下靠过去，雨水噼里啪啦地砸在塑料材质的屋檐上，如同打在我狼狈的身体上。

我深呼吸了一下，准备再次伸出手去敲那扇蓝色的大门。

还没碰到门，门却开了。

我看到了那张熟悉的脸，不算好看也不算难看，飘扬的长发、浓

密的睫毛、微笑的嘴角，身上穿着一件碎花裙子，撑着一把蔷薇色的
小伞。

今天的林怡微真的十分可爱。

我把手里拿的礼品盒迅速放到了身后。

"次建，你怎么会来？"林怡微惊讶地看着我。

"想来……看看你。"我笑了笑。

"干吗不先打电话过来？"

"忘了。"

"没这么简单吧？我觉得你肯定有事。"

"为什么？"

"否则你才不会在这样的天气来我家。"

林怡微对我露出一种侦探似的目光，想让我从实招来。

"我……我和我妈的签证办下来了。"我低着头，不敢去看林怡微
的脸。

"你难道……真的要出国了？"

"嗯。"

"那……什么时候走？"

"后天。"

林怡微没有再问什么。我原以为她会责怪我太晚让她知道而生气，
没想到她只是看着我，脸上有些失落，但随即又微笑起来。

"其实，刚开学那会儿，我就在老师办公室门口听到你妈和班主任
说了这事。"

"所以那天黄昏在天台上，你其实说的是我？"

"嗯，次建果然很聪明。"

"所以你打算联合顾上进、王耀来揍我？"

"那你准备好挨揍了吗？"林怡微笑起来。

"呃……"我的脸上突然间红了起来，支支吾吾，"林怡微，其实，我……有件事想告诉你。"

"看你紧张的，什么事？"林怡微看着我罕见的羞涩模样问道。

"我……我……"

"干吗吞吞吐吐的？"

林怡微显得困惑不已，觉得看我只能使我更尴尬，便随即将视线转到雨中的花草里。

"我……我……是不是比你高了很多？"

我一边说，一边伸出没有拿礼品盒的那只手在自己和林怡微之间比画了一下。

"是不是鞋底又垫了增高鞋垫，嘻嘻……"

"哪有啊？"

"好啦好啦，你确实长高了很多呢，不过……还和以前一样没救。"

"呃……"

"对了，你身后那只手拿的是什么？"

林怡微注意到我的另外一只手一直都放在身后，她猜想我肯定拿了什么东西过来，便试图转到我后面去看。

我为了逗她，就故意不让她看。

就这样，我们在雨中的屋檐下转起圈来。

最后，她用了一招女生的必杀技，假装生气，不理我，然后转身进到大门里并准备把门关上。

没办法，我只好向她"举手投降"了。

"好吧，给你看啰。"我无奈地面对林怡微，从身后把礼品盒拿了出来。她在我这里永远是个常胜将军。

林怡微得意地接过盒子，准备打开。

"等一下！"我立即喊住她。

"怎么啦？"她眨巴着眼睛问我。

"暂时别看。它是我送给你的，里面装着和你的一些回忆，不过，你要等我走了以后再打开。"我认真地说。

"这么神秘？好吧，那就等你离开后我再看。"林怡微边说，脸上边露出女生收到礼物后特有的幸福神色。

"还有一件事想告诉你。"

"又玩什么花样？"

"你还记得七年级刚到侨中报到的那天吗？我在路上碰到你，那是我们第一次见面。"

"嗯，记得。那天，你还问我侨中初中部怎么走呢。"

"其实，我知道怎么走。但不知道为什么，那时就是想问你。"

"嘻嘻，我知道。"

"啊？"

"所以那天我没回答你，只是用手指了一下方位。"

"林怡微，我还有一句话想和你说。"

"什么？"

我认真地注视着林怡微的眼睛，一句藏在心底很久的话通过身体里贲张的血管抵达喉咙，然后从齿缝中冒出——

"林怡微，我喜欢你。"

十七岁的表白仿佛永远那么生涩、简单，没有多余的修饰语，没有再多一点的铺垫，风一般吹过年轻的脸颊，像没有说出口一样。

林怡微先是愣怔了一下，然后面色紧张起来，最后又平和下去，故意又问道："次建你刚才说什么了？"

"呃……没什么。"我一下子涨红了脸，但上一刻的勇气在这一刻却荡然无存。

有些话，或许一辈子就会说这么一次吧。

林怡微，我又一次败给你了。

"其实，我刚才……好像听到某人说的话了。"林怡微故意躲开我的目光不屑地说道。

"我……我刚才可什么都没说。"

或许我永远就是这么讨厌的一个人吧，为了稀薄的脸面，为了一点点无关痛痒的自尊，那么虚假地欺骗自己和他人。

"好了，不聊这个了。"林怡微瞬间装出大人那样严肃的表情，问我，"具体是什么时候的飞机？"

"后天早上9点……怎么，是要去送我吗？"我语气故作轻松地问她。

林怡微笑了笑，没有直接回答，只是说："我可能还在睡觉呢，哈哈……"

雨水也不知是什么时候暂时停了，我和林怡微挥了个手势，示意离开，脸上有一点点的失落。

她突然又在背后喊住我："夏次建！"

"什么？"我转过身。

"一路顺风！"林怡微微笑着，文静地站在淡蓝色的大门前，像雨后一朵纯白的花。

"祝福收到。"我应了声，随即转身。

"夏次建！"她又喊了一声。

等我再次回头，她乐不可支地看着我。

"林怡微，你还要祝福我什么吗？"我问。

"夏次建，其实我也喜欢你！"她用半开玩笑的口吻继续说，"不过，不是那种恋人的喜欢，而是朋友的喜欢……"

女孩站在雨后清新的空气里，声音好像花朵开在我的耳边，还带着清澈的雨露。

隔着几米的距离，也像隔着这走过的几年。我释然地看着她，点点头，笑了。

记得《蓝色大门》里，结尾的独白是——

　　于是我似乎看到多年以后，你站在一扇蓝色的大门前，下午3点的阳光，你仍有几颗青春痘，你笑着，我跑向你问你好不好，你点点头。三年五年以后，甚至更久更久以后，我们会变成什么样的大人呢？是体育老师，还是我妈？虽然我闭着眼睛，也看不见自己，但是我却可以看见你。

第三十章
下次见

深夜，窗外落下滂沱的雷雨。

轰鸣的雷声似乎能把神经震碎，不断有闪电劈开黑暗，很有科幻电影中的末日之感。

这个夏天，下雨天很频繁，像一个人发泄不完的悲伤情绪。或许是世界上有太多人都在这个时候离别吧，眼泪被蒸发到高空，形成雨水，又簌簌降落。

飞机在明天早上9点起飞，我妈现在正在客厅里做临行前最后的整理。

她满脸带笑，不时哼起《甜蜜蜜》《小城故事》这些邓丽君的歌，似乎在这歌里，徐娘半老的她还能有那么一个瞬间重返自己的少女时代，等待心上人来看她。

她是久埋于黑暗洞穴的根脉，被岁月紧紧蒙住的地下洞口终于被风掀开，她像重获新生般看到了地面上的绿和阳光。

我是在后半夜才睡着的。

窗外的雨逐渐变小，一滴一滴落到地上，发出细微而清脆的声响，如同口中细数的羊群，向着远方奔去。

漆黑中，我目送一段段时光远去。

沿路疯长的花草，说不清道不明的忧伤与欢乐，变成白色的蒲公英，点亮了暗淡的路程。

有人挥手告别青春的故乡，有人扬臂离开时间的牧场。

而我就站在故事的中垂线上，背对着一个海水平静的冬天，再目送着一个雨水慌乱的夏天。

雨中，我也做了很多很多梦。

梦见自己腾空而起，在天上和大鸟一起飞着。它们有白色而浓密的羽毛，嘴里叼着很大颗的绿宝石，去了北风后面的国家。

后来，我站在大海边。一条巨大的蓝鲸鱼竟然会说话。它问我，在找什么？我说，在找自己的朋友。

林怡微、王耀、顾上进，在时光漫长的旅行里，我们看过清晨的太阳、黄昏的风车，看过春天的蔷薇、秋天的苇草，我们总是一遍一遍看到彼此最狼狈的样子，总是一遍一遍地说在世界没有爆炸之前我们都要在一起。

我们能够肆无忌惮地和对方争吵，放肆地暴露出自己年幼顽劣的一面，因为我们心里都知道，无论彼此之间发生什么，我们都能很快地和好如初。

青春正因为有这样的底气，我们才能在吵架或者哭泣的时候，心里也能感觉到温暖、快乐和安全。

因为我们是朋友。

无论何时何地，我都将铭记你们的名字，以光阴的刻度，长成一棵树。

为下一次的相遇长出繁茂的枝叶。

为下一次的团聚开出硕大的繁花。

时间终于走到了这一天。

7月末的早上，阳光潜进树丛里，蝉声聒噪，万里晴空。

我妈的脸上充满了一种抑制不住的明媚笑容，她在五点半就已经起床，并过来敲我房间的门。

我洗漱完之后，穿上了一身新衣服：浅蓝色的格子衫、白色的休闲裤，还有一顶深蓝色的棒球帽。

我站在镜子前一照，我妈就在旁边开玩笑，说我其实长得还是像我爸，基因没有变异呢。

我只是无奈地嘴角上扬一下，随即就走到厨房去吃最后一顿中国早餐：亲爱的豆浆、油条和葱花饼，它们在今天显得特别好吃，让我都有点舍不得吞到肚子里了。

我妈今天也穿得异常隆重：穿着淡雅的旗袍，脸上抹了一些粉底，嘴唇上涂着粉色的唇彩，头上盘着髻，发髻上还插着一根碧簪，仿佛要去参加古典宴会一般。

我终于知道以前在鱼市上，路边的阿伯夸她有气质是有根据的。她底子好，平日虽是风尘仆仆，但化起妆来绝对美丽，也难怪我爸年轻时会看上她。

"妈，你是要穿越到民国吗？"我一边说，一边咬了口葱花饼。

"你不知道，你爸以前可喜欢我穿这样的旗袍了。"我妈幸福地笑着，然后又回过头来对我说道，"吃差不多就可以了，等会儿车就来了。"

门铃就在我妈话语落地的时候响了。

"不会这么快车就来了吧？我去开门，次建，你慢慢吃，别担心。"

我妈扭着腰身向大门走去。

我恋恋不舍地看着桌上还没吃完的早餐，就像看着自己就要告别的朋友一样。

突然间，却听到我妈在喊——

"次建，大家都来看你了，快过来！"

我的心里激动极了，擦了一下嘴，立刻丢下豆浆、油条，撒腿向门外跑去。

"夏次建！"

是林怡微、顾上进和王耀，他们约好了似的见到我时异口同声喊我的名字。

他们站在清晨的风中一脸微笑地看着我。

"昨天我们仨聚到一起开了个会，一致决定要放弃睡懒觉的时间来为你送行。怎么样，够意思吧？"

林怡微得意地对我说道。

"我是昨天才知道你要出国的，要不是他们俩说，我现在还蒙在鼓里。次建，你太不够朋友啦！"

顾上进鄙视着我，然后又故作宽容笑起来。

王耀则是习惯性地又伸出他那龙猫般胖乎乎的手搭在我肩上，说："以后到国外了可不要忘了我哦，还有听说澳大利亚的奶片超好吃的，到时别忘了寄几包回来哦。"

他刚一说完，我们全都笑了。而我，这一次也没有把他搭在肩上的手甩开。

这时，去机场的出租车真的来了，门口响起了清脆的喇叭声。

我妈跟司机从屋子里取了一些轻便的行李放到车上，随即她看了看表，走到我身边，示意我该出发了。

一时间，我看着林怡微、顾上进和王耀，努力控制着自己脸上的表情，不让它塌陷下来，而我知道他们同样也在撑着脸颊上的笑容。

没有谁愿意在分别的时候掉眼泪，这是真的。

"次建，我们该走了，和朋友们告别吧。"我妈从车窗里探出头来，招呼着我过去。

但我双脚就像被钉在了原地一样，迈不开步子。

"次建，你快上车吧！"

"是啊，次建，你别耽误了时间。"

顾上进和王耀也在催促我上车。

这时，林怡微抬起眼睛看着我。

清晨的阳光下，那双眼睛像小溪一样清澈，仿佛能滴下水来。

于是又想起了她第一次站在教室黑板前面介绍自己的场景，说自己名叫"林怡微"，怡然自得的"怡"，"微"呢，不是蔷薇的"薇"，而是微小的"微"。那时的目光就跟此刻一样，未曾变过。

多少年过去了，我仍记得这一幕，当然，还能清晰记得她每一次唱歌跑调的样子，每一次帮我辅导功课时砸到我脑袋上的课本，每一次假装冷漠的脸，每一次挖苦我时得意的神色，每一次转过身的背影，每一次喊我名字的声音……那些因隐忍太久而涌出的泪水，我都记得清清楚楚。

"次建，我也有个盒子要送给你。"

"啊？"

林怡微从身后摆过手来，一个小巧精致的礼品盒出现在我面前。

"林怡微，你好无聊，干吗学我？"

"难道只允许你送我，就不准我送你？好啦，收着吧，不过要在登机后才能打开哦。"

这时，出于感动，也出于往日的歉意，我向林怡微坦白了："林怡微，其实我早已不再喝多糖的奶茶了，点的都是三分甜，是不是很惊喜？"

林怡微喜出望外地看着我，但下一秒又故意板起脸来，说："孺子可教也，不过呢，三分甜还是很甜，你要再减去两分，剩一分，这样更健康。"

一分甜！？林怡微，你以为我跟你一样吗，可以把奶茶当成白开水来喝？我在心底不屑一顾，但口中却是："嗯，微甜，挺好。"

王耀在旁边略显惊讶地看我，说："次建，你今天有点怪怪的，说话很温柔啊！"

我略显尴尬地干咳一声。

林怡微这时出来解围："在我心中，次建一直都是个温柔的男孩子。"

林怡微真的很厉害，说了这么明显的假话，竟然不脸红。

我瞧她脸上又神秘地笑了笑，然后对顾上进和王耀使了个眼色。

"次建，我们还有个东西要送你。"

"什么？"

几乎是同一时刻，三人异口同声——

"记得回来挨揍！"

突然之间，内心为之一颤，但又故作轻松。

我艰难地控制住表情，向他们露出微笑。

"次建，该跟大家告别了。"

我妈站在一旁再次催促。

于是，我认认真真地又把他们每个人的脸扫视了一遍，之后转身背对他们挥了一下手，往车上走去。

脸上的表情撑不住了。

我终于还是哭了，但幸好，他们没看见。

飞机加速的时候，有一刹那，感觉自己的内心也在和世界一起向后倾倒，然后又一点点上升，像要抵达那片叫作云端的地方。

飞行轨迹变成直线，机身和机翼也在平稳地靠近前方，靠近未来。

舷窗外，阳光一瞬间遍布世界。

我妈坐在我身边逐渐睡着了，我脑瓜顶着椭圆形玻璃努力地向外看去。

云雾缭绕中，天空仿佛是新的陆地，而那云端之下的土地一时间也与自己没有了关联，那些曾经觉得要陪伴到地老天荒的朋友、那些总在脑海里挥之不去的往事都留在了下面。

我在这时突然想到林怡微送我的那个盒子，从座位下拿出，一眼就见到盒子上的那行英文："From majestic mountains and valleys of green to crystal clear waters so blue, this wish is coming to you."（越过青翠的峻岭和山谷，直到晶莹湛蓝的水边，飞来了我对你的祝福）。

在这么一个寂静得仿佛时间都已凝固的时刻，我打开了它。

跃入眼帘的一张淡蓝色信纸上落着林怡微熟悉的字迹——

　　次建，上回收到你送的盒子，很开心，谢谢你为我保存了这么多记忆。

　　从七年级到现在，我们都在相互陪伴，那些时光美好、珍贵，会在未来漫长的岁月里发光吧？一定很璀璨，很温暖。

说起来蛮有意思的，这些年我就像颗卫星绕着你旋转，从跟你做同桌到后来变成你的后桌、前桌。当初因齐老师的安排，我们坐到一起，虽然你总是不学无术、盲目自信、死要面子，又爱乱发脾气，让人讨厌，有很多人说你烂透了，但我愿意跟你做同桌。

因为你开朗、自在、善良、有爱，更重要一点，是你跟他们不一样，你一直在做自己，即便后来也开始努力学习，成绩变好了，我也知道你只是为了向这个世界证明自己，给自己一个青春的交代。

听到这些夸奖，你一定很得意吧。此刻，我似乎能看到你跟昨天一样傲娇的脸。未来，请让这张脸继续微笑着，让晴朗成为你一生的天气。

最后，送你一首歌，我把它放进 MP3 里了。本来想亲自唱给你听，但练习了好几次，仍然跑调，就放弃了，不准笑喔。

希望以后再见你时，能够当面唱给你听。那时的我唱歌一定不会跑调了，那时的你手里是不是还会捧着一杯黑糖珍珠奶茶？

愿你平安顺利，甜甜的。

在信纸的下面，我看到了林怡微送的 MP3，旁边还有一张四个人在海边的合照。

照片上的我们都是一张张年轻的面孔，对着遥远的大海振臂高呼，微笑眺望。

那么简单而纯真的少年，永远不知道未来的自己是什么模样。

而我始终相信：美好的时光不会离开他们，他们会在一起，永远都会在一起。

飞机在云中穿梭，像潜行于时间的腹部。

我把手里的信纸和照片看了一遍又一遍，记忆也跟着反复倒带。

竟然就这样长大了，我忍不住笑了出来，随后鼻子变得酸酸的。

插上耳机，MP3 里播放的是周杰伦的《蒲公英的约定》——

小学篱笆旁的蒲公英

是记忆里有味道的风景

午睡操场传来蝉的声音

多少年后也还是很好听

将愿望折纸飞机寄成信

因为我们等不到那流星

认真投决定命运的硬币

却不知道到底能去哪里

一起长大的约定

那样清晰

打过钩的我相信

说好要一起旅行

是你如今

唯一坚持的任性

……

而我已经分不清

你是友情

还是错过的爱情

……

　　窗户外，箭镞般的白光洒遍云端，刺得人睁不开眼睛。

　　有一瞬间，我微微睁开双眼，看见一群飞鸟向左飞去，青春的扬花美过了从前的天空……

　　林怡微还将一张白色卡片放在了盒子底层，没有多余的图案，也没写大段告别的话，上面只是落着几个简简单单的字，耳边像听到了每次放学铃声响起之后那么熟悉的一句：

　　　夏次建，下次见。

饡
工厂

出品人：许 永
出版统筹：海 云
责任编辑：许宗华
策划编辑：雷 彬
特邀编辑：何青泓
装帧设计：李嘉木
封面插画：ashorz
书名题字：庹台月
印制总监：蒋 波
发行总监：田峰峥

投稿信箱：cmsdbj@163.com
发 行：北京创美汇品图书有限公司
发行热线：010-59799930

创美工厂
官方微博

创美工厂
微信公众号